異色作家短篇集
15

# メランコリイの妙薬

A Medicine for Melancholy／Ray Bradbury

レイ・ブラッドベリ

吉田誠一／訳

早川書房

# メランコリイの妙薬

A MEDICINE FOR MELANCHOLY

by

Ray Bradbury



Translated by
Seiichi Yoshida

Published 2006 in Japan by
Hayakawa Publishing, Inc.
This book is published in Japan by
arrangement with
Harold Matson Company, Inc.
through Tuttle-Mori Agency, Inc., Tokyo.

この本を父におくる
——その愛深きことに、今にしておどろく息子より

そしてまた、この本を
バーナード・ベレンスンとニッキイ・マリアノにおくる
——両人から新しい世界を教わった男より

目　次

装幀／石川絢士（the GARDEN）

# 穏やかな一日

In a Season of Calm Weather

ある夏の真昼、ジョージ・スミスとアリス・スミスはビアリッツ（フランス大西洋岸のリゾート地）で汽車を降り、一時間もしたころには、ホテルを抜けて浜辺へ出、ひと泳ぎして砂のうえで甲羅を干していた。

　こうして寝そべって陽を浴びているジョージ・スミスを見ると、冷凍のレタスよろしく、飛行機でヨーロッパ大陸へ運ばれたばかりで、ほどなく船に積みかえられて帰国する一介の観光客にすぎないとあなたがたは思うだろう。だが、ここにいるのは、人生そのものよりも芸術を愛する男なのだ。

「さてと……」ジョージ・スミスは吐息をついた。さらに一オンスの汗が、胸をつたってタラタラ落ちる。オハイオの酒を蒸発させてしまおう、と彼は思った。それから、極上のボルドーワインを飲みほすんだ。こくのあるフランスの酒を血液にしみ込ませるんだ、土地っ子と同じ目でものが見えるように！

　なぜ？　なぜ、なんでもかでもフランスのものを食べ、呼吸し、飲もうとするのか？　こうすれば、そのうちに、ひとりの男の天才の秘密が本当にわかりはじめるかもしれないからだ。

　彼の唇が動き、ある名前を口ずさもうとする。

「あなた？」妻がのしかかるようにして彼をのぞき込む。「あなたが何を考えていらっしゃるか、わかってますわ。唇の恰好で読めてよ」

「それで？」

　彼はじいっと横になったまま、その先を待つ。

「ピカソのことでしょう」と、妻が言う。

　彼は辟易した。いつか妻も、その名前を発音するようになるとは思っていたが。

「お願いですから、休養してくださいな。今朝、あの噂をお聞きになったんでしょう。でも、ご自分の目をごらんになるといいわ――顔面痙攣《チック》がまたぶりかえしてきたわよ。たしかにピカソは来ているわ――ここから数マイルはなれた小さな漁村に、友だちを訪ねて。でも、そんなこと忘れてしまわなくってはいけないわ。そうしないと、せっかくの休暇旅行も台なしになってしまう」

「噂を聞かなけりゃよかったと思うよ」と、彼は正直なところを言った。

「ピカソ以外の画家が好きだといいんだけど」と、彼女が言った。

ピカソ以外の？　そりゃあ、好きな画家はほかにもいる。現に、〈秋の梨〉とか〈真夜中の李《すもも》〉といったカラヴァッジオの静物画を見ながら朝食をとるのは、彼の趣味に合っている。昼食には――あの火を噴くぼてぼてしたヴァン・ゴッホの〈ひまわり〉――火の画布《カンバス》に、焼けつく指をさっと走らせ、盲人すら読みとることができるあの花だ。だが、大いなる饗宴には？真に味覚をよろこばす、とっておきの絵画は？それは――ライムの葉と雪花《せっか》石膏《せっこう》と珊瑚《さんご》とを頭にいただき、角爪《つのづめ》のはえた手に三つ叉の矛《ほこ》よろしく絵筆をしっかと握り、巨大な魚尾をもってジブラルタル一帯に夕立を降らす、海中よりあらわれたあの海神《ネプチューン》のように水平線に立ちはだかるもの――すなわち、〈鏡の前に立てる少女〉、〈ゲルニカ〉の創造者をおいて、ほかに誰があろうか？

「ねえ、アリス」彼は辛抱づよく言った。「どう説明したらいいか？　ここへ来る車中、おれは思ったんだよ――おお、いたるところピカソそっくりじゃないか、ってね！」

だが、はたして実際そうだったろうか？　と、彼はいぶかった。空、大地、人々、ここに茜色《あかねいろ》の煉瓦、あそこに鋼青色した渦巻き模様の鉄製バルコニー、何千回も指紋をつけ果実のように熟《う》れきったマンドリン、紙ふぶきのように夜風に吹かれて飛ぶズタズタになった広告ビラ――このうち、どれほどがピカソ的だったろう、どれくらいをおれは喰い入るようなピカソの目で見つめただろうか？　ジョージ・スミスは、それに答える望みを捨てた。あの老画家に、そのテレピン油と亜麻仁《あまに》油をすっかりしみ込ませられ、ジョージ・スミスの存在は老画家の絵筆どおりに形づくられてしまっていたのだ――たそがれの〈青の季節〉も、あけぼのの〈バラの季節〉も。

「まえから思っているんだ」彼は声に出して言った。

「もし金がたまったら……」

「五千ドルなんて絶対たまらないわよ」

「そりゃそうだが」彼は静かに言った。「いつかそうなるときがくるかもしれない、と考えるのが楽しいんだ。すばらしいと思わんかい、いつかピカソのところへ行って、こう言うんだ――『パブロ、ここに五千ドルあるんです！　海でも、砂浜でも、あの空でも、そのほかなんでもいいから描いてください、わたしたち、それにまさる幸福は……』」

すると、妻が彼の腕に手を触れて、言った。

「少し海にはいってらしたほうがいいんじゃない」

「うん」彼は答えた。「そうしたほうがいいかもしれん」

彼が水を切ってすすむと、白い火花がとび散る。

午後ずっと、ジョージ・スミスは、陸《おか》に上がったり海にとび込んだりしてすごした――大勢の海水浴客たちとともにしぶきを散らして。だが、その人々も、陽が傾くにつれて、ウェディング・ケーキのようなホテルにむかって、とぼとぼと帰っていった――エビの色、雛鳥の照り焼きの色、ホロホロ鳥の色にからだを染めて。

浜は何マイルにもわたって人気《ひとけ》がなくなる――二人の男を残すばかり。一人はジョージ・スミス――タオルを肩にかけ、最後の礼拝に出ていたのだ。

同じ浜辺のずっとむこうに、ジョージよりも背の低い、角ばった顔の男が、穏やかな空の下をひとり歩いていた。まっ黒に陽灼けした男で、つるつるの頭はほとんどマホガニー色に灼け、目は面前の水のように澄み、きらきらと輝いている。

かくして浜辺の舞台の道具立ては整った。数分後、この二人は出会うことになるのだ。そして、ふたたび運命の女神は、衝撃と驚嘆、出会いと訣別のための糸を紡ぐのだ。そして、そのあいだにも、この二人の孤独な漂浪者は、偶然の出会いなど片時も思ってはいなかった。あらゆる町のあらゆる人群れのなか、肘を接して流れすぎる流れに飛びこむなどということは。勇を鼓して流れにひたれば、両手に奇跡をつかむということも、彼らは考えていなかった。多くの人と同じように、肩をすくめ、そうした愚行に背を向けて、運命の神の手で投げ込まれまいと、堤のうえに足をふんばっていた。

見知らぬ男はひとり立っていた。ちらとあたりに目をくばって、男はおのれの孤独を確かめ、美しい入江の水を眺め、するすると沈みゆく陽の残照を見る。それから、なかば向きを変えると、砂のうえの小さな木片に目がとまる。それは、もうとうに溶けてしまったライム入りアイス・キャンディーの細い棒にすぎなかった。男はにっこりして、キャンディーの棒を拾い上げる。そうして、もういちどあたりを見まわして人のいないのを確かめ、ふたたび身をかがめ、棒きれを軽く握って軽やかにさっと手を動かす。この世で何よりも彼の心得ていることをはじめる。

砂のうえに、なにやら途方もない形を描きはじめたのだ。

ひとつの形を描きおえると、あとずさりして眺め、砂を見つめたまま、今や完全に仕事に熱中しきった男は、第二、第三の形を描き、さらに第四、第五、第六と描きすすめた。

海岸線に足跡をつけながら歩いていたジョージ・スミスは、ここを見つめ、あそこを眺めしていたが、やがて前方に男の姿をみとめた。近づいてみると、男はまっ黒に陽灼けし、かがみこんでいる。さらに近づいてみると、男が何をしているのかが明らかになる。ジョージ・スミスは思わず笑みをもらした。もちろん、もちろん……浜辺にひとりいるこの男——齢はいくつだろう？　六十五か？　七十か？——何やらわけのわからぬいたずら書きをしている。パッと砂が飛び散る！　なんと乱暴な絵が砂浜にあらわれ出ることか！　それにまた……

ジョージ・スミスはさらに一歩近づいて、静かに足をとめた。

男はつぎつぎと描きまくり、自分と自分の描いている砂上の絵の世界のすぐうしろに誰が立とうと、少しも気づかぬ様子だった。このころには、男はこの孤独の制作にすっかり心をうばわれていた。この入江に爆雷を発射しても、この男の飛ぶような手さばきを止めることもなく、頭を振り向かすこともできないくらいだった。

ジョージ・スミスは砂のうえに目を落とした。しばらく眺めるうちに、彼はガタガタ震え出した。

平坦な砂浜に描かれた絵は、ギリシャの獅子、地中海の山羊、金粉のような砂で肉づけされた乙女、手彫りの角笛を吹く半人半獣神《サテュロス》、はねまわる仔羊をあとに従え、踊っては花をまき散らして浜辺をあゆむ子供たち、竪琴《ハープ》や七弦琴《ライア》をかき鳴らしながら踊り狂う楽士の群れ、はるかなる草原へ、森林へ、廃墟へ、火山へと若者を走らせる一角獣《ユニコーン》。うちつづく浜辺に、熱をおび、汗みずくになってかがみこんでいるこの男の手と木筆は、砂のうえを走り、長く伸び、縦横に輪を描き、縫いかがり、ささやき、そして止まる。それからまた急速に動き出す——あたかも、陽が海中に没しないうちに、この狂宴の行列がはなやかにその幕を閉じなければならぬかのように。二十、いや三十ヤード以上にわたって、水の精《ニンフ》、木の精《ドリュアス》が群れ、夏の泉水は解きえぬ象形文字をなして噴き上げている。そして、消えかかる光に映える砂は、溶けた銅の色——そのうえには、のちのちの時代までもずっと読まれ、そして味わわれるメッセージが刻まれているのだ。すべてのものが、それぞれ独自の風に舞い、独自の重心に平衡をたもっている。踊り狂うワイン商人の娘の、葡萄に染まった足のしたからワインが絞り出ているかと思えば、湯気の海からは金《かね》のさやに納まった怪物が生まれ出る。かと思えば、花で飾られた凧が吹かれゆく雲にのって芳香をふりまく……そしてまた……また……また……

芸術家が手を止めた。

ジョージ・スミスはうしろに下がり、立ちつくす。

芸術家はちらと目を上げ、そんな近くに人が立っているのを見ておどろく。それから、彼はつと立ち上がり、ジョージ・スミスと、一面に足跡のように投げ出された自分の制作とを見くらべる。そして、ようやく微笑を浮かべ、こう言わんばかりに肩をすくめる——わしのやったことをごらんなさい。まるで子供でしょう？　まあ、大目に見てやってくださいよ。いつかは誰しも馬鹿になるものでね……おそらくあんたもね？　で、このおいぼれ馬鹿をゆるしてくださらんか。けっこう！　けっこう！

だが、ジョージ・スミスは、まっ黒に陽灼けした皮膚と澄んだ鋭い目をもつこの小男を見つめるばかり。一度だけこの男の名前をそっと口ずさむのがやっとだった。

二人は、おそらくさらに五秒ほど、こうして立っていたにちがいない。ジョージ・スミスは砂上の壁画を見つめ、芸術家はものめずらしげにジョージ・スミスを見つめていた。ジョージ・スミスは口を開きかけて閉じ、手をさし出しかけてひっ込めた。そして絵のほうにすすみ出て、またあとずさりした。それから、岸に打ち上げられた、どこか古代の廃墟の一組の貴重な大理石をうち眺める人のように、一連の絵のへりに沿って動いていった。じいっと、まばたきもせず、手はともすれば触れたがったが、触れてみる勇気は出なかった。駈け出したい衝動にかられたが、駈け出しはしなかった。

彼はふとホテルのほうを見やった。駈けるんだ、それッ！　駈け出すんだ！　なぜ？　シャベルをとってきて掘り起こし、この崩れやすい砂上の芸術品を救おうというのか？　修復師を見つけ出し、石膏をもってこさせて、この脆《もろ》い部分の型をとらせようというのか？　いや、いや。ばかな、ばかな。それとも……？　彼の目はちらっとホテルの窓に飛ぶ。そう、カメラだ！　駆けていって、とってくるんだ。そして大急ぎで浜づたいに、パチリッ、パチリッ、フィルムを入れ替え、パチリッ、パチリッ……

ジョージ・スミスはくるりと向きを変え、太陽のほうを向いた。陽がかすかに彼の頬を灼く。目は陽の光を受け、ふたつの小さな火となる。陽はなかば水中に没していた。彼が見まもるうちに、何秒かで完全にその姿を没した。

芸術家はぐっと近くに来ていて、じつに親しげにジョージ・スミスの顔を覗き込んだ――まるで、彼の考えていることを何から何まで見抜いているかのように。そら、軽くうなずいて会釈さえしている。アイス・キャンディーの棒は指のあいだから不用意に落ちていた。そら、さようなら、さようならと言っている。そして、浜辺づたいに南のほうへ歩み去っていった。

ジョージ・スミスはつっ立ったまま、男のうしろ姿を見送った。まる一分もたってから、彼は自分のなしうる唯一のことをした。サテュロス、ファウヌス、ワインに濡れた乙女、踊り跳ねる一角獣、笛吹く若者、といったこの幻想的な壁画の発端から歩き出し、ゆっくりと海岸に沿って歩いた。この奔放無比の狂宴を見下ろしながら、ずっと歩いていったのだ。そして、人獣群像図の終わりまで来ると、くるりと向きを変え、もと来た方向へ向かって逆に歩き出した――まるで、何か落とし物をして、どこを探したらいいかわからないといったふうに、じっと下を見つめながら。空にも砂のうえにも頼りとなる光がぜんぜんなくなるまで、彼はそれをくり返した。

彼は夕食のテーブルについた。

「おそかったのねえ」妻が言った。「あたくし、ひとりで食堂へ来てしまったのよ。猛烈におなかがすいてしまって」

「そりゃ構わんとも」と、彼は言った。

「お散歩の途中で、なにか面白いことでもありましたの?」と、妻が訊いた。

「いや、別に」

「おかしな顔なさってるわ。あなた、ずっと沖のほうへ泳いでいって、溺れそうになったんじゃあなくって? ちゃんと顔に書いてあるわ。ずっと沖まで泳いでいったんでしょう、本当に?」

「うん」

「ねえ」彼女は夫をじっと見つめながら言った。「もうそんなことなさらないでよ。で——あなた何召しあがる?」

彼はメニューをとり上げて読みはじめたが、とつぜん目をそらした。

「どうかなさったの?」と、妻が訊いた。

彼は頭をめぐらして、一瞬目を閉じた。

「聴いてごらん」

彼女は耳を澄ました。

「なんにも聞こえませんわ」と、彼女は言った。

「聞こえんかね?」

「ええ。何ですの?」

「潮の音だがね」彼は座ったままじっと目を閉じ、しばらくしてから言った。「潮がさしてきたんだよ」

# 火　龍

The Dragon

荒野にしげる短い草を、夜がなびかす。ほかには動くものとてない。厖大なのっぺらぼうの貝がらの空は、離れ鳥が横ぎってから、もう幾年《いくとせ》を経たことか。ひとつふたつの石くれが、くだけて土砂と化することで、命あるもののごとく擬《よそお》ったのも、ずいぶんと以前のこと。いまはわずか、荒野にもえる孤独の火へ、身をくぐめている男ふたりの心のうちに、夜がうごめくばかりであった。闇はふたりの血脈に、ゆっくり波うち、こめかみに、また手首に、ひっそり脈をうっていた。

炎の舌は、荒くれたふたりの顔を、上下に舞い、オレンジ色の切れはしとなって、その目へと噴きいった。ふたりはたがいの、静かな冷たい息づかいと、蜥蜴《とかげ》のごとく間遠にまたたく睫《まつげ》毛の音に、耳を澄ます。しばらくあって、ひとりの男が剣《つるぎ》を抜き、焚火《たきび》の火をかきたてた。

「愚かなことは、やめろ。われらがいるのを、知らせる気か！」

「大事ない」と、ひとりが言った。「どのみち龍は、何マイルも先から、われらのにおいを嗅ぎあてるわ。神の吐息は冷たいわい。わしは城へ帰りとうなった」

「命にかかわることだ。どうせ寝られぬ。われらは……」

「なぜじゃ？　なぜじゃ？　龍はけっして町へは足を踏み入れぬぞ！」

「静かにせい、愚かもの！　われらの町から、つぎの町へ旅するものを、やつはみな啖《く》い殺しておるのだ！」

「啖われるものは、啖わせておけ。わしは帰る！」

「待たっしゃい。あれが聞こえぬか！」

ふたりの男は、凍りついた。

そのまま、長い時がたつ。だが、音するものは彼らの馬の、痼たかぶった皮膚のふるえが、銀の鐙《あぶみ》を鈴にして、黒天鵞絨《くろびろーど》のタンバリンのごとく、幽《かす》かに、幽かに、聞こえるばかり。

「ああ」と、ひとりが吐息とともに、「なんという夢魔の土地じゃ。ここではいかなることが起ころうと、不思議はないわ。太陽を吹き消すものも、現われようぞ。さすれば夜じゃ。まだある。まだある。おお、神よ、聞け！　噂によればこの龍の、眼《まなこ》は炎であるそうな。吐く息は白き瘴気《しょうき》。闇の荒野を焼きはらって、硫黄の臭い、雷車の轟きとともに、草、燃え立たせて走るという。羊は恐れて逃げ走り、気が狂って死ぬそうじゃ。女どもはそれ以後、怪物を産むとのこと。ひとたび恚《いか》れば塔の壁も、震えついえて土砂に帰し、夜明けに見れば、犠牲《にえ》となったるもののすがた、丘のかしこにまたここに、投げ棄てられてあるという。この怪物を討たんと出て、事ならなんだ騎士は、数知れぬぞ。われらとて、仕遂げようとは思われぬわ！」

「もうたくさんじゃ！」

「たくさんどころか！　この寂寥《せきりょう》の地にあっては、いまの年さえ、さだかに言えぬ！」

「いまは原始より九百年」

「いや、いや」第二の騎士は目を閉じて、声音も低く、「この荒野には時はない。ただ永劫があるばかりじゃ。駒いさませて道にもどってみようとも、そこには町が失われておろう。人々はいまだ生まれず、すべては変わって、館を築くべき石も、まだ截《き》りだされぬままに、組むべき木材とて、伐られぬすがたで森にあろう。なぜわしが知るかとは訊くな。荒野が語ってくれるのじゃ。それなのに、われらはここに、この火龍の地にただふたり、じっと座っておるのだぞ。神よ、われらを護りたまえ！」

「懼《おそ》るるもよい。だが、甲冑の鋲を締めるを、忘るるなよ」

「鎧がなんの役に立つ？　龍はいずくともなく現われ

るのじゃ。塒《ねぐら》のありかは、ついにわからぬ。消え去るときは霧の中。いずくへ行くやら、ついぞも知れぬ。よいわ。甲冑に身を固めれば、死にざまも見よくなろうよ」

銀の胴丸、半ば着こんで、第二の騎士はふと手をとどめ、首《かしら》をまわす。

ほのかな闇の野の涯《はて》、夜と虚無とのみちみちた荒野の心の臓のうちより、一陣の風たちまち起こって、塵と埃で時を告ぐる千の時計の地表から、さっと砂けむりを巻き上げた。この新たな風の中心には、一点、玄《くろ》く燃えさかる太陽あって、あたりいちめん飛び散るは、地平の彼方に隠された秋の樹木の、焼かれちぎれた千万の木の葉。この風に目に映るものはことごとく溶け、身うちの骨は白蠟のごとくのび、たるみ、血潮は濁って、脳に塡《つま》って、泥となるかに思われた。この風はつねにもつれ、つねに動く、百千の死にいく魂。風かと見れば霧、霧かと見れば闇。すでにここは人間の歩む土地ではなく、歳月もなければ、時間もなかった。ただそこにふたりの男が、のっぺらぼうの無の塊に氷結して、その上には稲妻。その落下する巨大な緑の玻璃《ガラ》板《ス》の向こうに、嵐と白い雷鳴が動くのみ。疾風《はやて》の雨に草原は濡れそぼち、息もつけぬ静寂にまで霞んだなかに、ふたりの騎士は立ちすくんだ。この肌寒の季節にも、からだじゅうを火照らせながら。

「かしこに」と、第一の騎士が囁く。「おお、かしこに……」

数マイル先に、耳を聾して響き、とどろくひとつの声は――まさしく龍。

無言のうちにふたりの騎士は、甲冑の鋲を固く締めあげ、それぞれ馬にまたがった。しだいしだいに近づく龍の、天地を圧する吼え声に、深夜の荒野は木っ端微塵とくだけ散った。その燃える目の黄のかがやきが、丘の上にひらめいたと見るや、遠目にのぞんで、朧ろに黒いそのからだが、とぐろを巻いて、さっと流れた。丘を越えて、たちまち谷間へまっしぐらに消えていく。

「急げ！」

ふたりの騎士は、小さな岩屋へ馬首を向け、拍車を入れた。

「あすこから、出てくるぞ！」

鎖帷子《くさりかたびら》の手に槍をつかんだふたりの騎士は、それぞれの馬に眉庇《まびさし》おろして、目を隠した。

「主よ！」

「さらば、その名を使わせたまえ」

たちまち龍は、丘をひと巻き。巨大な眼《まなこ》が琥珀色にふたりを啖《くら》い、ふたりの鎧を紅くきらめかせ、光彩に燃えあがらせた。ぞっとするほど悲しげな叫びとともに、足を車輪に、龍は飛びかかった。

「神よ、めぐみを！」

睫毛のない黄色い目。その下に、槍が立った。槍は曲がって、騎士を空へ放りあげた。そこを龍が跳ね飛ばす。大地へたたきつけ、のしかかって、通りすぎざま、黒い肩の大力に、残った馬も、その騎《の》り手も、大きな岩に押しつぶした。龍は金切り声をあげ、泣き叫び、泣き叫び、あたりはいちめん赫々《かくかく》たる炎。まわりも、下も、桃色、黄色、オレンジ色の太陽かと疑う炎に、目路をさえぎる一面の雲をひきまとって。

「おい、見たか？」と、ひとつの声が叫んだ。「おれの言ったとおりだろう！」

「まったくだ！　まったくだ！　畜生、鎧を着た騎士だったぜ、ハリイ！　跳ね飛ばしちまった！」

「停めてみるか？」

「いちど、停めてみたことがあるが、なんにもなかった。こんな野っ原で停めるなあ、ごめんだよ。なんだか、ぞくぞくしてきたぜ。いやな感じだ」

「けどよ。なにかを跳ね飛ばしたなあ、たしかだぜ！」

「あれだけ汽笛を鳴らしたのによ。逃げもしやがらねえ！」

蒸気の笛が、霧を押しのけた。

「ストークリーには、時間どおり、着けるな。もっと石炭をさらいこもうか、ええ、フレッド？」

次の汽笛が、なんにもない空から、雫をふりおとす。

# 23　火　龍

夜汽車は怒ったように、火を噴いた。狭い谷あい突っ走り、傾斜のぼって、凍えた大地を、北へ、北へ、消えていき、残った黒いけむりと蒸気も、しびれた空気に溶けこんでしまう、汽車がふたたび帰ることなく、通りすぎたあと、数分のうちに。

# メランコリイの妙薬——あるいは、霊薬発見！

A Medicine for Melancholy

or: *The Sovereign Remedy Revealed!*

「蛭《ひる》をとってきてください。放血しなくちゃいかん」とギムプ医師が言った。

「この子にはもう血なんか残っていませんよ!」ウィルクス夫人は思わず声を高める。「ねえ、センセエ、うちのカミリアはどこが悪いんですのよ?」

「とにかく具合はよくないですな」

「ええ、それで?」

「病気ですな」医師《センセエ》は顔をしかめる。

「ねえ、おっしゃってくださいよ!」

「風前の灯火《ともしび》ですな、これは」

「ああ、ギムプ医師《センセエ》、それじゃあ、あんたが来なすったときにわしらが言ったことと、同じことを言っただけで帰《けえ》るおつもりですかい!」ウィルクス氏が横合いから抗議した。

「いや、それだけじゃありませんや! この丸薬《ピル》をあげてください——明け方と正午《おひる》と日暮れ時に。特効薬ですよ!」

「いまいましい! この子はもう、特効薬で腹が一杯でさあ!」

「ちぇっ、もうっ! 帰りしなに一シリングいただきますよ」

「とっとと出てって、悪魔でも呼んできなせえ!」ウィルクス氏は医師《センセエ》の手に銀貨を一枚たたきつけた。

すると医師《センセエ》は息をぜいぜいさせ、嗅ぎ煙草を一服すってクシャミをし、どしんどしん階段を降りて、ロンドンの雑踏のなかへと消えていった——一七六二年、小雨しょぼ降るある春の朝のこと。

　ウィルクス夫妻は、かわいいカミリアの寝ているベッドのほうへ向きなおった。カミリアは血の気もなく、やせ細ってはいたが、まだまだ美しく、大きな薄紫色《ライラック》の目をうるませ、金髪を枕に波打たせている。

「ああ」彼女は泣きださんばかりだった。「あたし、どうなるのかしら？　春のはじめから、もう三週間、鏡を見ると幽霊みたい。自分でもぞっとするくらい。ああ、二十歳《はたち》の誕生日も迎えないで、死んでしまうのだと思うと――」

「ねえ、おまえ、どこが痛むの？」と、母親が訊く。

「この腕が。そして脚も。胸も。頭も。もう何人お医者さんにかかったかしら――六人だったかしら？――焼き串に刺したお肉みたいに、ひっくり返してはあたしを診《み》たわ。もうたくさん。お願い、そっと死なせてちょうだい」

「なんて恐ろしい、なんて不思議な病気なんだろう」母親は言った。「ねえ、なんとかしてやってくださいよ、あんた！」

「どうしろってんだ？」ウィルクス氏がムッとして訊き返した。「医者も薬剤師も、それに牧師の手も受けつけねえとくる！――勝手にしやがれだ！――おれはもうすっからかんの絞《しぼ》り滓《かす》になっちまったよ！　おもてへ飛び出して、ごみ収集人《ダストマン》でも呼んでこいっていうのか？」

「うん、それがいい」と、ひとつの声がかかった。

「ええッ！」三人とも振り返って目を見はった。

カミリアの弟ジェイミイのいることを、三人はすっかり忘れていたのだ。ジェイミイは向こうの窓ぎわに立って、歯をほじくりながら、霧雨煙る町の喧騒を静かに見おろしていた。

「四百年前」と、ジェイミイは平静な口調で言った。「ためしてみて、うまくいったそうなんだよ。ダストマンを呼んでこいって言うんじゃないんだけど。ベッドごとカミリアを持ち上げて、階下《した》へ運んでって、玄関の前に置くんだよ」

「なぜ？　なんのために？」

「一時間のうちに」――ジェイミイの目は、人数を数えているように踊りはねる――「千人もの人たちが、うちの門の前を通りすぎる。一日だと二万人になる——駆けたり、足をひきずって歩いたり、車に乗ったりして通ってゆくよ。それぞれ、弱りきったうちの姉さんを見たり、姉さんの歯を数えたり、耳たぶを引っぱってみたりするだろう。みんなが、ねえ、みんながだぜ、特効薬を教えてくれるかもしれないんだ！　その中で、どれかひとつ効《き》けばいいんだ！」

「ああ」と、ウィルクス氏はぽかんとなって言った。

「お父さん！」ジェイミイは息せき切って言った。「おれだって〈医薬大全《マテリア・メディカ》〉ぐらい書ける、って思わない人はいるだろうか？　喉が痛いときにはこの緑色の軟膏がいい、マラリアとか、腹が張って苦しいときには牛の膏薬がいい、って具合に。こうしているときだって、一万人もの自称薬剤師がおもてを通ってるんだよ——ぼくらはそれをひとつも教わらないんだ！」

「ジェイミイ、おまえはなんてすばらしいことを言うんだ！」

「やめなさいったら！」ウィルクス夫人が口をはさんだ。「あたしの娘、見世物になんかしないわよ、ここの通りでも、どこの通りでも——」

「なに言うんだ、おまえ！」ウィルクス氏が応酬した。「カミリアは雪のように消え細っているというのに、この暑い部屋から出してやるのが、おまえはいやだって言うのかい？　さあ、ジェイミイ、ベッドを持ち上げよう！」

「カミリア、おまえはどうなの？」ウィルクス夫人は娘のほうを見て言った。

「死ぬのなら、戸外《おもて》で死にたい」と、カミリアは言って、「涼しいそよ風に、髪の毛を吹かれながら、あたし……」

「ばか言うな！」と、父親が言った。「おまえは死ぬんじゃない。さあ、ジェイミイ、持ち上げるんだ！　そう、その調子！　おい、どいていろ、女房《おまえ》！　さあ、ジェイミイ、持ち上げるんだ、もっと高く！」

「おお」カミリアが力なく叫んだ。「あたし飛ぶわ、飛んでゆくわ……！」

　とつぜん、ロンドンの上に青空がのぞいた。市民たちは、天気の変わりようにおどろいて、大急ぎで通りに飛び出し、見物に、仕事に、買物にと、てんでに繰り出した。盲人は歌い、犬どもは跳ねまわり、道化役者は踊っては宙がえりし、子供たちはチョークを使い、ボール投げをする。まるでカーニバルがやってきたようだ。

　ひたいに青筋を浮き上がらせ、足どりもよたよたと、ジェイミイとウィルクス氏は、こうした通りへとカミリアをはこび出した。カミリアは椅子轎《かご》に乗った女法王よろしく、目を固く閉じ、祈りの文句を呟いていた。

「気をつけてくださいよッ！」ウィルクス夫人がキンキン言う。「ああ、死んじゃうじゃないの！　だめよ！　そこ、そこ。そこへ降ろして。そうっと……」

　かくして、ようやく、カミリアが——賞品のように公衆の前に置かれた、大きな、蒼白い、聖バルトロメオの〈人形〉が——打ち寄せる慈愛《ヒューマニティ》の波に見えるようにと、ベッドは家の正面にもたせかけて置かれた。

「ペンとインクと紙をもってきてくれ、ジェイミイ」と父親が言った。「今日これから話してもらう症状や、教えてもらう療法を書きとめておくんだ。夜になってから、そいつを検討できるようにな。さあ——」

　だが、すでに、通りすぎる群衆のなかに、カミリアを鋭くじっと見つめている男がひとりあった。

「その子は病気だよ！」と、その男は言った。

「ああ」と、ウィルクス氏はうれしそうな声を立てた。「さて、はじまりだ。おい、ペンをよこせ。よし、よし。さあ、お話しください！」

「具合がよくないですな」男は顔をしかめて、「病気ですよ」

「病気なり——っと」と、ウィルクス氏は書きかけて、はたと手を止めた。「あんたは？」そう言って、彼はうさんくさそうに目を上げた。「あんたは医者かね？」

「ええ、そうですよ」

「道理で、どっかで聞いたセリフだよ！　ジェイミイ、わしのステッキをもってきて、こいつを追っぱらうんだ！　やい、この野郎、とっとと失《う》せろ！」

　男はかんかんに腹を立て、悪態をつきながら急いで歩み去った。

「具合はよくない、病気ですな、か。……ちぇっ！」ウィルクス氏は口真似したが、そこではたとやめた。今しも墓穴から掘り起こされた幽霊みたいな、痩せさらばえた長身の女が、カミリア・ウィルクスのほうに指を一本つきつけていたからである。

「憂鬱症《ふさぎ》だよ」と、女は節《ふし》をつけて言った。

「憂鬱症《ふさぎ》」と、ウィルクス氏は満足そうに書きつけた。

「肺の出血」と、女が歌うように言う。

「肺の出血！」ウィルクス氏は書きとめて、にっこりする。「うむ、ますますありそうなこった！」

「憂鬱症《メランコリイ》の妙薬が必要じゃ」青ざめた女は言った。

「おまえさんとこに、ミイラを挽いた粉薬はあるかい？　ミイラの極上品といえば、エジプト産、アラビア産、ヒラスファトス産、リビア産――いずれも、磁性の病いにはまことよく効《き》く。訪ねられい――あたしゃフロデン街に住むジプシイだよ。パセリも乳香の雄しべも売ってるよ――」

「フロデン街、パセリ、と――もっとゆっくり言ってくださいよ、あんた！」

「――それに、ギリアデの香油、黒海産の吉草根《きっそうこん》――」

「ちょっと待ってくださいよ！　ギリアデの香油、ですな！　おい、ジェイミイ、引きとめといてくれ！」

だが女は、薬の名前をのべたてると、音もなく歩み去った。

　こんどは、まだ十七ぐらいの娘がひとりやって来て、カミリア・ウィルクスをじっと見つめた。

「この女《ひと》――」

「ちょいと待った！」そう言って、ウィルクス氏は夢中になって書きとめた。「――ええと、磁性の病い――黒海産の吉草根、と――ああ、やれやれ！　さてと、こんどは娘さん。うちの娘の顔に何が見えますかい？　あんたはさっきからじいっと見つめたっきり、息もできなさらんようだ。どうなんです？」

「この女《ひと》――」その見知らぬ娘は、カミリアの目をさぐるようにのぞき込み、顔を赤らめ、口ごもった。

「この女《ひと》の病気は……あのう……」

「さっさと言っちまってくだせえよ！」

「この女《ひと》は……この女《ひと》は……ああ！」

そう言ったっきり、少女は深い深い同情のまなざしをもう一ぺん向けて、群衆のなかへと走り去った。

「ばかな娘《こ》だ！」

「ちがうわ、お父さん」カミリアは目を大きく見開いて、つぶやいた。「ばかじゃないわ。あの娘《ひと》、見たんだわ。わかったんだわ。おお、ジェイミイ、あの娘《ひと》をつかまえてきて、話してもらってちょうだい！」

「いや、あの娘はなんにも教えてくれなかった！　それにひきかえ、さっきのジプシイ女、あいつの並べたてたリストを見てみろ！」

「そりゃわかってるわ、お父さん」カミリアはいちだんと蒼ざめて、目を閉じた。

誰か咳払いをする者がある。

見ると、前垂れ《エプロン》を真っ赤に染めた肉屋が、すさまじい口髭を逆立てて、そこに立っていた。

「わしは、こうした顔になった牛にお目にかかったことがある」肉屋は言った。「ブランデーと新鮮な卵三個を飲ましてやっと、その牛どもを救ったことがあるんだ。この冬、このわし自身、同じ霊薬《エリクサー》で命拾いをしたばっかりだ――」

「おれんとこの娘は牛じゃねえぜ！」ウィルクス氏は思わずペンを投げ出した。「肉屋ともわけが違わあ、それに今は冬でもねえぜ！　さあ、さあ、引っこみな、おあとが控えてらあ！」

そして、事実、大群衆がつぎつぎと引きつけられ、押し寄せてきたのだ――ある者は気に入りの妙薬を、またある者は、イギリスのどこよりも、南フランスよりも雨が少なく、晴天の多い田舎の地を推奨したくてうずうずして。年とった男女、とりわけ年輩の医者たちは、おたがいにステッキをぶっつけ合い、松葉杖をカチャカチャいわせてやって来たのだ。

「帰ってえ！」ウィルクス夫人は胆をつぶして叫んだ。「娘が踏みつぶされてしまう、いちごみたいに！」

「さがれッ！」ジェイミイはステッキや松葉杖をひったくって、暴徒の頭上めがけて投げつけた。彼らはくるりと廻って、持ち主をさがし求めた。

「お父さん、あたしもうダメだわ、もう」と、カミリアがあえいだ。

「父さん」ジェイミイが叫んだ。「この騒動を鎮める方法はひとつしかない！　やつらから金をとるんです！　金をとって療法を教えてもらうことですよ！」

「ジェイミイ、さすがはおれの息子だ！　じゃ、早くしろ！　看板を書くんだ！　みなさん、お聞きくださ い！　二ペンスいただきます！　並んでください、一列に！　お聞かせくださるごとに二ペンスです！　さあ、お金を出して！　そう、そのとおり！　はい、旦那。はい、奥さん。へえ、こちらの旦那。さあて、ペンを持ちましたぞ！　さ、はじめてください！」

暴徒は暗い海のように沸きたった。

カミリアは片目をあけたが、ふたたび気を失った。


日が落ち、通りはほとんどからっぽ。わずかに、ぶらつく人影があるばかり。聞きおぼえのあるチャラチャラいう音に、カミリアのまぶたが蛾《が》のようにぱたぱたしはじめた。

「三百九十九、四百、……四百枚ある！」ウィルクス氏は、にたにた笑いを浮かべている息子の手にする袋に、最後の銅貨を数え入れた。「さてと！」

「それで黒い立派な葬儀車が買えるわ」と、蒼白い娘は言った。

「しーッ！　なあ、おまえたち、これほど大勢、二百人もの人たちが、金を払ってまで意見を聞かせてくれるなんて、思ってもみたかい？」

「ええ」ウィルクス夫人が言った。「妻も夫も子供たちも、お互いに耳を貸そうともしないものよ。それで、自分の言うことを聞いてもらうために、よろこんでお金まで払うのさ。あわれなものよ。各自、自分だけが、扁桃腺炎や浮腫や馬鼻疽《ばびそ》を知ってるんだ、よだれと蕁《じん》麻疹《ましん》の見分けがつくんだ、と思っているんだ、今晩、あたしたちにはお金がはいり、二百人もの人たちも医療知識の中身全部をうちの玄関におろして、けっこう幸福なんだわ」

「ちきしょう、最初、騒動を鎮める代わりに、犬ころみたいに嚙みついて追っぱらっちまって、しまったことをした」

「リストを読んできかせてよ、父さん」ジェイミイが言った。「――二百通りの療法のリストを。あの中のどれが効《き》くんだろう?」

「あたし、どうでもいいわ」カミリアは溜め息をついて呟いた。「暗くなったわ。あたし、いろんな療法を聞いたんで、胸がむかつくの! 二階へ連れてってくださらない?」

「ああ、いいとも。さあ、ジェイミイ、持ち上げるんだ!」

「お願いだ、ちょっと」と、声がかかった。

なかば身をかがめたまま、二人は目を上げた。

とりわけて目立たぬ背恰好のダストマンがそこに立っていた。顔は煤《すす》にまみれ、水色の瞳が輝き、微笑に、象牙のような歯がのぞく。からだを動かし、うなずきながら静かに話すにつれ、袖やズボンからパラパラ煤が舞い落ちる。

「すごい人だかりで、今まで来られなかったんです」彼はよごれた帽子を手にしたまま言った。「で、今、帰りがけに寄ってみたんです。料金は要《い》りますか?」

「いいえ、ダストマン、いいのよ」と、カミリアが静かに言った。

「待て、ちょっと――」と、ウィルクス氏が抗議した。だが、カミリアにやさしいまなざしを向けられて、彼は口をつぐんだ。

「ありがとう、お嬢さん」ダストマンの微笑は、覆いくる黄昏のなか、あたたかい陽光のようにかがやいた。

「ひとつだけ忠告があるんです」

彼はカミリアを見つめる。カミリアも彼を見つめる。

「今日は聖ボスコの前夜《イーヴ》でしょう、みなさん？」

「誰が知るかい？　知らんよ、わしは！」と、ウィルクス氏が言った。

「たしかに聖ボスコの前夜《イーヴ》だと思います。そのうえ、満月の夜でもある。それで――」ダストマンはつつましく言った。痩せ細った美しい娘から目をはなすことができなかった。「月の出の光のなかに、娘さんを出しておくべきです」

「月光の差すおもてに！」と、ウィルクス夫人が訊き返した。

「月にあてられて、頭が変《ルナティック》にならない？」と、ジェイミイ。

「失礼ですが」と、ダストマンは一礼して、「満月は病人のなぐさめとなる――人間であれ、野生の動物であれ。落ちついた色合いがあり、静けさにあふれ、満月に照らされると身も心もこころよく刻まれるのです」

「でも、雨が降るかも――」と、母親が不安げに口を添えた。

「誓って申しますが」ダストマンはすかさず言った。「わたしの妹も、これと同じような病状でした。月のある春の夜、鉢植えの百合《ゆり》のように妹をおもてに出したことがある。その妹は、今、サセックス州で健在です、生まれ変わったように健康になって！」

「生まれ変わったように！　月の光！　こりゃあ、今日あつまった四百ペンスの、一枚も使わなくってすむな、母さん、ジェイミイ、カミリア」

「いけません！」と、ウィルクス夫人が言った。「だめです、そんなこと！」

「お母さん」と、カミリアは言った。

彼女はダストマンを真剣に見つめた。

ダストマンはよごれた顔でじっと見つめ返す。その微笑は、闇のなかの小さな三日月刀のようだった。

「お母さん」と、カミリアは言って、「あたし、予感がするの。お月さまはあたしの病気をなおしてくださるわ、きっと、きっと……」

母親は溜め息をついた。「昼間といい、夜といい、あたしはツイていないのね。それじゃあ、おやすみのキスをさせておくれ。さあ」

そして、母親は二階へ行ってしまった。

ダストマンは一歩さがって、一同に丁重に一礼した。

「一晩中ですよ、いいですか、月の下に——明け方まで少しの邪魔もはいってはいけない。ぐっすりおやすみなさい、お嬢さん。そして、夢を見るのです、すばらしい夢を。では、おやすみなさい」

煤が闇にのまれる。ダストマンの姿は消えていた。

ウィルクス氏とジェイミイはカミリアのひたいにキスした。

「お父さん、ジェイミイ、心配しないでね」と、彼女は言った。

ひとりとり残された彼女は、はるかかなたに目をこらした。闇に浮かんだひとつの微笑が、ちらちらと見え隠れし、角を曲がって消えてゆくのを見たような気がした。

彼女は月の出を待った。


ロンドンの夜。居酒屋の人声は眠気を帯び、ぴしゃりと閉まるドア。酔っぱらいの別れの挨拶。置時計の鐘楽《チャイム》。カミリアは見た——猫が女のように毛皮を着て通りすぎるのを、女が猫のように通りすぎるのを——どちらも抜け目ないジプシイ、薬味のにおいをぷんぷんさせて。十五分ぐらいおきに、二階から声が漂う。

「大丈夫かい、おまえ?」

「ええ、お父さん」

「どう、カミリア?」

「お母さん、ジェイミイ、あたし元気よ」

そして、とうとう——「おやすみ」

「おやすみなさい」

最後の灯りが消える。ロンドンは眠りにつく。

月が上った。

月が上るにつれ、路地や裏町や街路を見つめるカミリアの目が大きくなる。そして、夜半、月は彼女の頭上にさしかかり、古代の墓の頂きにのった大理石の像のような彼女の姿を照らし出す。

闇のなか、物の動く気配。

カミリアは耳をそばだてる。

かすかなメロディーが宙に流れ出た。

ひとりの男が路地の物陰に立っていた。

カミリアははっと息をのんだ。

男は手にしたリュートを軽やかにかき鳴らしながら、月光のなかに進み出た。身なりもよく、端麗な顔だちの男で、どことなく威厳さえあった。

「吟遊詩人《トルバドゥール》だわ」と、カミリアは声に出して言った。

男は唇に指を一本あてて、ゆっくりと前に進み出て、まもなく彼女のベッドのかたわらに立った。

「こんな晩《おそ》く、何をしていらっしゃいますの?」と、少女はたずねた。なぜだかわからなかったが、少しも怖くはなかった。

「ある友人にたのまれて、あなたの病気をなおしに来たんですよ」彼はリュートの弦に手を触れた。美しい音が流れる。彼は銀色の月光のなかにあって、じつにきれいだった。

「そんなはずはありませんわ」彼女は言った。「だって言いましたもの、お月さまがあたしをなおしてくださるんだって」

「たしかにそのとおりです、お嬢さん」

「あなたはどんな歌をお歌いになりますの?」

「春の夜の歌、名もない疼《うず》きや病いの歌です。あなたの熱病の病名を言いましょうか、お嬢さん?」

「ご存知なら、教えて」

「第一に、症状は――猛烈に熱が出、次いで急激に下がり、心臓が速くなり遅くなり、ものすごく気が立つかと思うと、やがて平静になり、井戸水をすすっただけで酔っぱらい、手を触れられただけでも目まいがする、こうして触れられただけでも――」

　彼は彼女の手首に触れ、彼女が甘美な忘却に溶けゆくのを見て、あとずさりした。

「ふさぎ込むかと思うと、気分が高まり——」と、彼はことばをつづけて、「夢見るかと思うと——」

「やめて！」彼女はうっとりして叫んだ。「あたしのこと、あなたは何から何までご存知だわ。さあ、病名をおっしゃって！」

「では申しましょう」彼が彼女の手のひらに唇を押しあてると、彼女はとつぜん身を震わせた。「病名は〈カミリア・ウィルクス〉というんです」

「変ねえ」彼女は身震いした。目からライラック色の光がきらっと光る。「それじゃあ、あたし自身が病気のもとなんですの？　自分で自分を病気にしているっていうんですの！　ああ、この胸にさわって！」

「ええ、わかります」

「あたしの手足、夏の太陽のように燃えているわ！」

「ええ、わたしの指が焦げるようです」

「でも今、夜風にあたって震えている、ほら、こんなに——ああ、寒い！　あたし死ぬわ、きっと死ぬんだわ！」

「いや、そうはさせません」と、彼は静かに言った。

「じゃあ、あなたお医者さまなの？」

「いや、今日あなたの病気をあれこれ推測した人たちと同じ、ありきたりの素人医者に過ぎません。病名がわかっていながら、群衆のなかに逃げて行ったあの少女のような」

「ええ、あの目を見てわかったわ。あたしの病気が何であるか、あの娘《ひと》は知っていたんだわ。でも、ああ、歯がちがち鳴っている。なのに、これっきり毛布がないの！」

「ちょっと入らせてください。さあ。どれどれ。二本の腕、二本の脚、頭とからだ。さあ、すっかり入りましたよ！」

「何をなさるの！」

「もちろん、夜の寒さからあなたを守るためですよ」

「まあ、暖炉みたいだわ！　ねえ、あなた、あたしあなたを知っているのかしら？　あなたのお名前は？」

すばやく、彼の頭が彼女の頭を覆う。生き生きした、清水のような彼の目がきらりと光る。微笑に、白い歯並みがきらっとのぞく。

「ボスコですよ、もちろん」と、彼が言う。

「そういう名前の聖者がいるんじゃないかしら？」

「一時間もすれば、そう呼ぶようになるでしょう、わたしのことを」

彼の頭がぐっと近づく。こうして煤の闇に呑まれると、彼女は夕方のダストマンの姿をみとめて、思わず歓喜の叫びをあげた。

「ああ、世界がぐるぐる廻るわ！　あたし死ぬわ！　ねえ、なおして、やさしいお医者さま。何もかもなくなってしまう！」

「なおりますよ、こうすれば……」

どこかで、猫が鳴く。窓からほうり出された靴のかたっぽが、垣根のむこうに猫を追いやる。それから、あたりはしいんとなる。そして月が……

「しーッ……」

夜明け。ウィルクス夫妻は忍び足で階下《した》へ降り、中庭をのぞき込む。

「ゆうべの寒さで凍死してしまったでしょうよ、きっと！」

「いや、おまえ、ごらん！　生きているよ！　頬にはバラ色が差している！　いや、それ以上だ！　桃色だ、柿色だ！　バラ色に、ミルク色にかがやいているぞ！　かわいいカミリアはすっかり元気になっているぞ！」

二人は眠っている娘のかたわらに身をかがめた。

「あ、笑ってる。夢を見ている。なんて言ってるんだろう？」

「霊薬だわ」と、娘は溜め息とともに言う。

「な、なんだって？」

娘は夢のなかでふたたびほほえむ、白い歯をのぞかせて。

「妙薬だわ、メランコリイの」と、彼女は呟く。

そして、目をあけた。

「ああ、お母さん、お父さん！」

「おお、おまえ！　娘や！　二階へ行こうよ！」

「いいえ」彼女は両親の手をとる——やさしく。「お母さん？　お父さん？」

「何だい？」

「誰にもわからない。お日さまが昇るだけ。お願い。あたしとダンスをして」

彼らは踊りたくなかった。

だが、何を祝うともなく、彼らは踊った。

# 初めの終わり

## The End of the Beginning

彼は、庭の真ん中で草刈機をとめた。今しがた太陽が沈み、星がまたたきだしたのに気づいたからだ。顔や体に降りそそいだ、刈りたての草が、ゆっくりと萎《しお》れていった。たしかに星が出ていた。最初、光はかすかだったが、今、澄みきった砂漠の空に明るくまたたいている。ポーチの網戸がカタリと閉まる音が聞こえ、夜空をじっと仰ぐ自分を、妻が見つめているのを彼は感じた。

「もうじき時間よ」と、妻が言った。

彼はうなずく。時計を見るには及ばなかった。束《つか》の間に、老いこんでしまったかと思うと、急に若返り、じつに寒くなったかと思うと、急に暑くなり、あれこれ目まぐるしく感じが変わった。とつぜん、何マイルも何マイルも離れた所に彼はいた。いつしか、自分の息子になっていた――、真新しい制服に身をつつみ、糧食、酸素筒、気密ヘルメット、宇宙服を点検し、今夜地上の誰しもがするように、急速に星の満ちゆく空にじっと目をそそぎながら、高鳴る心臓とよみがえる恐怖をかくそうと、たえまなく喋り、活発に動きまわっている息子に。

それから、はっとして、ふたたび父親に戻り、手は草刈機のハンドルをにぎっていた。妻が呼びかけた。

「ポーチに来て、お掛けにならない？」

「じっとしちゃいられないんだ！」

妻は踏み段を降り、芝生へやって来た。「ボブのこと心配なさらないで。あの子、大丈夫だわ」

「でも、まったく初めてのことなんだぞ」と、彼は思わず言って、「これまで行なわれたことがないんだ。考えてもみるがいい――最初の宇宙ステーション建造のために、今夜、人間を乗せたロケットが飛び立つんだ。とにかく、いままでできなかったことだ、存在したためしがないんだ、ロケットもなし、実験場もなし、離陸時間もわからず、専門技術家もいなかったのだ。そういえば、ボブなんていう息子もいないようなもんなんだ。何もかも、わしの手に余ることだ！」

「じゃ、こんなところに出て、何してらっしゃるの――じっと見つめたりして？」

　彼は頭を横に振った。「いや、今朝おそく、会社へゆく途中、誰かが大声で笑うのが聞こえたんだ。わしはぎくりとして、通りの真ん中に凍りついたようになってしまった。このおれなんだよ、笑っていたのは！　なぜだろう？　ボブのやつが今夜何をしようとしているのか、とうとう本当にわかったからだよ。ついに、わしはそれを信じたのだ。神聖なんて言葉は今まで使ったこともないが、あれほどの人通りのなかで、立往生してしまったのは、そういった気持ちになったからだ。それから、午後になると、知らず知らず鼻歌を歌っていたよ。知ってるだろう、この歌――『車のなかにまた車。はるかかなたの空中を』おれはふたたび笑いがこみ上げてきたんだ。もちろん、宇宙ステーションのことを考えていたのさ。中空の輻《スポーク》をもつ大きな車輪――そのなかでボブは六カ月から八カ月生活し、それから月世界にうつるのだ。歩いて家に帰る途中、おれはその歌の先の文句を思い出したよ。『小さな車輪は信仰でまわり、大きな車輪は神の恩寵《おんちょう》でまわる』おれは飛び上がって歓声を上げ、思わず体内の火を消したくなったよ！」

　妻が彼の腕に触れた。「外に出ているんなら、からだを楽にしましょうよ」

　彼らは籐《とう》の揺り椅子を芝生の中央に据えて、しずかに腰をおろした。星は闇から発し、地平線から地平線へとまき散らされた青白い岩塩の粉のなかに溶けている。

「まるで」と、妻がようやく口を開いた。「毎年シスレイ・フィールドである花火を待っているみたいだわね」

「今晩の人出はもっとものすごいだろう……」

「あたし考えてましたのよ――たった今、何十億っていう人たちが空をじっと見つめている、みんないっせいに口をあけて」

彼らは待った。椅子の下の地面が動く。

「今、何時ですの？」

「八時十一分前だ」

「あなたはいつも時間をお当てになる。頭のなかに時計があるみたい」

「今晩は、まちがうわけがない。飛び立つ一秒前だって教えてやれるよ。ごらん！　十分前の合図だ！」

西の空に、四つの真っ赤な火炎信号がぱっと上がり、砂漠のうえを吹きわたる風にのって明滅し、それからしずかに消えて、地上に落ちるのが見えた。

ふたたび訪れた闇のなかで、夫妻は籐椅子を揺さぶらず、じっとしていた。

しばらくたって夫が言った。「八分前」ひとときの沈黙。「七分前」まえよりも長いような気のする沈黙。「六……」

妻はぐっと振り仰いで、まっすぐ頭上の星を見つめてささやいた。「なぜ？」彼女は目を閉じた。「なぜロケットを、なぜ今晩？　なぜこんなことするのかしら？　あたし知りたい」

彼は妻の顔をのぞき込んだ。はてしなく粉をまいたような銀河の光のなかで、その顔は蒼白だった。彼は答えたい衝動にかられたが、妻にその先をつづけさせた。

「あたしの知りたいのは、あの答えの蒸し返しじゃないわ――なぜエヴェレスト山に登るのかと訊かれて、『なぜならば、そこにあるから』と答えたような。あたしにはどうしてもわからない。あんなの答えじゃないわ」

あと五分だ、と彼は思った。時間はカチカチと進む……彼の腕時計……車のなかにまた車……小さな車輪は……大きな車輪は……はるかかなたの空中を……あと、四分だ！……乗組員たちはもうロケットのなかに納まっている、あの巣箱に。コントロール・ボードのライトが明滅……

　彼の唇が動いた。

「わしにわかることといえば、これは実に、初めの終わりということだ。石器時代、青銅器時代、鉄器時代――この瞬間から、これらすべての時代をひとつの大きな名称に総括しうるのだ――地球上を歩き、朝、鳥の鳴き声を聞き、羨望の叫びを発した時代というふうに。おそらく〈地球時代〉、あるいは〈地球引力時代〉と呼んでよかろう。何十億年ものあいだ、われわれは地球引力とたたかってきたのだ。われわれは、アメーバや魚類であった時代、地球引力におしつぶされずに海から出ようと奮闘した。そして、無事陸《おか》に上ると、新たにできた脊柱を引力にへし折られないように、まっすぐ立とうと奮闘し、つまずかずに歩き、ころばずに走ろうと努力したのだ。何十億年ものあいだ、引力はわれわれを地球上に釘づけにし、風雨やらキャベツ蛾やらイナゴやらでわれわれをなぶった。今晩の大きな意義はここにある……〈地球引力時代〉の旧人は終わりを告げ、この時代も、もう今夜かぎり。どこで時代を区分するようになるか、わしは知らぬ。空飛ぶ絨緞《じゅうたん》を夢みたペルシャ人に境をおくか、それとも、何も知らずに数珠なりに菓子を飾り、空高くロケット花火を打ち上げ、誕生日や新年を祝った中国人におくか、あるいは、次の時代のある瞬間、ある驚異的瞬間におくべきか――。ともあれ、われわれは十億年の努力の果てに臨んでいる。長い年月の果て、われわれ人類にとって、ともかく栄えある時代の終わりにきているのだ」

　あと三分……二分五十九秒……二分五十八秒……

「でも、なぜだか、あたしにはまだわからない」と、妻が言った。

　あと二分だ、と彼は思った。用意はよろしいか？　よろしいか？　よろしいか？　遠くでラジオが叫んでいる。用意完了！　用意完了！　用意完了！　ぶんぶん音を立てているロケットから、即座にかすかな応答。チェック！　チェック！　チェック！

彼は考える――今晩、この最初の打ち上げに失敗しても、第二、第三の打ち上げを行なうだろう。そして、あらゆる惑星をめざし、のちにあらゆる恒星をめざして飛ぶのだ。そして、ただひたすらに飛びつづけるのだ――不滅とか永劫とかいう大きな言葉が意味を生じてくるまで。大きな言葉――しかり、それこそわれわれが欲するもの。果てしなき連続。われわれの口のなかで初めて舌が動き出して以来、たずねつづけてきた言葉だ――いったい、どういう意味なのか？　これに較べれば、他の疑問は意味をなさぬ、いたずらに死神の吐く息が首筋をなでるばかり。だが、ひとたび、一万もの知られざる太陽のまわりをぐるぐる廻っている一万もの世界に植民してみるがいいのだ、疑問はたちまちにして氷解しよう。人間も永遠にして無窮たりうる、永遠無窮たる宇宙と同じように。人間も、宇宙と同じように、永久につづくのだ。個々の人間はいつものように死んでゆく。だが、人間の歴史は、見通す必要のないほど無限の未来にまでつづくのだ。かくして、未来永劫までわれわれが存続することを知れば、確固不滅なるものを悟る。それこそ、われわれが常にもとめてやまなかった答えだ。生を享《う》ければ、少なくとも、生命を維持し、それを無限の未来に伝えることはできよう。これこそ、真にめざすに値するゴールなのだ。

揺り椅子が草のうえでカサッという音を立てた。

一分前。

「あと一分だ」と、彼は声に出して言った。

「ああ！」妻がとつぜん動いて、彼の両手をにぎりしめた。「どうか、ボブが……」

「あいつは大丈夫さ！」

「ああ、神様、どうか……」

三十秒前。

「さあ、よく見て」

十五秒、十秒、五秒……

「見ろ！」

四、三、二、一。
「それ！　それ！　おお、やった、やった！」

二人とも叫び声を上げた。二人とも立ち上がった。椅子がグラッとうしろにかしいで、芝生のうえにパタリと倒れる。夫と妻はよろめき、手がおたがいを求め合い、つかみ合い、抱き合った。空がパッと明るい色に染まる。十秒ののち、打ち上げられた大きな彗星《すいせい》が空を焼き、星を消し、炎を噴いて突進し、おびただしくちりばめられた銀河のなかに呑まれていった。夫と妻はしっかり抱き合っていた――暗く、底知れぬかに見える深淵に面した、途方もない絶壁のふちでつまずいたかのように。彼らはじっと空を見つめながら、泣き、そして叫んでいる己《おの》が声を聞いていた。口がきけるようになったのは、だいぶたってからだった。

「行ってしまったなあ、とうとう？」

「ええ……」

「大丈夫だったねえ？」

「ええ……ええ……」

「墜落しなかったろう……？」

「ええ、ええ、大丈夫だったわ、ボブも大丈夫、大丈夫だったわ」

彼らはようやく離れた。

彼は顔に手を触れ、濡れた指を見つめた。「ちきしょう、何てことだ」と、彼は言った。

さらに五分、そして十分、彼らはその場に立ちつくした。やがて頭のなかの闇が、網膜が、チカチカするおびただしい火の星で痛み出した。そのため、目をつぶらなければならなかった。

「さあ、もう中へはいりましょう」と、妻が言った。

彼は動くことができなかった。手だけがひとりでにいっぱいに伸びて、草刈機のハンドルをさがし求めた。彼は手のしたことを知り、そして言った。「もうちょっと、やらなくちゃならん……」

「でも、見えないじゃありませんか」

「かまわん」彼は言った。「これだけやってしまわなくちゃ。すんだら、しばらくいっしょにポーチに腰をおろし、それから寝よう」

彼は妻がポーチに椅子を移すのを手伝い、妻を座らせてから、ふたたび芝生に戻って、芝刈機の滑棒《すべりぼう》に手をかけた。草刈機。車のなかにまた車。手で動かす簡単な機械――急いでカタカタ前へ押してゆけばいい、ただうしろを、静かに瞑想にふけりながら歩いてゆけばいいのだ。ガタガタいう音、そのあとは暖かい静寂がつづく。ぐるぐる廻る車輪、そのあとに考えぶかげな足どり。

おれの齢は十億なんだ、と、彼はひとりごちた――いや、生まれてからまだ一分しかたたんのだ。身長は一インチ、いや、一万マイルかもしれん。目を落としても、自分の足が見えない――あまりにも遠く、ずっと下のほうにあるのだから。

彼は草刈機を動かしてみた。草がぱらぱらと静かにまわりにこぼれ落ちる。彼は草の風味をあじわう。自分が青春の泉の清らかな水に沐浴する全人類であるかのように感じた。

こうして沐浴しながら、彼はあの歌を思い浮かべていた。車輪の歌、信仰も神の恩寵もはるかかなたの宙空にあるというあの歌を。そしてその宙空には、あのひとつの星が、じっと動かぬ百万の星のあいだを縫って、前進し、あくまでも前進しつづけているのだ。

やがて、彼は草刈りを終えた。

# すばらしき白服

The Wonderful Ice Cream Suit

都会の夏のたそがれどき。しずかにカチッカチッと音をたてている玉突き場のまえで、三人の若いメキシコ系アメリカ人が暑い空気を呼吸しながら、世の中を眺めまわしていた。ときおり話をかわし、ときおりまったくおし黙って、灼けたアスファルトのうえを黒豹《くろひょう》のように滑りゆく自動車を見つめたり、雷雨のように姿をあらわし、稲妻をまき散らし、ごろごろいう音をたてて次第に遠ざかってゆく市街電車を眺めたりしていた。

「よお」たまりかねて、溜め息をついたのはマルティネスである。三人のなかでいちばんの年下、感じのいい憂い顔をしている。「すばらしい夜だねえ？　実にすばらしい」

彼がうち眺めるうちに、世の中はぐっと近くに迫ってき、ややあって遠ざかり、そしてまた近づいてくる。人々は、さっと擦れ違ったかと思うと、もう通りの向こう側にいる。かと思えば、五マイル先の建物が、急に彼のうえにのしかかってくる。だが、たいていは、なにもかも——人も車も建物も——世の中の果てにじっととどまり、手を触れることもできない。ひっそりした暑い夏の晩なのに、マルティネスの顔は冷たかった。

「こんな晩には、何かしたいと思うだろう……いろいろなことを」

「何かしたいと思うのは」と、第二の男が言った。ビリャナスルという名の男で、部屋のなかでは声を張り上げて本を読むくせに、通りでは小声でしか話をしない男だ。「願望というやつは、失業者の無益な気晴らしさ」

「失業者だって?」そう叫んだのは、髭をはやしたままの男バメノスである。「聞いたかい、今のことばを! おれたちは、仕事もなければ金もない!」

「だから、友だちもないのさ」と、マルティネスが言った。

「ちげえねえ」ビリャナスルは凝視した目を緑の広場に移した。そこには、しゅろの木が夜のそよ風に揺れている。「おれのしたいと思っていることがわかるかね? おれはあの広場にはいっていって、夜ごとにやって来てはホラを吹く実業家に立ち交じって、話をしたいんだ。でも、おれみたいな服装《なり》じゃ、おれみたいに貧乏じゃ、誰が話を聞いてくれよう? ところで、マルティネス、おれたちゃおたがい友だち同士だ。貧乏人の友情こそ真の友情だよ。おれたちゃ――」

が、そのとき、りっぱな細い口髭をたくわえたハンサムなメキシコの青年が、ぶらぶらと通りかかった。そして、無造作に貸した左右の腕には、笑いさざめく女が一人ずつしがみついている。

「これはどうだ!《マドレ・ミア》」そう言ってマルティネスは、おのれの額《ひたい》をピシャリとたたいた。「どうしてあいつは、二人も友だちをかかえてるんだろう?」

「上等な白の夏服を新調したからさ」バメノスが真っ黒な親指の爪を嚙みながら言う。「パリッとして見えるからさ」

マルティネスは身をのり出して、歩み去る三人の姿を見まもった。そのとき、通りの向こうのアパートの、ずっと上のほう、四階の窓のひとつから、一人の美しい娘が上体をのり出した。黒髪がかすかに風になびいている。娘はずっとそこにいるのだ、ずっと――つまり六週間。彼は会釈をしたこともある、手を挙げたこともある、微笑を送ったこともある、すばやくウィンクしたこともある、お辞儀をしたことさえあった――通りで。友だちを訪ねるついでにホールで。公園で。下町で。このときも、彼は腰から手をあげて、指を動かした。だが、愛らしい娘のしたことといえば、夏の風に黒髪をなびかせたことだけだった。彼は存在しないも同然なのだ。何ものでもないのだ。

「やれやれ《マドレ・ミア》！」彼は通りのかなたに目を移した。例の男が、二人の女友だちを引き連れて角《かど》を曲がってゆく。「ああ、おれにも一着背広があったらなあ、一着でいいんだ！　ちゃんとした服装《なり》ができれば、金なんかなくてもいい」

「少々言うのをはばかるが」と、ビリャナスルが口をはさんで、「ゴメスを見たろう。あいつは、一カ月ものあいだ、服のことばかり、狂ったように言っているよ。あいつを追っぱらっちまいたいもんだ、とおれはいつも言ってるんだがねえ。あのゴメスのやつを」

「ねえ、君」と、しずかに呼びかける声がした。

「ゴメスじゃないか！」一同は振り返って目を見はった。

　ゴメスが奇妙な笑いを浮かべて、果てしなく長く細い黄色のリボンをとり出すと、リボンは夏の風にひらひらと舞い、くるくると渦を巻いた。

「ゴメス、その巻き尺でなにをしようというんだい？」と、マルティネスが言った。

　ゴメスは晴れやかにほほえんで、「みんなの体格を測るのさ」

「体格だって！」

「ちょっと待ちたまえ」言ってゴメスはマルティネスを流し目に見た。「よお《カランバ》！　君はずっとどこへ行っていたんだい！　まず君を測らしてくれ！」

　マルティネスは腕をつかまれ、巻き尺を腕にあてられ脚を測られ、胸のまわりに巻かれるのを見ていた。

「じっとしてるんだ！」と、ゴメスは叫んで、「腕——異常なし。脚——胸——申しぶんなし《ペルフェクトー》！　さ、こんどは身長！　さて！　よしよし！　五フィート五！　君は合格だよ！　さあ、握手だ！」彼は、握ったマルティネスの手をポンプのように上下に動かしていたが、はたとその手を止めた。「ちょっと待て。ときに君……十ドル持ってるかね？」

「おれが持ってるよ！」と、バメノスが手垢のついた紙幣《さつ》を数枚振ってみせた。「ゴメス、おれも測ってくれよ！」

「あり金ぜんぶはたいてみても、九ドル九十二セントしかない」マルティネスが、あちこちポケットをさぐって言った。「服を新調するのに足りるかい？　で、なぜだい？」

「なぜだって？　君は丁度いい体格をしている、だからさ！」

「セニョール・ゴメス、おれはまだ、君をほとんど知らないし――」

「なに、おれのことを？　君はおれといっしょに住むんだ！　さあ行こう！」

ゴメスは玉突き場のなかに消えていった。マルティネスは慇懃なビリャナスルに付き添われ、熱心なバメノスに尻押しされて、中にはいった。

「ドミンゲス！」と、ゴメスは呼びかけた。

ドミンゲスというのは、壁にとりつけた電話のところにいて、一同に目顔で挨拶した。受話器から、女のきんきんする声が聞こえてくる。

「マヌロ！」と、ゴメスが呼んだ。

マヌロというのは、口を泡だらけにして酒壜を傾けていたが、振り向いた。

ゴメスはマルティネスを指さした。

「ついに五人目の有志を見つけたよ！」

するとドミンゲスが、「おれはデートがあるんだ、邪魔しないでくれよ――」と言いかけて、口をつぐんだ。受話器が指の間からするりと落ちる。名前と番号を細かくぎっしり書き込んだ、彼の黒い小さな電話手帳が、すばやく彼のポケットにおさまる。「ゴメス、君は――？」

「そう、そう！　君の金のことだろう！　ほおれ《アンダレ》！」

ぶらさがった受話器から、女の声がシューシュー聞こえてくる。

ドミンゲスは不安げにちらとそちらに目をやった。

マヌロは、手にした空《から》の酒壜と、通りの向こうの酒屋の看板に、じっと目をそそいでいた。

それからしぶしぶ二人は、十ドルずつ、緑色のビロードの玉突き台のうえに置いた。

　ビリャナスルはびっくりして、それに倣《なら》った。ゴメスもそれに倣って、マルティネスを肘で小突いた。マルティネスはしわくちゃな紙幣《さつ》と小銭を数えて出した。ゴメスはロイヤル・フラッシュのときみたいに、金を振ってみせた。

「五十ドル集まった！　背広は六十ドルするんだ！　あと十ドルだけ集まればいいんだ！」

「ちょっと待った」と、マルティネスが言って、「ゴメス、それは背広一着のことかい？　一着《ウノ》の値段かい？」

「そりゃ一着《ウノ》さ！」ゴメスは指を一本立てて、「すばらしい、アイスクリームのような白の夏服が一着！　真っ白な、八月の月みたいに真っ白なやつさ！」

「ところで、その一着は誰が所有するんだい？」

「おれさ！」と、マヌロが言った。

「おれだよ！」と、ドミンゲスが言う。

「おれだよ！」と、ビリャナスルが言う。

「おれだよ！」と、ゴメスは叫んで、「それに、マルティネス、君のものでもあるんだよ。さあ、みんな、こいつに見せてやろうよ。整列！」

　ビリャナスル、マヌロ、ドミンゲス、それにゴメスは、飛んでいって、玉突き場の壁に背をもたせかけた。

「マルティネス、君もだ。向こう端に整列！　さあ、バメノス、その玉突きの棒《キュー》をおれたちの頭のうえへ渡してくれ！」

「いいとも、ゴメス、よしきた！」

　マルティネスは列に加わり、棒《キュー》が頭をたたくのを感じて、何ごとが起こっているのか見ようと、上体をのり出した。「ああッ！」と、彼は息をのんだ。

　バメノスがニヤニヤしながら棒《キュー》をすべらせていった。棒《キュー》は上りも下りもしないで、一同の頭のうえに置かれていた。

「おれたち、みんな背丈が同じだ！」と、マルティネスが言った。

「おんなじだ！」と、みんな笑った。

ゴメスが、並んだ一同のまえを、黄色い巻き尺をそこここの男にあて、カサカサいわせて走ってゆく。一同は一層けたたましく笑った。

「そのとおり！」と彼は言って、「一ヵ月——いいかい、四週間かかったよ——おれと同じ大きさ、同じ背恰好の男を四人見つけるのに。走りまわって測るのに一ヵ月もね。もちろん、ときには五フィート五の骨組をもった男はいたさ。だけど、その骨についてる肉が多すぎたり、足りなかったりでさ。ときには、脚の骨が長すぎたり、腕の骨が短すぎたりだ。むろん、骨格がぜんぶ同じでなくちゃならんのさ！　いいかい！　ときに、おれたち五人は、肩も胸も腰も腕も、みんな同じだ。ところで、体重はどうだろう？　おい、みんな！」

マヌロ、ドミンゲス、ビリャナスル、ゴメス、そして最後にマルティネスが秤《はかり》に乗った。バメノスが、なおもむやみと笑いをうかべながら銅貨を入れると、インクスタンプを捺したカードがぽんと飛び出す。マルティネスが胸をどきどきさせながらカードを読み上げた。

「百三十五ポンド……百三十六……百三十三……百三十四……百三十七……こいつあ奇跡だ！」

「いや」ビリャナスルがぽつりと言った。「ねえ、ゴメス」

一同は、自分たちを両腕で取り巻いている天才にほほえみかけた。

「おれたち、申し分ないんじゃないかね？」彼はいぶかった。「ひとり残らず同じサイズ。ひとり残らず同じ夢——それは背広。それぞれ、少なくとも週に一晩だけはパリッとできるわけだろう、え？」

「もうここ何年も、パリッとしたことなんかないな」マルティネスが言った。「で、女の子にも逃げられるし」

「もう逃げられることもないさ。凍りついちゃうだろうよ」ゴメスが言った。「冷たいアイスクリームみたいに白い夏服すがたを見ればね」

「ねえ、ゴメス」ビリャナスルが言った。「ひとつだけ訊きたい」

「いいとも、君《コンパドレ》」

「そのパリッとした新品のアイスクリームみたいな白服を買うと、いつかある晩、君はそれを一着におよび、グレイハウンド・バスに乗って行って、一年ばかりエル・パソ（米国テキサス州西端の都市）に住みついちゃうんじゃないだろうねえ？」

「おいおい、ビリャナスル、なんでまた、そんなことを言う？」

「おれは目が利くし、舌もたしかなんだぜ」ビリャナスルは言った。「《丸もうけ屋》はどうしたい？　穴《パ》あけ《ンチ》カードの富くじを、君はやってたじゃないか。誰ひとり儲けたものがいないのに、あいかわらずやってたじゃないかね？　君が設立しようとしたチリ・コン・カルネ（メキシコ料理。チリの利いた豆と挽肉のシチュー）＆インゲン豆（ラテンアメリカ人の重要な食料品）連合会社はどうなったね？　今までの成果といえば、けちなオフィスの使用料が払えなくなっただけだろう？」

「若気のあやまちが、いまになって大きくなったのさ」と、ゴメスは言って、「もうたくさんだ！　こんな暑いところでは、おれたちのために作ったような、特製の服を買やあいいのさ。《シャムウェイ盛夏服店》のウィンドウで、買い手のつくのを待ってるあの服を！　おれたちには五十ドルって金がある。あと、同じ体格のやつをもうひとりつかまえりゃいいんだ！」

　一同が玉突き場のなかを見まわすのを、マルティネスは目にとめた。彼はみんなの視線の向かうところへ目をやった。バメノスの姿をかすめ見た自分の目が、しぶしぶこちらに戻ってきて、自分のよごれたシャツと、ニコチンにまみれた太い指にそそがれるのを彼は感じた。

「おれのことかい！」バメノスもとうとうたまりかねて叫んだ。「おれの骨格かい、測ってくれよ。大きいぜ！　たしかにおれは、手も腕もでかいよ、溝掘りをしてたからな！　でも――」

　ちょうどそのとき、外の歩道を、さっきのキザな男が二人の女をひきつれて笑いさざめきながら通りかかるのを、マルティネスは耳にした。

　この玉突き場の一同の顔のうえを、夏の雲の影のように、苦悩の色がかすめるのを彼は見た。

　バメノスはおもむろに秤のうえに乗り、銅貨を投入した。目を閉じて、彼は祈りの文句をつぶやいた。

「わが母よ《マドレ・ミア》、なにとぞ……」

　機械がぶーんと音をたて、ポンとカードが飛び出した。バメノスは目をあけた。

「こりゃどうだ！　百三十五ポンドだぜ！　またしても奇跡だ！」

　一同は彼の右手に握られたカードをまじまじと見つめ、それから、左手に握られた汚い十ドル紙幣を見つめた。

　ゴメスはふらふらっとした。汗が噴き出し、彼は唇をなめた。それから、思わず手がサッと出て、金をつかんだ。

「さあ洋服屋だ！　背広が買えるぞ！　さあ行こう《バモス》！」

　一同は喚声をあげながら、玉突き場から跳び出した。うちすてられた電話機から、女の声がまだきんきん聞こえてくる。ひとりあとにとりのこされたマルティネスは、手をのばして、がちゃんと電話を切った。しずまりかえったなかで、彼はかぶりを振った。「いや《サン》はや《トス》、なんたる夢なんだ！　男六人に背広一着。これから何が生まれるか？　狂気？　放蕩？　それとも殺人？　だがおれは、神とともに行くよ。ゴメス、待ってくれ！」

　マルティネスは若かった。走るのが速かった。

《シャムウェイ盛夏服店》のシャムウェイ氏は、ネクタイ掛けの具合をなおしている手をはたと止めた。店の外の気配がかすかに変化したのに気づいたのだ。

「レオ」と、彼は店員に耳うちした。「見てごらん……」

おもてを、一人の男――ゴメス――が、店をのぞきながらぶらついていた。二人の男――マヌロとドミンゲス――が、じっと店をのぞき込みながら、急いで通りすぎた。三人の男――ビリャナスルとマルティネスとバメノス――が、肩をくっつけ合いながら、同じようにして通っていった。

「レオ」シャムウェイ氏はおもわずつばを呑みこんで、「警察を呼びなさい！」

とつぜん、六人の男が入口に立ちふさがった。

マルティネスはほかの者のあいだにぎゅっとはさまれて、胃の調子がちょっとおかしくなり、顔を熱っぽく火照らして、ニタニタとレオにほほえみかけたので、レオは手にした電話機をはなした。

「よお」マルティネスは、目を大きく見開いてささやいた。「あそこにすごい服があるな！」

「いや」マヌロは襟の折り返しに手を触れて、「こっちのやつだ！」

「世界中で、背広といえばただひとつ！」ゴメスが冷ややかに言った。「シャムウェイさん。アイスクリームみたいに白い、サイズ三十四のやつが、ウィンドウに出てたけど、一時間ばかり前まで！　いま見えないが！　まさかあれは――」

「売れたのか、とおっしゃるんですか？」シャムウェイ氏はふうっと息を吐き出した。「いや、いや。着付け室にありますよ。まだ人台《じんだい》に掛けたまま」

マルティネスは、自分が動いたために一同が動かされたのか、一同が動いたために自分が動かされたのか分からなかったが、ともかく、とつぜんみんなは動き出した。シャムウェイ氏は駈けだして、みんなの先頭に立とうとした。

「こちらです、みなさん。ところで、どなたが……？」

「みんなだよ、でも一着でいいんだ。一着をみんなが着るのさ！」マルティネスはわれ知らずそう言って、笑い出した。「みんな、ひととおり着てみるよ！」

「みなさん全部が？」シャムウェイ氏は着付け室のカ

ーテンにグッとしがみついた。まるで、店全体が汽船になって、大きなうねりに出会い、とつぜん揺れ傾いたかのように。彼は目を丸くした。

　そのとおりですよ——と、マルティネスは思った——われわれの嬉しそうな顔を見てください。そして、この微笑のかげにあるわれわれの骨格を見てくださいよ！　測ってみなさいよ、ここも、あそこも、上も、下も。そうそう、おわかりですかな？

　シャムウェイ氏は見た。そして、うなずいた。それから、肩をすくめた。

「みなさん全部ですね！」彼はさっとカーテンを引きあけた。「さあ！　お買いください。人台《じんだい》はおまけに無料《ただ》で差し上げますよ！」

　マルティネスがしずかに着付け室のなかをのぞき込んだ。それにつられて、他の者ものぞき込んだ。

　あの背広はそこにあった。

　それは真っ白な背広だった。

　マルティネスは息ができなかった。息をしたくもなかった。息をする必要もなかった。息をすれば洋服が溶けてしまうんじゃないか、と彼は思った。これでじゅうぶんだ、見ているだけで。

　だがついに、震えながら大きく息を吸い込み、そして吐き出し、ささやいた。「ああ《アイ・アイ》、なんてすばらしいんだ！」

「目がつぶれる」と、ゴメスがつぶやいた。

「シャムウェイさん」レオのしゅうしゅう言う声が、マルティネスの耳に聞こえてきた。「危険な前例になりゃしませんかね、それを売るのは？　つまり、誰かも、六人で着るために一着の服を買うようにでもなったらどうします？」

「レオ」と、シャムウェイ氏は言って、「五十九ドルの服たった一着で、同時に六人もの人が幸福になるって話を、これまで聞いたことがあるかね？」

「まるで天使の翼みたいだ」マルティネスがつぶやいた。「白い天使の翼だよ」

　マルティネスは、シャムウェイ氏が肩ごしに着付け室をのぞき込むのを感じた。淡い光が彼の目にあふれた。

「おまえわかるかい、レオ？」彼は威に打たれて言った。「これこそ服《スーツ》というものだよ！（「スーツ」には「ぴったり合う」「似合う」の意味もある）」

ゴメスは叫んだり口笛を吹いたりしながら、三階の踊り場へ駆けあがり、振り返って一同に手を振った。みんなはためらい、笑い、足を止めて、下の段に腰をおろさなければならなかった。

「そうだ、今晩！」ゴメスは叫んだ。「今晩、おれと引っ越ししないかね？　洋服だけじゃなく、間代も節約するのさ。もちろんだよ！　マルティネス、服を持ったかね？」

「おれかい？」マルティネスは白い包装紙につつまれた箱を高々とかざした。「みんなで交代に着るんだ！　わーい《アイ・ハー》！」

「バメノス、人台《じんだい》を持ったかね？」

「これ、このとおり！」

古い葉巻をくわえ、火花をとび散らしていたバメノスは、つるりとすべった。人台《じんだい》は手からはなれ、前のめりに二度回転し、どたんどたんと階段をころげ落ちていった。

「バメノス！　ばかやろう！　間抜けめ！」

彼らは人台を受け止めた。バメノスは悲嘆にくれて、何か失くしものでもしたかのようにあたりを見まわした。

マヌロがぱちんと指を鳴らした。「よう、バメノス、祝杯をあげなくっちゃならん！　酒を借りてこいよ！」

バメノスは火花の渦のなかを、階下へとんでいった。一同は洋服を持って部屋にはいり、ホールに残ったマルティネスはゴメスの顔をのぞき込んだ。

「ゴメス、君顔色がわるいぜ」

「うん、気分がわるいんだ。おれは何をしたんだろう？」そう言ってゴメスは、人台《じんだい》にたかっている、部屋のなかの人影に向かってうなずいた。「おれはドミンゲスを拾ってきた、女といやあ目のないあいつだった。いいことをした。それからマヌロを拾ってきた。飲んだくれじゃあったけれど、歌をうたわせれば娘っ子みたいにいい声だろ？　こいつもオーケイだ。ビリャナスルは本の虫だった。ところで君は、耳のうしろを洗ってた。だが、それからおれは何をしたか？　じっくり待っていられたろうか？　待っていられなかったんだ！　何としても、あの背広を買わなくっちゃ！　で、最後に拾った男は薄ぎたない間抜けだが、それでもおれの服を着る権利をもってるんだ――」彼は心が混乱してきて、ちょっと言葉を切った。「そして、いずれは週に一晩、おれたちの服を着ることになり、着たまま転んだり、雨にずぶ濡れになったりして、帰ってこなくなったとしたら！　一体全体このおれは、なぜこんなことをしたんだろう！」

「ゴメス」と、ビリャナスルが部屋からそっと声をかけた。「服の用意が整ったぜ。来てごらんよ。あんたの電球の下だと、引き立ってみえるぜ」

ゴメスとマルティネスは入っていった。

するとそこには、部屋の中央の人台《じんだい》に、途方もない折襟、狂いのない仕立て、そしてきれいにかがったボタン穴の幽霊が、燐光を発し、超自然的な白光を浴びて立っていた。洋服の白色の照明を頬に受けて立ったマルティネスは、とつぜん教会に入り込んだような感じがした。白い！　真っ白だ！　それは、純白のバニラ・アイスクリームのような白さであり、しらじら明けのころアパートのホールに置かれた牛乳壜のなかの牛乳のような白さだ。それはまた、月夜の夜ふけ、ひとり浮かぶ冬の雲のような白さだ。この暑い夏の夜の部屋で、今それを見ていても、吐く息が白く見えてきそうだった。目を閉じても、それはまぶたに焼きついていた。今夜みる夢は何色か、彼にはわかった。

「真っ白だ……」ビリャナスルがつぶやいた。「メキシコのおれの故郷《くに》の近くのあの山の頂きの雪のように真っ白だ――あの山は《眠れる美女》とか言ったたっけ」

「もう一度言ってごらんよ」と、ゴメスが言った。

ビリャナスルは、得意だったが高ぶらず、よろこんで讃辞をくりかえした。

「……山の頂きの雪のような白さだ、その山の名は——」

「戻ったぞ！」

はっとして一同が振り返ると、戸口にバメノスの姿があった。両手に一本ずつ酒罎をさげている。

「さあ祝宴だ！　これ、このとおり！　ところで、今晩だれが一番はじめに背広を着るんだい？　おれかい？」

「もう時間がおそすぎるよ！」と、ゴメスが言った。

「おそすぎるって！　まだ九時十五分じゃないか！」

「おそすぎる？」一同は気色ばんだ。「おそすぎるって？」

ゴメスはじりじりとあとずさりした。みんなはぎらぎらした目を彼に向け、それから背広へ、あけ放たれた窓へと視線を移した。

外は、通りは——と、マルティネスは思った——つまりは、夏の土曜の晴れた夜だ。暑いひっそりした闇を縫って女たちが、しずかな流れに漂う花のように、ふらりふらりと歩いてゆく。一同は悲しげな声を立てた。

「ゴメス、ひとつ提案がある」と、ビリャナスルは言って鉛筆をなめ、便箋に図表を書いた。「九時半から十時まで君が服を着る。それから十時半までがマヌロ。十一時までがドミンゲス。おれは十一時半まで。マルティネスは夜中の十二時まで。そして——」

「おれが最後なのはどういうわけだ？」と、バメノスが怖い顔をして問いただした。

マルティネスはとっさに思いをめぐらして、にっこりし、「夜半すぎが一番いい時間だぜ、君」

「へえ、そう」と、バメノスは言って、「そう言やそうだな。それは思いつかなかったよ。じゃ、オーケイだ」

ゴメスは溜め息をついた。「よかろう。ひとり、半時間ずつだな。だが、いいかい、これからはそれぞれ、週に一晩だけ着ることにするんだぜ。すると一晩だけ余る勘定になるが、その日は誰が背広を着るか、日曜日に藁《わら》くじでも引いて決めよう」

「そうなりゃ、おれだよ！」と、バメノスは笑って言った。「おれはくじ運が強いもん！」

ゴメスがマルティネスの肩をぎゅっとつかんだ。

「ゴメス、君が最初だ。さあ着なよ」と、マルティネスがせき立てた。

ゴメスは、あの評判のわるいバメノスから目をはなすことができなかった。でも、とうとう思いきって、彼はシャツをすっぽり頭から脱いだ。「アイヤーッ！」彼は吠えた。「アイ、イーッ！」

コソコソ、カサカサ……きれいなワイシャツ。

「ああ……！」

新しい服っていうのはなんてさっぱりした手ざわりなんだろう――マルティネスは上着を着せかけようとしながら思った。なんて清潔に見えるんだろう！ なんて清潔なにおいがするんだろう！

コソコソ……ズボン……ネクタイ、カサカサ……ズボン吊り。コソコソ……マルティネスが上着をはなすと、曲げたゴメスの肩にすっぽりとおさまった。

「そおれ《オーレ》！」

ゴメスはすばらしい晴れ姿の闘牛士のように、くるりと向きを変えた。

「そおれ《オーレ》、ゴメス、そおれ《オーレ》！」

ゴメスは一礼して出て行った。

マルティネスは腕時計にじっと目を注いだ。十時かっきりに、ホールを歩きまわっている足音を彼は聞いた。まるで、どこへ行ったらいいか分からなくなったような足音。マルティネスはドアを引きあけて外を見た。

ゴメスがどこへ向かおうとするでもなく、そこに立っていた。

あいつ気分がわるそうだな、とマルティネスは思った。いや、ぼんやりしちまい、わけがわかんなくなっちまって、驚いているんだ。

「ゴメス！　こっちだよ！」

ゴメスはくるりと向きを変え、ドアから入ってきた。

「おお、諸君、諸君」彼は言った。「すばらしい思いをしたんだ！　この背広、この背広のおかげで！」

「聞かせてくれ、ゴメス！」と、マルティネスが言った。

「うまく話せない。どうして言葉にあらわせよう！」彼は腕をひろげ、たなごころを上に向けて、じっと天空を仰いだ。

「聞かせてくれよ、ゴメス！」

「言葉につくせないんだ、何と言ったらいいのか。経験してみればわかるよ、自分で！　そう、経験してみなくては——」ここまで言って彼は首を振り、おし黙った。みんないっせいに立ち上がって自分を見まもっていることに、ようやく彼は気づいたのだ。「次は誰の番だい？　マヌロかい？」

マヌロは、ショーツ一枚になって前へとび出した。

「用意！」

みんなは笑い、叫び、ピーッと口笛を鳴らした。

マヌロは用意を整えて出て行った。二十九分三十秒たった。ドアの把手にすがりつき、壁に触れ、自分の肘を押さえ、手のひらを顔にあてて彼は戻ってきた。

「おお、聞いてくれ、みんな」彼は言った。「諸君《コンパドレス》、おれはバーへ行ったよ。え、飲みにだって？　ちがうのさ。バーへは入らなかったのさ。おい、聞いてんのかい？　おれは飲みゃしなかった。歩いているうちに、自然と笑いがこみあげ、歌をうたい出したんだ。なぜ、なぜだろう？　おれは胸に手をあてて、こう自分に訊いてみた。理由はこうだ。この服が、これまでの酒以上におれをいい気分にさせてくれたのだ。おれはこの背広に酔っぱらったのさ、まったくねえ！　で、おれは酒場へ入る代わりに、《ガダルハラ・レフリテリア》へ行って、ギターを弾き、歌を四曲うたったんだ、声を張り上げてね！　ああ、すばらしいなあ、この服は！」

ドミンゲスが次に一着におよんで、世界をめぐり歩き、そして世界から戻ってきた。

あの黒い電話手帳はどうしたんだ！　マルティネスは考えた。出かけるときは、たしか手に持っていたっけ！　帰ってきたところを見ると、手は空《から》っぽ！　どうしたんだろう、いったい？

目を大きく見開き、ふたたびあたりを見おさめて、ドミンゲスが口を開いた。「通りをね、通りを歩いてると、ある女が呼びかけてきたんだ。『ドミンゲス、あんたじゃなーい？』すると、別の女が言うのさ。『ドミンゲスだって？　ちがうわよ、東方から来た大いなる白神様、ケツァールコアートルだわよ』ときたんだ。ふいにおれは、何人もの女といっしょに歩きたかなくなったんだ。一人にかぎる、とおれは思った。一人がいい！　そして、その女に向かって、おれが何を言いたいのか、誰も見当つくまい。『おれのものになってくれ！』とか『おれと結婚してくれ』っていうのさ。やれやれ《カランバ》！　この服は危険だよ！　でも、おれはかまわない！　生きるんだ、生きるんだ！　ゴメス、君のばあいも、こんなふうじゃなかったかい？」

ゴメスは、その晩の出来事にまだぼうっとなっていて、かぶりを振るばかりだった。「いや、口では言えない。あまりにもすばらしくって。いずれあとで。次はビリャナスルの番じゃ……？」

ビリャナスルはおずおずと前に進み出た。

ビリャナスルはおずおずと出て行った。

ビリャナスルはおずおずと戻ってきた。

「想像してごらんよ」と、彼は一同のほうを見ず、床を見つめ、床に話しかけるように言った。「緑の広場だ。星の下に年輩の実業家の一団が集って、話を交わし、うなずき合い、そしてまた話を交わすんだ。すると、そのうちのひとりがささやく。みんなが振り向いて目を見はる。みんなはわきへ寄る、道をあける。その道を、白熱した光が、氷のなかを通るように、燃えながら進んでゆくのだ。その大いなる光の中央に、このおれがいるのだ。おれは深く息を吸う。おれの胃はゼリー。声はひじょうに小さいが、それがだんだん大きくなる。おれは何て言ったか？　こう言ったのさ、『諸君、カーライルの《衣裳哲学《サーター・リザータス》》をご存知ですか？　この書物には、衣服についての彼の哲学が書かれてあって……』」

　さて、ついに、マルティネスが服を一着におよび、暗闇を浮遊する番となった。

　四度、彼はその区画《ブロック》を歩きまわった。四度、あの建物のポーチの下に立ち止まって、明かりのついている窓を見上げた。ひとつの影が動き、美しい娘がそこにいたかと思うと、もうそこにはおらず、どこかへ行ってしまった。五度目に見上げたとき、彼女は上のポーチに出ていた。夏の暑さにたまりかねて、外の涼しい空気を吸いに出てきたのだ。彼女はちらりと見おろした。そして、何やら身ぶりをした。

　はじめのうち彼は、娘が自分に手を振っているんだと思った。白い花火となって、彼女の注意を釘づけにしているような気がした。だが、娘は手を振っているのではなかった。彼女の手が動く。と、つぎの瞬間、黒ぶちの眼鏡が彼女の鼻のうえにのっかった。彼女は彼をじっと見つめた。

　ああ、ああ——と彼は思った——そう、そうこなくちゃ。そう！　盲人でもこの服は見えるかもしれないんだ！　彼はにっこりと彼女を見上げた。手を振る必要はなかった。ついに彼女は微笑を返した。彼女も手を振る必要はなかった。それから、ほかにどうしたらいいのか分からないままに、頬にこわばりついたこの微笑をふっ切ることができないままに、彼は急ぎ足で、ほとんど駈けるようにして角《かど》を曲がった——彼女の視線を背中に感じながら。振り返ってみると、彼女は眼鏡をはずしており、近視のような目つきで、この大いなる闇のなかに今はせいぜい動く光の一点にしか見えないだろう物を、じっと見つめていた。それから、彼はもう一度おまけにその区画《ブロック》をひとまわりし、町を抜けていったが、町がにわかに美しく映じてきて、彼は大声で叫び、そして笑い、そしてふたたび叫びたくなった。

帰り道、彼は目をなかば閉じ、放心して漂った。一同は、戸口にマルティネスが姿を現わしたとき、マルティネスではなくて自分たちの姿をそこに見た。その瞬間、彼らは、自分たちがどうかしてしまったことに気づいた。

「おそかったなあ、君!」と、バメノスが叫びかけたが、そこでとぎれた。まだ呪文が破られていなかったのだ。

「誰か、教えてくれ。おれは誰なんだ?」と、マルティネスは言った。

彼はゆっくりと輪を描きながら部屋のなかを動いた。そうだ——と彼は思った——そうだ、この服のせいなんだ。たしかに、この服と、この晴れた土曜日の晩あの店にあったすべてのものと関係があるんだ。そして今ここで、マヌロが言ったように、酒も飲まないのに笑いがこみ上げ、飲んだときよりずっといい気持ちになり、そして夜がふけ、一人ずつするっとズボンをはき、よろけては他の者につかまり、平衡をとりもどし、一人が出かけてゆき、交代して次の者が一着におよぶにつれて、気がいよいよ大きくなり、暖かくなり、爽快になり、そして今ここに、みごとな白ずくめの姿でマルティネスが立っている——その命令一下、世界が沈黙して道を譲る、命令者のように。

「マルティネス、君がいないあいだに鏡を三つ借りてきたぜ。見たまえ!」

鏡は、店にあるように、ある角度をもって立てかけられ、マルティネスの三つの姿を映し、また、彼とともにこの服を着用し、この服の内部の、かがやかしい世界を味わった者たちの反響と追憶とを映しだしていた。今、このチラチラする鏡のなかに、マルティネスは、みんなで共用したこの服の罪深さを見て、目を濡らした。一同は目をしばたたいた。マルティネスが鏡に手を触れた。鏡が動く。白いよろいをつけたマルティネスの、何千、何百万という姿が永遠に向かって行進してゆくさまが映り、永久に、屈することなく、果てしなく幾重にも映るのを、彼は見た。

彼は白服を宙に差し出した。うっとりと見惚れていた一同は、服を受け取ろうとして伸びてきた汚い手に、最初気がつかなかった。が、すぐに――

「バメノス！」

「豚め！」

「体を洗わなかったな！　髭も剃らなかったな、待ってるあいだに！　諸君《コンパドレス》、風呂に入れるんだ！」と、叫んだのはゴメス。

「そうだ、風呂に入れろ！」と、みんなが言った。

「いやだッ！」バメノスは手足をばたばたさせた。

「夜風にあたる！　死んじまうよ！」

一同は、わめき叫ぶ彼を、むりやりホールのほうへ引っぱっていった。

そして今、ここにバメノスが立っている――白の背広を着、髭を剃り、髪をとかし、爪垢を落とし、同一人とは信じられない姿になって。

友人たちが険悪な顔をして彼をにらんだ。

本当ではないだろうか――と、マルティネスは思った――バメノスが通りかかると、山の頂きがムズムズしだし、雪崩《なだれ》が起こるというのは。彼が窓のしたを歩くと、人々はつばを吐きかけ、塵芥をぶちあけ、もっとひどいことさえする。だが今晩は、今宵は、あけ放たれた一万もの窓のしたを、バルコニーの近くを、路地を、ぶらぶらと歩くのだ。とつぜん、世界は蠅の羽音でぶんぶんいう。そしてここにバメノスがいる。白砂糖をまぶしたこのケーキみたいな姿で。

「その服を着ると、だんぜんイカして見えるぜ、バメノス」と、マヌロが悲しげに言った。

「ありがとう」バメノスはぴくっと体を動かし、ごく最近までみんなの骨格がおさまっていたあたりを楽にしようとした。それから小声でバメノスは言った。

「もう行ってもいいかい？」

「ビリャナスル！」ゴメスが言った。「いまから言う規則を書きとってくれたまえ」

ビリャナスルは鉛筆をなめた。

「まず第一に」と、ゴメスは言って、「その服を着たまま転ばないように、いいかい、バメノス！」

「大丈夫だよ」

「その服を着たまま建物によっかからないこと」

「建物にはよっかからないよ」

「その服を着たまま、鳥のとまってる木のしたを歩くなよ。それから、煙草を吸わないこと。酒を飲まないこと——」

「ちょっと訊くけど」バメノスが言った。「この服を着て座っていいのかね？」

「疑問を感じたばあいには、ズボンを脱ぎ、たたんで椅子にかけるんだな」

「おれの幸運を祈ってくれよ」と、バメノスが言った。

「神とともに行かれんことを、バメノス」

彼は出て行った。ドアが閉まった。

なにか引き裂かれる音がした。


「バメノス！」と、マルティネスがどなった。

彼はぱっとドアをあけた。

バメノスが、ふたつに引き裂いたハンカチを左右の手に持って、つっ立って笑っていた。

「ビリビリッ！　なんだ、その顔は！　ビリビリッとくらあ！」彼はハンカチをさらに引き裂いた。「おお、おお、なんて顔だ、その顔は！　わっはっは！」

大笑いしながらバメノスはぴしゃりとドアを閉め、一同はぽかんとなった。

ゴメスは両手を頭のてっぺんにあてて、くるりと向こうを向いた。「おれに石をぶつけてくれ。殺してくれ。おれはみんなの魂を悪魔に売りわたしてしまったんだ！」

ビリャナスルはポケットに手をつっ込み、一枚の銀貨を取り出して、長いあいだ見つめていた。

「おれの最後の五十セントだ。誰かほかに、バメノスの出資の分を払いもどす手伝いをしちゃあくれないかい？」

「だめだ」マヌロが十セントを出して見て、「襟とボタン穴の代金ぐらいしかないよ」

ゴメスが、あけ放たれた窓から、やおら上体をのり出して叫んだ。「バメノス！　いけないったら！」

降り立って通りに出ていたバメノスは、はっとしてマッチを吹き消し、どこかで見つけてきた葉巻の吸いさしをポイと捨てた。そして、二階の窓から顔を出した一同に向かって奇妙な身振りをし、それから上っ調子に手を振って、ぶらぶらと歩き出した。

どうしたものか、五人の男は、窓ぎわから離れることができなかった。その場で一同クシャンとなってしまったのである。

「きっとあいつ、あの服を着たままハンバーグステーキを食らうぜ」と、ビリャナスルは思いに沈んで、「おれが気にしてるのは、芥子《マスタード》のことなんだが」

「やめてくれ！」ゴメスがたまりかねて叫んだ。「もうたくさんだ！」

マヌロがやにわに戸口へ行った。

「酒でも飲まなきゃやりきれんよ」

「マヌロ、酒ならここにもあるぜ、床に置いてあるあの壜に――」

マヌロは出て行き、ドアを閉めた。

一瞬ののち、ビリャナスルがきわめて大仰な伸びをして、ぶらぶら部屋のなかをめぐりはじめた。

「おれは広場まで行ってみようと思うんだ、諸君」

彼が出て行って一分とたたぬうちに、ドミンゲスが一同に向かって黒い電話手帳を打ち振りながらウィンクし、ドアの把手をまわした。

「ドミンゲス」と、ゴメスが呼びかけた。

「何だい？」

「ひょっとして君、バメノスに会ったら、ミッキイ・ムルリリョの《赤鳥カフェ》に立ち入らんように注意してくれ。なにしろ、テレビで喧嘩してるだけじゃなく、テレビのまえでも喧嘩してるんだから」

「あいつ、ムルリリョの店には入るまいよ」ドミンゲスは答えた。「バメノスだって、あの服のことは、気にしすぎるほど気にしてらあ。服を傷《いた》めるようなことはすまいよ」

「そんなことするくらいなら、いっそおふくろを撃ち殺すほうを選ぶだろうさ」と、マルティネスが口をはさんだ。

「ちげえねえよ、きっと」

二人きりになったマルティネスとゴメスは、階段を駈け降りてゆくドミンゲスの足音に耳を傾けた。彼らは裸の人台《じんだい》のまわりをぐるぐるまわった。

ゴメスは長いこと唇を嚙みながら、窓ぎわに立って外を見ていた。彼は二度ほど、ワイシャツのポケットにさわってみては手を引っこめていたが、ついにポケットから何やら引っぱり出した。彼はそれを見もしないで、マルティネスに手渡した。

「マルティネス、受け取ってくれ」

「何だい、これ?」

名前やら番号やらが印刷してある、一枚の折りたたんだピンクの紙きれに、マルティネスは目を落とした。その目が大きく見開かれる。

「今日から三週間通用の、エル・パソ行きのバスの切符じゃないか!」

ゴメスはうなずいた。彼はマルティネスの顔がまともに見られなかった。夏の夜闇をじっと見つめたまま、ゴメスは言った。

「使ってくれ。稼いできてくれよ。白のすてきなパナマ帽と薄いブルーのネクタイをおれたちにおみやげにな——あの白いアイスクリーム色の服に合うやつをな。な、マルティネス、たのんだぜ」

「でも、ゴメス——」

「黙って受け取っとけよ。ああ、ここは蒸し蒸しするなあ! 窒息しそうだ」

「ゴメス。ほんとに感謝するよ。ゴメス——」

だが、ドアはあけっ放しになっていた。ゴメスの姿はなかった。


ミッキイ・ムルリリョ経営するところの《赤鳥カフ

ェ》とカクテル・ラウンジは、二つの大きな煉瓦づくりの建物のあいだにはさまれ、間口がせまく、奥行きを深くせざるをえなかった。おもてには、蛇状にくねった、赤と黄みがかったグリーンのネオンが、シュッ、パチッと明滅している。内部《なか》では、おぼろな人影がぼうっと現われては、立て混んだ夜の海にすうっと消えてゆく。

マルティネスは忍び足で、赤く塗ってある正面の窓の、ペンキの剝げ落ちたところからのぞき込んだ。

左に人の気配がし、右に息づかいを耳にした。彼はちらと左右を見た。

「おお、マヌロ！　それに、ビリャナスルじゃないか！」

「おれは飲まんことに決めたよ」と、マヌロが言った。「で、こうして散歩してるのさ」

「おれはちょうど広場へ行くところだったんだ」ビリャナスルが言った。「で、大廻りしてゆくことにしてね」

まるで協定でもしたように、そこで三人は話をやめ、いっせいに窓のほうを向いて、それぞれペンキの剝げ落ちたところからのぞき込んだ。

一瞬たって、三人とも、とても興奮した新たな人の気配を感じ、ぐんとせわしい息づかいを耳にした。

「おれたちの白服はそこに入っているのかい？」と、たずねる声の主はゴメスだった。

「ゴメスじゃないか！」一同はおどろいて言った。

「よお！」

「あっ、ほんとだ！」ちょうど駈けつけてきて、のぞき穴を見つけたドミンゲスが叫んだ。「ああ、あそこに服がある！　ああ、ありがたい、まだバメノスのからだにおさまってるぞ！」

「見えねえなあ！」ゴメスは手をかざし、目を細めた。「あいつ、何やってるんだい？」

マルティネスは目をこらした。ほんとだ！　あそこのずっと奥に、大きな雪のかたまりみたいなものが……。そのうえにバメノスの間抜けづらが、にこやかに目をしばたたいて、煙につつまれている。

「あいつ煙草を吸ってやがる！」と、マルティネス。

「酒を飲んでやがるぞ！」と、ドミンゲス。

「タコスを食ってるぜ！」と、ビリャナスルが報告する。

「汁けたっぷりのタコスだぜ」と、マヌロが補足する。

「よしてくれ、聞きたくない、たくさんだ……」と、ゴメスが言った。

「ルビイ・エスクアドリリョがいっしょだぜ！」

「おれにのぞかせてくれ！」ゴメスはマルティネスを押しのけた。

　そう、たしかにルビイのやつだ！　二百ポンドのきらびやかなスパンコール、足にはピッチリした黒サテンの靴を、真っ赤に染めた手の爪がバメノスの肩をつかんでいる。白粉《おしろい》にまみれ、口紅のぎらぎらした、牝牛のようなあいつの顔が、バメノスにのしかかっている！

「あの河馬めが！」ドミンゲスが叫んだ。「肩パッドを押しつぶしてやがるぞ。それッ、こんどは膝にのっかろうとしてる！」

「いかん、いかん、あの白粉と口紅ではぜったいいかん！」ゴメスが言った。「さあ、マヌロ、中へ入れ！　あの酒をひったくるんだ！　ビリャナスル、君は葉巻と食い物を！　ドミンゲス、おまえはルビイ・エスクアドリリョを呼び出して連れ出すんだ！　そおれ《アンダレ》、みんな！」

　三人が姿を消し、残されたゴメスとマルティネスは息をのんで、のぞき穴から目をこらした。

「マヌロのやつ、酒に手をかけたぞ、やッ、飲んでやがる！」

「やッ！　こんどはビリャナスルだ。葉巻をつかんだぞ。食い物にぱくついた！」

「そうれ、ドミンゲスがルビイをつかまえた！　なんて勇敢なやつだろう！」

　ひとつの影がぬっと現われ、ムルリリョの店の正面入口から急ぎ足で入っていった。

「おい、ゴメス！」マルティネスがゴメスの腕をつかんで言った。「いまのやつは、ルビイ・エスクアドリリョの恋人、トロ・ルイスだぜ。女とバメノスとの現場を見たら、あのアイスクリーム色の服は血だらけになっちまう、血だらけに――」

「いらいらさせないでくれ」と、ゴメスは言って、「さあ急ごう！」

二人はとび込んだ。二人がバメノスのところに駈け寄ったとき、ちょうどトロ・ルイスが、あのすばらしいアイスクリーム色の服の襟から二フィートばかりのところをつかみかかっていた。

「バメノスを放せ！」と、マルティネス。

「その服を放せ！」と、ゴメスが訂正した。

バメノス相手にタップ・ダンスをした恰好のトロ・ルイスは、うさんくさそうに闖入者をにらんだ。

ビリャナスルがおずおずと後ずさりした。

ビリャナスルは愛想笑いをして、「こいつを殴らんで、おれを殴ってくれ」

トロ・ルイスはビリャナスルの鼻をぴしゃりと殴った。

ビリャナスルは鼻を押さえ、涙で目をひりひりさせながら、ふらふらと退散した。

ゴメスがトロ・ルイスの片腕をつかみ、マルティネスがもう一方の腕を押さえた。

「彼を放せ、放せったら、おいこら、悪党《コヨーテ》、牛《バカ》！」

トロ・ルイスがアイスクリーム色の背広をねじると、六人の男はいっせいに断末魔の苦悶の悲鳴をあげた。

「彼を殴らんで、おれを殴ってくれ！」

トロ・ルイスがビリャナスルの鼻に一撃を見舞ったとき、トロの頭に椅子ががしゃんと命中した。

「そ《ア》おれ《イ》ッ！」と、ゴメスが叫んだ。

トロ・ルイスはフラフラッとして目を白黒させ、ひっくり返ろうかどうしようかと思いまどった。彼はバメノスを引っぱったまま、倒れかけた。

「放せ！」ゴメスが叫んだ。「放せったら！」

一本ずつ、きわめて慎重に、トロ・ルイスのバナナみたいな指が服から放れた。一瞬ののち、彼は一同の足もとにくずおれた。

「諸君《コンパドレス》、こっちだ！」

一同はバメノスをおもてに引き立てていって、下ろした。彼は威厳をきずつけられ、一同の手から放れた。

「オーケイ、オーケイ。おれの持ち時間はまだ切れてねえぞ。あと二分と、ええと――十秒のこってらあ」

「何だと！」と、一同は叫んだ。

「おい、バメノス」と、ゴメスは言って、「おまえはグアダラハラの牝牛を膝にのっけ、喧嘩をおっぱじめ、煙草を吸い、酒を飲み、タコスを食っただけではまだ足りず、まだ時間が切れてないなどとぬかすのか！」

「二分と一秒のこってらあ！」

「ちょいと、バメノス、なかなかイカした恰好じゃないの！」はるか通りの向こうから、女の声が呼びかけた。

バメノスはにっこり笑って、上着のボタンをかけた。

「あっ、ラモナ・アルバレスだ！　ラモナ、待ってくれ！」バメノスは歩道からとび出した。

「バメノス」と、ゴメスは嘆願するように言って、「何がやれるというんだい、わずか一分と」――と、ここで腕時計に目をやって――「四十秒ばかりで！」

「おい見ろ！　よお、ラモナ！」

バメノスは駈けだした。

「バメノス、あぶないッ！」

バメノスははっとしてクルッとまわり、自動車を目にし、キーッというブレーキの音を耳にした。

「だめだ」と、歩道の五人の男がいっせいに言った。

マルティネスは衝撃の音を聞き、はっとひるんだ。頭をゆっくりともち上げた。まるで宙を飛んでいる白い洗濯物みたいだ、と彼は思った。彼の頭がうなだれた。

マルティネスは、自分自身をふくめて一同がそれぞれ異なった音をたてるのを耳にした。あるものはうんと息を吸い込み、あるものは息を吐き出している。あるものは息を止め、あるものはうめいていた。正義の叫びをあげるものもあり、顔を覆うものもあった。マルティネスは苦悶のあまり、われ知らず拳で自分の胸を叩いていた。足が釘づけになった。

「もう生きていたくない」ゴメスがつぶやいた。「殺してくれ、誰でもいいから」

それから、足をもぞもぞさせてマルティネスは目を落とし、われとわが足に命じた。歩け、よろめけ、一歩一歩踏みしめよ、と。彼はみんなと衝突した。みんなは駈け出そうとしていたのだ。そして、とうとう駈け出した。バメノスのところに駈け寄ろうと、どうにか通りを横切った。やっと渡れるくらいの深い川を渡るみたいに。

「バメノス！　生きていたか！」と、マルティネスが言った。

バメノスはあお向けにのけぞり、口をあけ、目をかたくかたくギュッと閉じて、頭をなんども前後に動かし、うなっていた。

「聞かしてくれ、聞かしてくれ、よお、聞かしてくれよお」

「聞かしてくれって、何をだ、バメノス？」

バメノスは拳をかため、歯嚙みした。

「服だよ、おれは服をどうしちまったか、服を、服を、この服を！」

一同はかがみ込んだ。

「バメノス、服は……そりゃ、大丈夫だよ！」

「そりゃ嘘だ！」バメノスは言った。「切れちまったろう、そうにちがいない。きっと、裂けちまっただろう、一面に、下のほうも？」

「いや」マルティネスがひざまずいて、あちこちさわってみた。「バメノス、一面、下のほうも、大丈夫だよ！」

バメノスは目をあけて、とめどなく涙を流した。「奇跡だ」と、彼はすすり泣きながら、「ああ、ありがたい！」そして、どうやら泣きやんだ。「自動車《くるま》はどうした？」

「轢き逃げだ」ゴメスはとつぜん思い出して、がらんとした通りをにらんだ。「停まってくれなくて、かえってよかった。停まりでもしたら――」

一同は耳を澄ました。

遠くのほうで、うめくようなサイレンの音。

「誰か救急車に電話したんだ」

「はやく！」目をくるくるさせてバメノスが叫んだ。「起こしてくれ！　服を脱がしてくれえ！」

「バメノス――」

「つべこべ言うな、ばかやろう！」と、バメノスは叫んで、「服だ、そう、そう！　それから、ズボン、ズボンを、はやく、はやく、おまえたち！　あの医者どもが！　映画で見たろう？　ズボンを脱がそうと、剃刀でズボンを切り裂いちまうぞ！　あいつらは何とも思っちゃいないんだ！　狂人どもだ！　よう、はやく、はやく！」

サイレンが鳴りひびいた。

一同は恐慌をきたして、すぐさま、いっせいにバメノスに手をかけた。

「さあ、右脚、すぐ脱げるだろう。急いで、牛ども！　そう、そう。次は左だ、左脚だよ、聞こえねえのかよ！　ほら、すぐ脱げるだろ、すぐ！　おお、はやくしてくれよ！　マルティネス、おまえズボンを脱げよ！」

「何だって？」マルティネスは凍りついたようになった。

サイレンがウーッと近づいた。

「ばかやろ！」と、バメノスは泣き声になって、「すっかり失くなっちゃったじゃないか！　おまえのズボンをおれによこせよ！」

マルティネスは、ベルトのバックルをぐいと引っぱった。

「さあ、寄り集まって、輪をつくれ！」

黒いズボン、白いズボンがひらひらと宙に飛び交った。

「はやく！　狂人どもが剃刀もってやって来るぞ！　さあ、右脚。左脚だよ、さあ！」

「さあ、ジッパーだ、牛ども。おれのジッパーをしめてくれ！」と、バメノスがわめいた。

　サイレンがやんだ。

「やれやれ《マドレ・ミア》、ああ、やっと間に合った！　やつらがやって来たぞ」バメノスは仰向けになって目を閉じた。

「ああ助かった《グラシアス》」

　マルティネスはくるりと向きを変え、インターンが通りすぎるなかを、何喰わぬ顔で白ズボンをはいていた。

「脚が折れてます」と、インターンの一人が言った。

彼らはバメノスを担架にのせた。

「みんな《コンパドレス》、どうか怒らんでくれ」と、バメノスが言った。

　ゴメスは鼻をならした。「いったい誰が怒る？」

　救急車に運び込まれ、頭をのけぞらし、一同をさかさまに見やって、バメノスは口ごもりながら言った。

「みんな《コンパドレス》、おれが……おれが病院から帰ってきたら……

……また仲間に入れてくれるかい？　おれを追い出しゃしないだろうね？　なあ、おれは煙草をやめるよ。ムルリリョの店にも近づかんし、誓って女もやめるよ——

——」

「バメノス」と、マルティネスはやさしく言って、「なにも誓いを立てんでいい」

　バメノスは顔をのけぞらし、目にいっぱい涙をたたえて、星空を背にした、白ずくめのマルティネスの姿をながめた。

「ああ、マルティネス、君のその姿はすごく立派だよ。ねえ、みんな《コンパドレス》、マルティネスはきれいだなあ？」

　ビリャナスルがバメノスのかたわらに乗り込んだ。ドアがぴしゃりと閉まる。残された四人の男は、救急車の走り去るのをじっと見送った。

　それから、友人たちにかこまれ、白服を着たマルティネスが、歩道のへりまで慎重に護送されていった。

　アパートのなかに入ると、マルティネスが洗浄液をとり出し、一同はそのまわりに集まって服のよごれを落とす方法を教え、それがすむと、アイロンを熱くしすぎない方法やら、襟や折目などのアイロンのかけかたを教えた。よごれも落ち、アイロンかけもすんで、開いたばかりのみずみずしいクチナシの花みたいになると、彼らは服を人台《じんだい》にピタリとかけた。

「もう二時だ」と、ビリャナスルがつぶやいて、「バメノスのやつ、よく眠れるといいがな。病院で別れたときは、元気そうだったが」

マヌロが咳払いをして、「もう今夜は、この服を着て出かける者はほかにないんだろ?」

一同が彼をにらみつけた。

マヌロはぽっと赤くなって、「おれの言う意味は……もう晩《おそ》いということだよ。それに、みんな疲れている。たぶん、四十八時間は、誰もこの服を使うものはないだろうね? 服だって休ませなくちゃ。まったく。さてと、おれたちはどこに寝るんだ?」

夜になってもむし暑く、部屋のなかは耐えがたいので、彼らは服をかけた人台《じんだい》を部屋から運び出し、ホールへと出た。枕と毛布も持ち出した。彼らはその建物の屋上めざして、階段を上っていった。屋上なら風も涼しくて、眠れるだろう、とマルティネスは考えた。

途中、あけ放たれたいくつものドアの前を通った。人々はまだ起きていて汗を流し、トランプをしたり、飲物の栓をポンと抜いたり、映画雑誌を扇のように動かしたりしていた。

もしかして、とマルティネスは考えた。もしかして、あの——そうだ!

四階の、とあるドアがあいていた。

例の美しい娘が目を上げて、一同の通るのをながめていた。娘は眼鏡をかけていたが、マルティネスの姿を見ると、やにわに眼鏡をはずして、本の下に隠した。

一瞬——長く感じられる一瞬だった——彼は何も言えなかった。やっと彼は言った。

「ぼく、ホセ・マルティネス」

すると、彼女が言った。

「あたし、セリア・オブレゴン」

それっきり、二人は何も言わなかった。

仲間が建物の屋上に上ってゆく足音が聞こえた。彼はあとにつづこうと行きかけた。

彼女はあわてて、「今夜、あなたをお見かけしたわ！」

彼は行きかけた足を止めた。

「あの服のことでしょう」と、言った。

「ええ、あの服を着てらしたところを」と、彼女は言って、ちょっと言葉を切り、「でも、あの服じゃないわ」

「え？」と、彼は訊きかえした。

彼女は本をとりのけて、膝のあいだに隠した眼鏡を見せた。そして、眼鏡に手をふれた。

「わたし、よく目が見えないの。ダテ眼鏡をかけてみたいからだ、ってお思いになるかもしれないけど、そうじゃないのよ。もうここ何年も、眼鏡を隠して、何も見えないまま、歩きまわっていたの。でも今夜は、眼鏡なしでも見えたわ。下の暗闇を、大きな白いものが通ってゆくのを。まあ白いッ！　それで、急いで眼鏡をかけたの！」

「あの服ですよ、いま言ったように」と、マルティネスは言った。

「そう、ちょっとのあいだは、たしかにあの服だったわ。でも、服よりも上のところに、もうひとつ白いものが」

「もうひとつ？」

「あなたの歯よ！　ああ、あんなに真っ白な歯が、きれいに揃って！」

マルティネスは口に手をあてた。

「とても幸福そうだったわ、マルティネスさん」彼女は言った。「あんな幸福な顔、あんな微笑は、めったに見たことがないわ」

「ああ」と、彼は言った。まともに彼女を見ることができず、顔がぽっと赤らんでいる。

「おわかりでしょ」彼女はしずかに言った。「最初、あの服が目を引きつけたんだわ。その白さで、下の闇がぱっと明るくなって。でも、歯のほうがもっと真っ白だったわ。で、あの服のことはすっかり忘れちゃって」

　マルティネスはふたたびぽっと赤くなった。彼女も、自分の言った言葉にぼうっとなっていた。彼女は鼻のうえに眼鏡をのせ、そして神経質にとりはずし、もとどおり隠した。彼女は自分の両手を見つめ、それから彼の頭上のドアを見つめた。

「あのう、よろしいでしょうか――」ようやくの思いで彼は言った。

「何ですの――」

「よろしいでしょうか、あなたを誘いに来て？　こんどあの服を着たときに」

「なぜ、あの服を着るときまで待たなくちゃいけませんの？」と、彼女が問いかえした。

「実はぼく――」

「あの服を着る必要はないわ」と、彼女が言った。

「しかし――」

「もしあの服だけの問題だったら、あれを着れば誰だって立派に見えるわ。そうじゃないの。わたし、じっと見てたんです。あの服を着た人を、今晩何人も見たわ――でも、みんなそれぞれ違ってたの。で、もう一度言うけど、あなたはあの服を着れるまで待つ必要はありませんわ」

「あ、あ《マドレ・ミア》、あ！《マドレ・ミア》」と、彼は幸福そうに叫んだ。ややあって、声を落として、「でも、少しは背広が必要になるんです。一年に一カ月か、六カ月か。はっきりわからないけれど。いろんなことが気になるんです。まだ若いから」

「当然だわ、それは」と、彼女が言った。

「じゃ、おやすみなさい、あのう――」

「セリア・オブレゴンよ」

「セリア・オブレゴンさん」と、彼は言って戸口から出て行った。

　みんなが屋上で待っていた。

　はね上げ戸から上って行ったマルティネスの目に、屋上の中央におかれた人台《じんだい》と背広、それをかこんで並べた毛布と枕が映る。一同は横になっていた。ここ、空の高みには、涼しい夜風が吹いていた。

　マルティネスは白い背広のそばにひとり立ち、襟をなでながら、なかば独りごとのように言った。

「ああ、まったく《カランバ》、すばらしい夜だ！　七時から、はや十年たったような気がする。あのときすべてが始まったのだ――友だちもなく。そして今、夜中の二時、あらゆる種類の友だちを手に入れた……」彼はちょっと言葉を切って、セリア・オブレゴンのことを考えた。セリア・オブレゴンのことを。「……あらゆる種類の友だちをだ」と、彼は言葉をつづけて、「部屋もでき、着るものもできた。どうだい。わかるかい？」彼は、人台《じんだい》と彼自身をとりまいて、屋上に横たわっている男たちをひとわたり見渡して、「まったく不思議だ。おれはこの服を着ると、きまって玉突きの賭けに勝つんだ、ゴメスのように。ドミンゲスみたいに、女がこちらを見てくれる。マヌロみたいに、いい声で歌がうたえる。ビリャナスルみたいに、うまく政治を論じることができる。バメノスのように力が出てくる。それがどうしたって？　で、今晩、おれはいつものマルティネスじゃない。おれはゴメスであり、マヌロであり、ドミンゲスであり、ビリャナスルであり、バメノスなんだ。おれはそのすべてなんだ。ああ……ああ……」

　彼らが座り、立ち、歩く姿を引き立ててくれたこの服のそばに、彼は今しばらく立っていた。ゴメスのようにセカセカとはやく走り、ビリャナスルのようにゆっくりと慎重に動き、決して地に足をつけることなく風に乗ってどこかへ飛んでゆくドミンゲスのように漂流できるこの背広。彼らの持ち物であると同時に、彼らすべてを所有しているこの服。そして、しかも――？

豪華なこの服。

「おい、マルティネス」ゴメスが声をかけた。「眠らんのかい？」

「もちろん眠るさ。ちょっと考えごとをしてるんだ」

「考えごとって、何だい？」

「おれたち金持ちになったとしたら」と、マルティネスはしんみりした口調で、「ちょっと悲しいだろうな。金持ちになれば、みんな服を作るだろう。そうなると、今晩のような晩は、もうなくなるだろうな。昔の仲間は解散し、決してもとどおりにはならんだろうし」

男たちは横になったまま、いま聞いた言葉を考えていた。

ゴメスが静かにうなずいた。

「うん……決してもとどおりにはならんね……そんなことにでもなれば」

マルティネスは毛布のうえに横になった。暗闇のなかで、彼はみんなと同じように、屋上の中央に顔を向け、人台《じんだい》を見つめた。そこには、彼らの生きがいの中心があった。

そして、彼らの目は闇のなかで明るくかがやき、見た目にも気持ちがよかった。近くの建物のネオンが、ぱちっとつき、ぱちっと消え、ぱちっとつき、ぱちっと消え、照らし出しては隠し、照らし出しては隠していた――あのすばらしい、バニラ・アイスクリームのような白の夏服を。

# 熱にうかされて

Fever Dream

新しい、きれいな、洗濯のゆきとどいたシーツのあいだに寝かされていた。しぼりたての濃いオレンジ・ジュースの入ったグラスがひとつ、いつも、淡いピンクの光を投げかけるランプのしたのテーブルに置いてある。チャールズは、呼びさえすればいいのだ。そうすれば、父さんか母さんが、病気のかげんを見に彼の部屋をのぞきにくる。その部屋の音響効果はすばらしかった。毎朝、洗面所が陶器製ののどを鳴らしてがらがらと水を吸い込む音が聞こえる。屋根をたたく雨の音、壁うらを走りまわるいたずらなネズミたち、階下《した》の鳥籠で鳴くカナリヤのさえずりも聞こえる。いたって気のつくほうならば、病気もまんざら悪いものではなかった。

十三歳だった、チャールズは。九月のなかば、大地が秋の色に燃えたちはじめるころだった。寝ついて三日たったころ、彼は恐怖にとりつかれた。

手が変化しはじめたのだ。彼の右手が。掛け蒲団のうえに出して見ると、右手だけ火照って、汗ばんでいる。それは小きざみに震え、ピクッと動いた。そして、蒲団のうえに出しておくと、色が変わりはじめたのだ。

その日の昼すぎ、医師がふたたびやって来て、彼の薄い胸を、小さい太鼓をたたくみたいにトントンとたたいた。「具合はどうかね？」と、医師はにっこりして尋ね、「わしには分かっとる。『風邪はいいんです、先生、だけどぼくこわいんです！』なんて言わんでくれよ。ハッハッ！」彼は何べんも繰り返した冗談を言って、自分で笑った。

チャールズは横になっている。彼には、その恐ろしい、古臭い冗談が、現実のものになりかけていたのだ。その冗談は彼の心にこびりついた。心はたじろぎ、恐怖に思わず蒼ざめて、それを振り切ろうとした。医師は、自分の冗談がこうまで残酷に受けとられようとは思いもよらなかった！　「先生」と、色を失ってぐったり横たわったまま、チャールズはつぶやいた。「ぼくの手が、もうぼくの手じゃなくなっちゃった。今朝、ほかのものに変わっちゃったんです。もとどおりにしてください、先生、ねえ先生！」

医師はニヤッと歯を見せて、彼の手をなでた。「わしの見たところ、何ともないよ、坊や。きっと熱にうなされて、夢でも見たんだろう」

「でも、変わっちゃったんです、先生、ねえ、先生ってば！」と、チャールズは叫び、いかにも情けなさそうに、血の気のない荒れた手を差し出した。「ほら、こんなに！」

医師は目をしばたたいた。「じゃあ、桃色のお薬をあげよう」そう言って、チャールズの舌に錠剤を一錠ポンとのせた。「さあ、おのみ！」

「これをのめば、手がもとどおりぼくのものになるの？」

「うん、なるよ」

医師がおだやかな九月の青空のしたを、自動車《くるま》で帰っていってしまうと、家のなかはシーンとなった。はるかしたのキッチンのほうで、時計がカチカチいっている。チャールズは寝たまま手を見た。

手はもとどおりになってなかった。相変わらず、別のものだ。

外では風が吹いている。葉が落ちて、つめたい窓ガラスに当たる。

四時になると、左の手も変わりだした。熱病にかかったみたいだ。細胞のひとつひとつが脈打ち、変わっていった。それは、あたたかい心臓のように鼓動している。指の爪が青くなり、また赤くなった。変わりおわるまでに一時間ばかりかかった。変化しおわってみると、ふつうの手と変わりないように見える。だが、ちがうのだ。もう、それは彼の手じゃない。彼は恐怖に目くるめいていたが、やがて、疲れはてて眠りに落ちた。

六時に、母親がスープをもって上がってきた。彼は手を触れようともしない。「ぼくは手がないんだ」と、彼は言って、目をつむった。

「何言ってんの。手はちゃんとしてるじゃないの」と、母親が言った。

「ちがうってば」彼は泣き声になった。「ぼくの手は失くなっちゃった。義手みたいになっちゃったんだ。ねえ、母さん、母さん、ぼくをしっかりつかまえてて、しっかりと。ああ、こわいよう！」

母親は彼にスープを飲ましてやらなければならなかった。

「母さん」彼は言った。「医師《せんせい》を呼んで、ねえ、もう一度。とても気分が悪いんだよう」

「先生は今夜八時に見えますよ」そう言って母親は出て行った。

七時。夜のとばりが家をぴったりと包むころ、チャールズがベッドのうえに起き上がっていると、最初片脚が、次いで、もういっぽうの脚がおかしくなりだしたのだ。

「母さん！　早く来て！」と、彼は金切り声をあげた。

だが、母さんが来たときには、おさまっていた。母さんが階下《した》に行ってしまうと、彼はじっと横になったまま、脚がずきずきと脈打ち、熱くなり、真っ赤になっても我慢していた。発する熱で、部屋中がムンムンしてきた。ほてりは足指から踝《くるぶし》へ、そして膝へと這い上がっていった。

「入ってもよろしいかな？」と、医師が扉口でほほえんでいた。

「先生！」チャールズは叫んだ。「はやく、はやく毛布をどけて！」

医師は言われるままに毛布をはねのけた。「ほらほら。何でもないじゃないか。汗が出ただけだよ。ちょっと熱が出たんだよ。動きまわっちゃいけないって言ったろう、悪い子だ」医師は、涙にぬれた桃色の頬をそっとつねった。「薬は効いたかい？　手はもとにもどったかね？」

「ダメ、ダメなんだ。左手も、両脚もやられちゃったんです！」

「どれ、どれ、それじゃあもう三錠あげなくちゃならんな、三本やられたんならね。え、坊や？」と、医師は笑いながら言った。

「それ効くの？　ねえ、ねえ。ぼくの病気は何なの？」

「猩紅熱《しょうこうねつ》の軽いやつだよ、ちょっとした風邪でこじれたんだ」

「ぼくのからだの中にバイ菌が入り込んで、バイ菌の子どもを生んでるんじゃない？」

「そうだよ」

「猩紅熱だってことはたしかなの？　まだ何も検査してくださらないのに！」

「ある種の熱病は、見ただけで分かるんだよ」と、医師は言い、冷ややかな権威をこめて、少年の脈搏を調べた。

医師が黒鞄にてきぱきと医療用具をつめるまで、チャールズは黙ってじっと横になっていた。それから、しーんとした部屋のなかで、少年の声が小さく弱々しい波紋を描いた。思い出したために、目をきらきらさせて。

「ぼく、いつか本で読んだことがあるんです。石化木のことを。木が石に変わっちまうってことを。木が倒れて腐り、そこへ鉱物が入り込んで根をおろす。見たところは、まるで木のようだけど、そうじゃない、石なんだっていう話を」彼はことばを切った。ひっそりした暖かい部屋のなかで、彼の息づかいが聞こえた。

「それで？」と、医師がうながした。

「ぼく考えていたんです」ややあってチャールズは言った。「バイ菌は大きくなるんだろうかって。というのは、生物の時間に、アメーバなんかという、単細胞動物の話を聞いたんです。何百万年も前、そうしたものが集まって、ひとかたまりになり、最初の動物のからだができたんだって。そして、ますますたくさんの細胞が集まって、ますます大きくなり、それが、しまいには魚になり、しまいにはぼくら人間になったんだ。だから、ぼくたちは、集まってお互いに助け合おうと決心した細胞たちのかたまりなんだって。ねえ、そうですか？」チャールズは熱で乾いた唇を舌でしめした。

「それがいったい、どうしたというんだい？」医師は少年のうえに身をかがめた。

「ぜひお訊きしたいんです、これは。先生、ねえ、ぜひとも！」と、少年は叫び、「どんなふうになるんです、ねえ、どうかおっしゃってください。もし大昔あったみたいに、たくさんの細菌が集まって、かたまりを作ろうと思い立って、繁殖し、ますますたくさんの――」

　少年の白い手は胸のうえにのり、じりじりと喉もとへ向かう。

「そして、細菌たちが人間のからだに乗り移ろうと決心したら！」と、チャールズは叫んだ。

「そうなんです、そして人間になってしまう。ぼくのからだに、ぼくの手に、ぼくの足に！　病気の奴が、人間の殺しかたを知り、人間の死後生きのこる方法を知ったとしたら、どうなるんです？」

　彼は金切り声を上げた。

　両手が首に当てられていた。

　医師は身をのり出し、叫びたてた。

　九時。医師は車に乗りこんだ。少年の父親と母親が見送りに出て、医師に鞄を渡した。彼らは二、三分間、涼しい夜風に吹かれて話し合った。「手を革ヒモで脚にくくりつけておくように。これだけは守ってください」と、医師は言って、「自分の手で怪我をさせたくありませんからね」

「大丈夫でしょうか、先生？」母親は一瞬、医師の腕にすがりついた。

医師は母親の肩をやさしくたたいた。「わしは三十年間もお宅の医者をしてるじゃないですか？　熱のせいですよ。なにかと妄想するんですよ」

「でも、のどにあんな傷をこしらえて。もうちょっとで窒息しちまうところでした」

「とにかく、革ヒモでしばっておいてください。朝になれば、よくなりますよ」

車は暗い九月の道を走り去った。


午前三時。チャールズは真っ暗な小さい部屋で、まだ目覚めていた。ベッドの、頭と背中のあたる部分がしめっている。とてもからだが熱かった。もう、腕も脚もないんだ。からだが変化しはじめているのだ。彼はベッドのうえで身じろぎもせず、気が狂ったようにじいっと真っ暗な天井のひろがりを見つめていた。しばらくのあいだ、金切り声をあげ、のたうち廻っていたが、今はもうグッタリとし、声も嗄《か》れきっていた。

母親が何度も上がってきて、濡れタオルでひたいを冷やしてくれたのだ。今はもうおとなしくなった。両手を革ヒモで脚にくくりつけられたまま。

彼はからだの内側が変化してゆくのを感じた。内臓がゆれ動き、肺はピンク色のアルコールのランプみたいに、火がついたようだった。部屋がパッと明るくなる、ちらちらゆらぐ炉の火をうつしたように。

もう、からだはないんだ。すっかりなくなってしまったんだ。首の下にくっついてはいるけれど、なにか強烈な睡眠薬をのんだときのように、さかんに大きく脈打っている。まるで、ギロチンできれいに首を切り落とされたみたいだ。頭は真夜中の枕のうえに光を放って横たわり、からだはまだ生きたまま、他人のものになっている。病気が彼のからだを食べつくし、栄養を吸いとって繁殖し、熱に火照る複製をつくりあげたのだ。

手のうぶ毛も、手の爪も、傷あとも、足の爪も、右のお尻にあるちっちゃいホクロも、みんなそっくりそのままに。

ぼくは死んじゃったんだ、と彼は思った。殺されちゃったんだ。だけどまだ生きている。ぼくのからだは死んじゃったんだ。ここにあるのは病気のかたまり。でも、誰も気がつかないだろう。ぼくは歩きまわれるだろう。でも、それはぼくじゃない、なにかほかのものなんだ。なにか悪いもの、いけないもののかたまりなんだ。考えてもなかなか分からない、大きな悪のかたまりなんだ。そいつは靴を買い、水を飲み、たぶんいつかは結婚し、この世に今までないような悪事をはたらくだろう。

　火照りは熱いワインのように、彼の首筋へ、頬へと、いつしか拡がっていった。唇は燃え、まぶたは枯葉みたいに火がついた。鼻孔から、かすかに、かすかに、青い炎が立ちのぼる。

　これで全部だろう、と彼は思った。そいつは、ぼくの頭と脳味噌をもってゆき、目も、歯も、脳味噌に刻まれた痕跡も、髪の毛も、耳の中にあるひだも、ひとつ残らずはめ込むだろう。ぼくはあとかたもなくなるのだ。

　脳に沸騰した水銀がつめ込まれたように、彼は感じた。左の目がギュッと収縮し、カタツムリのように引っ込み、変化するのを彼は感じた。左目が見えなくなる。この目は、もう彼のものではない。敵の領土だ。舌も失くなる。切りとられて。左の頬がしびれ、失くなる。左の耳が聞こえなくなる。もうほかの奴のものなのだ。この生まれつつあるもの、木の丸太を乗っ取るこの鉱物性のもの、健康な動物の細胞を乗っ取るこの病気の奴のもの。

　彼はキャーッと叫ぼうとした。部屋のなかで、高く大きく鋭い金切り声をあげることができた——脳のなかがあふれ、右目と右耳が切りとられ、見えなくなり、聞こえなくなり、全身、火と、恐怖と、恐慌と、死と化した、ちょうどそのときに。

　母がドアを駆け抜けて彼のそばに行きつく前に、悲鳴はやんだ。

晴れわたった気持ちのいい朝だった。強い風が吹いていて、家につづく小道を歩いてくる医師には都合がよかった。二階の窓ぎわに、少年が正装して立っていた。医師が手を振って、「どうしたね？　起きてるのかい？　いかんぞ！」と呼びかけても、少年は手を振り返さない。

医師は駈けるようにして二階へ上がった。あえぎながら寝室へ入った。

「起き上がって何してるんだい？」と、彼は少年に問いただした。彼は少年の薄い胸をたたいて、脈をとり、体温を計った。「こいつはおどろいた！　正常だよ。まったく正常だ！」

「ぼく、もう二度と病気にはならないよ」と、少年はしずかに、しかしきっぱりと言い、そこに立って、広い窓の外を見た。「もう二度と」

「そうあってほしいな。ねえ、なかなか元気そうじゃないか、チャールズ」

「あのう、先生」

「何だね、チャールズ？」

「もう学校へ行ってもいいですか」と、チャールズは訊いた。

「明日になれば行ってもよかろう。とても行きたくてたまらないようだね」

「ええ。ぼく、学校が好きです。友だちも、みんな。いっしょに遊びたいし、取っ組み合いがしたい。それから、ツバをひっかけっこしたり、女の子のおさげにいたずらしたり、先生と握手したり、携帯品預かり所においてあるコートでつぎつぎと手を拭いたりしたいんです。おとなになって旅行してまわり、世界中の人たちと握手したり、結婚してたくさん子供をつくったり、図書館へ行っていろんな本をいじったり――ぼく、何もかもやってみたいんですよ！」と少年は言い、目をあげて九月の朝をながめた。「医師《せんせい》はぼくのことを何てお呼びになりましたか？」

「何てだって？」医師は当惑した。「チャールズって呼んだだけだよ」

「ぜんぜん名前がないよりはマシでしょうね」少年はぴくりと肩をすくめた。

「はやく学校へ戻りたいとは、結構なことだ」と、医師は言った。

「待ちどおしくってたまらないんです」そう言って、少年はニッコリした。「先生、いろいろありがとうございました。握手してください」

「ああ、いいとも」

二人はまじめくさって握手した。開け放った窓から、さわやかな風が吹き込む。二人は一分近く握手していた。少年はニッコリと老医師を見上げ、お礼を言う。

それから、笑いながら少年は階下《した》へ駈け下り、医師を車のところまで見送った。母親と父親が、うれしいお別れのために、あとにつづいた。

「もうピンピンしている！」医師が言った。「信じられん！」

「それに、力も強い」父が言った。「夜のうちに、ひとりで革ヒモから抜け出てしまった。そうだろう、チャールズ？」

「そうだった？」と、少年が言う。

「そうさ。どうやって抜け出たんだい？」

「ああ」と少年は言って、「あれはずっと昔のことさ」

「ずっと昔のことだって！」

みんなが笑った。みんなが笑っているあいだ、このおとなしい少年は歩道の上にはだしの足を動かし、歩道の上をちょこちょこ動きまわっている何匹かの赤蟻に足を触れて、さっとこすった。両親が老医師とおしゃべりしているあいだ、少年はひそかに、目をかがやかせながら、蟻どもがためらい、おののき、セメントの上に倒れるさまを見ていた。蟻どもが冷たくなったのを、彼は感じた。

「さようなら！」

医師は手を振って帰っていった。

少年は両親の前を歩いていった。歩きながら、はるか町のほうを見やって、そっと〈学校時代〉を口ずさんだ。

「元気になって、ほんとによかったな」と、父親が言った。

「聞いてごらんなさいよ。学校へ出られるのを、あんなに楽しみにしているわ！」

少年はしずかに振り向いた。父と母にぎゅっと抱きついた。そして、五、六ぺんキスした。

それから、ひとことも言わず、戸口の階段をひょいひょい跳び上がって、家のなかに入っていった。

彼は居間に入ると、両親が入ってこないうちに、急いで鳥籠をあけて手を突っこみ、そして黄色いカナリヤをぎゅっと抱きしめた、一度かぎり。

それから、鳥籠の扉を閉め、あとずさりし、そして待ち受けた。

# 結婚改良家

The Marriage Mender

日があたると、そのベッドの頭板《ヘッドボード》は噴水のように、澄みきった光の羽毛をとばす。ライオンだの、怪獣だの、あごひげを垂れた山羊だのが彫られていた。夜半に見ると、恐怖を感じる彫りものだった。夜半、アントニオはベッドに腰かけ、靴紐を解き、たこのできた、いかつい手をさしのべて、そのかすかに光る竪琴《ハープ》にさわってみる。それから、この神話めいた夢の機械にころがり込み、重苦しい息をつく。そのうちに、まぶたが重くなるのだった。

「毎晩、蒸気オルガンの側孔《くち》で眠っているみたいだわ」と、かたわらで妻の声。

妻の小言に、彼はぎくりとした。入り組んだ頭板《ヘッドボード》の冷たい金具——もう何年にもわたって、幾多の荒々しい歌、美しい歌を奏《かな》でてきたこの七弦琴《ライア》の弦《いと》に手を触れようと、かたくなった指先をさしのべる気になれるまで、彼は長いことじっと横になっていた。

「これは蒸気オルガンじゃない」と、彼は言った。

「でも、まるでそんなふうな音をたてるわ」妻のマリアが言った。「今晩ベッドをもっている人は、世界中で何十億人もいるわ。それなのに、どうしてあたしたちにはベッドがないのかしら？」

「これは立派なベッドだ」と、アントニオは静かに言う。彼は頭のうしろにある、真鍮製の架空の竪琴《ハープ》に触れ、短い調べをかき鳴らしてみた。彼の耳には、〈サンタ・ルチア〉に聞こえた。

「このベッドには隆肉《こぶ》があるわ、ラクダが背中にしょっているような」

「ねえ、ママ」と、アントニオは言った。二人のあいだには子供がなかったけれど、妻が腹を立てているときなど、彼は『ママ』と呼びかけるのだ。「今までそんなこと言わなかったじゃないか、階下《した》のブランコッツィのかみさんが五カ月前新しいベッドを買いこむ以前は」

マリアはものほしげに言う。「ブランコッツィ夫人《さん》のベッド、まるで雪みたいだわ——平らで、真っ白で、すべすべしてて」

「そんな雪みたいなやつ——平らで、真っ白で、すべすべしたやつなんか、欲しくもないや！　どうだい、このスプリング——ちょっとさわってみるがいい！」

彼はムッとして声を高めた。「このスプリングは、おれを知ってるんだ。いま自分はこんな寝方をし、二時ごろにはあんな寝ぞうになる、そんなことは心得たもんだ！　三時にはこう、四時にはああ——ちゃんと知ってる。こいつとタンブリングをしてるようなもんだ——いっしょに、もう何年ものあいだ。支えるところも、倒れるところも、コツはすっかりわかってるのさ」

マリアが溜め息をついて言う。「ときどき、バルトーレ菓子店の糖菓《タフィー》製造機のなかにいる夢を見ることがあるわ」

「このベッドはなあ」と、彼は闇に向かって宣言する。「——ガリバルディ将軍よりもずっと以前から、代々わが家に仕えてきたんだぞ！　ここから生まれたものだけでも、まっとうな有権者の選挙区ができるくらいなんだ——サッと敬礼する陸軍軍人が一分隊、菓子職人が二人、理髪師が一人、〈イル・トロヴァトーレ〉と、〈リゴレット〉のアルトの主役《リード》が四人、それに、性あまりにも複雑で、ついに生涯何をするか決めかねた天才が二人！　そしてまた、舞踏場《ボールルーム》の何よりの装飾になるあまたの美人も忘れてはならぬ！　豊饒《ほうじょう》の角《つの》なんだぞ、このベッドは！　まさしく豊かな収穫《みのり》を生む機械なんだ！」

「結婚して二年になるけど」と、ヒステリックになりそうな声をぐっとおさえて、彼女が言う。「あたしたちの〈リゴレット〉のアルトの主役《リード》はどうしたのよ？

あたしたちの天才は——？　あたしたちの舞踊場《ボールルーム》の装飾は——？」

「辛抱しとくれよ、ママ」

「ママなんて呼ばないでよ！　このベッド、あんたには一晩中いい思いをさせているのに、あたしには一度だってそんなことあったためしがないわ。女の赤ちゃんさえ生まれやしない！」

彼は起きなおった。「このアパートのあんな女どもの三文話のおかげで、おまえはすっかりイカれちまったんだ。ブランコッツィのかみさんに子供がいるかい？　新しいベッドだって、まだ五カ月じゃないか？」

「ちがうわよ！　もうすぐだわ！　ブランコッツィ夫人《さん》が言ってたわ……それに、あのひとのベッド、とてもきれいだわ」

彼はどさりと横になって、毛布を引っかぶった。復讐の女神が三人とも夜空を駈け抜けてゆくかのように、ベッドがギシギシきしむ。明け方に近づくにつれ、それも消えていった。

月が移り、床《ゆか》に映る窓のかたちを変えていた。アントニオは目を覚ました。かたわらにマリアの姿が見えない。

彼は起き上がって、半開きになった浴室のドアをのぞきに行った。妻が鏡のまえに立って、疲れきった顔を映していた。

「あたし、気分がよくないの」と、彼女は言った。

「口争いをしてしまったね」彼は手をさしのべて、妻の肩を撫でた。「ごめんよ。よく考えてみよう。ベッドのことだがね。金のやりくりを考えてみようよ。明日になっても気分がなおらんようだったら、医者に診《み》てもらうんだ、ね？　さあ、寝なさい」

あくる日の正午、アントニオは材木置場を出て、誘いかけるようにカバーがめくってある、新品のすばらしいベッドが陳列されたウィンドウまで歩いていった。

彼はわれとわが胸にささやいた。「おれはひどい奴だ」

そして、腕時計に目をやった。マリアは今ごろ、医者のところへ出かけていったころだろう。あいつは今朝、冷えた牛乳みたいだったっけ。だから、医者へ行けと言ってやったんだ。彼はそれから菓子店のウィンドウのまえまで歩いていって、糖菓《タフィー》製造機から糖菓《タフィー》が巻きつき、糸を引き、出てくるさまを見つめた。糖菓《タフィー》はきいきい声をたてるんだろうかと、彼は思った。たぶん、たてているんだろう。だが、あんまり高い声をたてるんで、聞こえないのかもしれん。彼は思わず笑った。と、引っぱられた糖菓《タフィー》のなかに、彼はマリアの顔を見た。彼は眉をひそめると、くるりと向きを変え、家具屋へ引き返した。よそう。買おう。よそう。いや、買おう！　彼はひやっとするウィンドウに鼻づらを押しつけた。おい、ベッドよ、そこにいる新しいベッドよ、おまえはおれを知ってるかい？　夜な夜な、おれの背中をやさしくいたわってくれるかい？

彼はそろりそろりと札入れをとり出し、じっと中身をのぞき込んだ。彼は吐息をもらし、そのなめらかな頭板《ヘッドボード》、その見なれぬ敵、その新しいベッドを、長いことじっと見つめた。それから、肩を落とすと、無造作に金をつかんで、店のなかへ入っていった。

「マリア！」彼はいっぺんに二段ずつ階段を駈け上がった。夜の九時。製材所の超過勤務を早退させてもらって、家へとんで帰ってきたのだった。彼は笑顔を浮かべ、開けっ放しの戸口からとび込んだ。

部屋はからっぽだった。

「ああ」彼はがっかりして言った。マリアが帰ってきたら見えるようにと、彼は新しいベッドの領収証を簞《たん》笥《す》のうえに置いておいた。彼が残業する晩など、彼女は、同じアパートの一階の誰かのところへ遊びにゆく。

見つけにいこう、と彼は思ったが、思いとどまった。いや、ぜひとも妻だけに話したい。待とう。彼はベッドに腰をかけた。「古いベッドよ、おまえともお別れだ。じつに残念だけれど」彼は真鍮製のライオンを神経質に撫でた。それから、部屋のなかを行ったり来たりした。どうだい、マリア。彼は妻の笑顔を心に描いた。

急いで階段を駆け上がってくる妻の足音が聞こえはしまいかと、彼は耳を澄ました。だが、聞こえてきたのは、ゆっくりした慎重な足どりだった。彼は思った――あれはマリアの足音じゃない。あんなふうなゆっくりした足音、あれはちがう。

ドアの把手《ノブ》がカタリと廻る。

「マリア！」

「あんた、早かったのねえ！」彼女は幸福そうに彼にほほえみかけた。わかったのだろうか？　おれの顔に書いてあるんだろうか？

「あたし、階下《した》に行っていたのよ」彼女は叫んだ。

「みんなに話しに！」

「え？　みんなに話しに？」

「お医者さんに――！　お医者さんに診《み》てもらったのよ！」

「医者に？」彼は当惑したおももちだった。「それで？」

「それで、パパ、そして――」

「パパって――そりゃ、おまえ――？」

「パパ、パパ、パパ、パパ、パパだってば！」

「おお、そうなのかい」彼はやさしく言った。「それで、あんなに気をつけて階段を上がってきたんだね」

彼は妻に抱きついた――だが、あまりきつくならないように。そして左右の頰にキスし、目を閉じ、そして歓声をあげた。それから、隣り近所の者を何人か起こして、このことを話し、肩をつかんでゆすぶって、なんべんでも話さずにはおれなかった。少しは酒もなくっちゃあ。そして気をつけてひと巡《めぐ》りだけワルツを踊り、抱きしめ、嬉しさにぞくぞくっとし、そしてキス――ひたいに、まぶたに、鼻に、唇に、こめかみに、耳に、髪の毛に、あごに――。果てたころは、十二時をまわっていた。

「こりゃ、奇跡だ」彼はほっと息をついた。

彼らはもとの二人だけになった。今しがたまで笑い、しゃべりまくっていた人いきれで、部屋の空気は暖まっていた。今、ふたたび二人だけになった。

灯りを消すと、彼は箪笥のうえの領収証のほうに目をやった。ぼうっとなった彼は、もうひとつのこの大ニュースを、どんな巧妙な甘美な方法で妻に明かそうかと考えていた。

マリアはすばらしさにぼうっとなって、闇のなかで、ベッドの一方の側に腰をおろしている。あたかも、自分の体が、ばらばらになり、手足を一本ずつ付け替えられる不思議な人形にでもなったかのように、彼女は両手を動かした。真夜中、暖かい海の底に住んでいるような、ゆったりした動作だった。だが、ようやく、こわれものでも扱うようにそうっと枕のうえに身を横たえた。

「マリア、話したいことがあるんだ」

「何ですの?」彼女はかすかな声で言った。

「そのような体になったんだから」そう言って、彼は妻の手をぎゅっと握りしめ、「ゆっくり休める、きれいな新しいベッドを買ってやるよ」

彼女はわあっと歓声も上げず、彼のほうを振り向きもせず、抱きついてもこなかった。黙っているのは、考えに沈んでいるせいなのだ。

彼はやむなく言葉をつづけた。「このベッドも、もうパイプ・オルガン——蒸気オルガンになっちまったな」

「ちゃんとしたベッドだわ」と、彼女が言った。

「ラクダみたいに、隆肉《こぶ》だらけだ」

「そんなことないわ」彼女は静かに言った。「このベッドから、まっとうな有権者たちの選挙区が生まれるんだわ。三つの軍隊の隊長さんたち、バレリーナが二人、有名な弁護士が一人、とっても背の高いお巡りさんが一人、それに荘重低音歌手《バッソ・プロフンド》、アルト歌手、ソプラノ歌手が七人も生まれるんだわ」

彼はかすかに明るい部屋の向こう側の箪笥のうえの領収証を横目で見やった。すり切れたマットレスを背中に感じる。四肢を、ひとつひとつの疲れた筋肉を、一本一本の疼《うず》く骨をたしかめようとしてスプリングがそうっと動く。

彼は溜め息をついて、「もう争うことは決してしないよ、おまえ」

「ママって言ってよ」と、彼女が言った。

「ママ」と、彼は言った。

そう言ってから、彼は目を閉じ、毛布を胸のところまで引き上げ、闇のなか、あのすばらしい噴水のかたわらに横たわると、おそろしい金属製のライオン、琥珀色の山羊、微笑をうかべる怪獣の居並ぶなかで、彼は耳を澄ました。すると、聞こえてくるのだ。最初ははるか遠く、調整しているような響きだったが、やがて、だんだんはっきりと聞こえてきた。

そうっと頭上にもち上げたマリアの指先が、きらめく竪琴《ハープ》の弦、古びたベッドの、ちらちら光る真鍮管に触れ、ささやかな舞踏曲を奏《かな》ではじめた。曲は――そう、いうまでもなく、〈サンタ・ルチア！〉曲に合わせて唇が動き、彼は心から口ずさむ。サンタ・ルチア！　サンタ・ルチア！

それは実に美しかった。

# 誰も降りなかった町

The Town Where No One Got Off

夜また昼、列車で米本国を横断すると、人っ子ひとり降りない荒野の町々をさっさと通過してゆく。というより、よそものは、こうした田舎の墓地に根をおろしていない人間は、わざわざそんな寂しい駅に立ち寄ったり、寂しい景色を見ようなどとはしないからだ。

そんなことを、わたしは連れの乗客に話してみた。連れはわたしと同じくセールスマン。シカゴ発ロサンゼルス行列車で、アイオワ州を横断していたときのことである。

「なるほど」彼は言った。「人々はシカゴで降りる。みんなそこで降りますな。ニューヨークでも、ボストンでも、ロサンゼルスでも、降りる人はいる。そこの住人でない人が、見物しにそこへ行き、帰ってきて話の種にする。しかし、見物のために、ネブラスカのフォックス・ヒルで降りた観光客なんてあったでしょうか？　あんたならどうです？　このわたしはどうだろうか？　降りるわけがない！　そんなところには、知り合いもなければ用事もない。それに、保養地でもないんですから、誰がわざわざ――？」

「でも、一風変わっていて、魅惑的じゃありませんか――いつか、ぜんぜんちがった休暇計画を立てるのも。誰ひとり知り合いもいない、平原に埋もれた村を選んで、でたらめに行ってみるのも？」

「ひどく退屈するでしょうな」

「そんなことを考えてると、退屈しないんですよ、わたしは！」わたしは車窓の外に目をやった。「ときに、この線の次の町はどこです？」

「ランパート・ジャンクションです」

わたしはニヤリとした。「よさそうな地名ですねえ。

わたしはそこで降りるかもしれません」

「ウソおっしゃい、ばかばかしい。何の用があるんです？　冒険？　それとも、ロマンスですかね？　なら、さっさと跳び降りてごらんなさい。十秒もすれば、わかれながら間抜けだと悟って、タクシーをつかまえ、次の町までこの列車を追っかけてくるくらいがオチですよ」

「ことによるとね」

わたしは、電柱がパッパッと現われては消え、現われては消えてゆくのを見つめていた。はるか前方に、かすかに町の輪郭が見えはじめた。

「しかし、そうは思いませんがね」と、われ知らずわたしは言っていた。

わたしの真向かいのセールスマンは、かすかに驚いたようだった。ゆっくりと、きわめてゆっくりと、わたしが立ち上がったからだ。わたしは帽子に手を伸ばした。もう一方の手が旅行鞄《スーツケース》をまさぐっていた。これにはわれながら驚いた。

「お待ちなさい！」セールスマンが言った。「何をなさるんです？」

列車がとつぜんカーブにさしかかった。わたしはよろけた。はるか前方に、教会の尖塔と、深い森と、夏の小麦の畑が見えた。

「わたしはどうやら、降りるようですな」と、わたしは言った。

「ま、お坐りなさい」と、彼が言った。

「いや」と、わたしは言って、「前方に見えるあの町には、何かがある。ぜひ行って、見てみたいんです。時間もありますし。実は、来週の月曜まで、ロサンゼルスに帰らなくてもいいんです。いま列車を降りなければ、見るチャンスがあったのに、みすみす逃してしまったことを、いつまでも後悔するでしょうからね」

「いま話していたばかりじゃないですか。あんなところには、なんにもありませんよ」

「そんなことはない。ありますよ」

わたしは頭に帽子をのせ、スーツケースを手に持った。

「きっと、そんなことをなさるんじゃないかと思ってましたよ」と、セールスマンが言った。

心臓がどきどきした。顔が火照った。

列車が汽笛を鳴らした。線路の上を驀進する。町は近い！

「ま、幸運を祈ってください」と、わたしは言った。

「お元気で！」と、彼は叫んだ。

わたしは大声で赤帽《ポーター》を呼びに走った。

ペンキの剝げた、古ぼけた椅子がプラットホームの壁によっかかっていた。この椅子に、沈み込むほどゆったりと服を着こんだ、七十ばかりの男が坐っていた――駅ができて以来、ずっとそこに釘づけされているような恰好で。顔は陽に真っ黒に灼け、頰にはトカゲのようなひだと溝が刻み込まれて、それが彼の目をたえず斜視にしている。髪は夏の風をうけて、灰白色にけむっている。襟もとが開いて、白い時計のゼンマイをのぞかせているブルーのシャツは、かっと見開いた夕方近くの空のように漂白されている。靴は火ぶくれになっていて、うっかりストーブの口に、じっと、永久にかざしておいたかのようだ。影は変色しない黒色で刷り込まれている。

わたしが降り立ったとき、老人の目は車窓をつぎつぎと追っていたが、わたしを見て、はっと、止まった。

手を振るかもしれないな、とわたしは思った。

だが、謎めいた目がとつぜん、ある色を帯びただけだった――見覚えがあったときに見せる化学的変化を。しかし、口や、まぶたや、手の指は、ピクリともさせなかった。目に見えぬかたまりが、彼の内部で動いただけだ。

列車が動き出したのをさいわい、わたしは目をそらして列車を見送った。ホームには、ほかに誰もいない。クモの巣が張り、釘づけにされたオフィスのまえには、待っている自動車など一台もない。わたしはひとり、鉄の響きをあとに、立ちさわぐプラットホームの丸太の波を踏みしめた。

列車は汽笛一声、丘を上っていった。

ばかなことをしたもんだ！　と、わたしは思った。連れの乗客が言ったとおりだ。着いたとたんに感じ始めた退屈に、やがて恐慌をきたすことだろう。まさにそのとおりだ、とわたしは思った。ばかだった。だが、逃げ出すことは絶対にすまい！

わたしは老人のほうを見ずに、スーツケースを引きずって、ホームを歩いていった。すれちがったとき、彼の小さなかたまりがふたたび動くのを耳にした。こんどは、はっきりと耳に聞こえた。彼は足を板に触れ、ふかふかになった板をこつこつとたたいていた。

わたしは歩きつづけた。

「こんちは」と、かすかに言う声がした。

わたしのほうを見ているのではなく、ちかちかする空の、あの雲ひとつない大きな広がりを見ているのだ。わたしにはわかっていた。

「こんちは」と、わたしは言った。

わたしは、舗装してない道路を、町のほうへ歩きはじめた。百ヤードほど行ったとき、わたしはちらっと振り返った。

老人はあいかわらずそこに坐ったまま、問いかけるかのように、太陽を見つめていた。

わたしは先を急いだ。

わたしは、夢見るような、夕暮れ近い町を歩いていった。名を知られることもなく、ひとりっきりで。流れをさかのぼる鱒《ます》のように。身を漂わせている人生の、清流の岸辺に触れることもなく。

わたしの疑いは強まった。ここはなにひとつ起こらぬ町だ。できごとといえば、次のことだけ――

四時かっきりに、ハネジャー金物店のドアがぴしゃりと音をたて、一匹の犬が道路の砂ぼこりを浴びに出てきた。四時半――ストローがソーダ水のグラスの底をむなしく吸い、静まりかえったドラッグ・ストアのなかで、大きな滝のような音をたてた。五時――少年たちと小石とが、町の川にとび込んだ。五時十五分――

—楡の木の下の傾斜した日だまりに、蟻《あり》どものパレードがはじまる。

けれども——わたしはゆっくりと四周を見まわした——この町のどこかに、見るべきものがあるにちがいない。わたしにはそれが分かっていた。歩きつづけ、さがしつづけなければならぬ。やがてそれが見つかることは、わたしには分かっていた。

わたしは歩いた。わたしはさがした。

午後中ずっと、つねに変わらぬ要素がひとつだけあった——色あせた青ズボン、青シャツ姿の老人は、片時も遠くへ離れることはなかったのだ。わたしがドラッグ・ストアに腰をおろすと、彼は真ん前で嚙みタバコを吐き出し、それが砂ぼこりのなかに丸まって、コガネムシのような恰好になった。わたしが川のほとりに立つと、彼は川下にかがみこんで、大仰な身振りで手を洗った。

夕方に入って七時半ごろ、わたしは七、八ぺん目かにひっそりした通りを歩いていると、そばに足音が聞こえた。

見ると、老人が歩いていた。まっすぐ前方を見つめ、一本の干し草を、よごれた歯のあいだにくわえている。

「まったく長かった」老人はひっそりと言った。

われわれはたそがれの中を歩いていた。

「長いこと、あの駅のホームで待ってたんじゃ」と、彼は言った。

「あんたが?」と、わたしは訊き返した。

「うん、わしがね」と、彼は木蔭でうなずいた。

「駅で誰かを待ってらしたんですか」

「ええ。あんたをね」

「わたしを?」おどろきが声に表われたにちがいない。「しかし、なぜ……? わたしに会ったことは一度だってないでしょうに」

「会ったことがあるなんて、わしは言ったかね? ただ、待ってたと言っただけじゃよ」

われわれはいま、町はずれに来ていた。彼は向きを変え、わたしも彼といっしょに、暗くなりゆく川岸に沿って橋脚のほうに目を向けた。ほとんど停車しない夜汽車が、東へ、西へ、渡ってゆく。

「わたしのことで、知りたいことでもあるんですか?」と、わたしはだしぬけに訊いた。「あなたは保安官で?」

「いいや、保安官じゃない。それに、あんたについて、何か知りたいわけでもない」彼は両手をポケットにつっ込んだ。陽はもう沈んでいた。空気が急にひんやりしてきた。「あんたがとうとうここへ来たんで、おどろいただけじゃよ」

「おどろいた?」

「うん、おどろいたんじゃよ」と、彼は言って、「同時に……うれしくもあった」

わたしはふいに立ち止まって、まともに彼を見つめた。

「いつから、あの駅のホームに坐っているんです?」

「二十年間。少しばかりの客を送り迎えに」

彼がほんとうのことを言っているのが、わたしにはわかった。声が、川の流れのように、よどみなく静かだった。

「わたしを待っていたんですって?」

「あるいは、あんたのような人をね」と、彼は言った。

われわれは、しだいに濃くなりまさる闇のなかを歩きつづけた。

「どうじゃね、わしらの町は?」

「いい町ですね、静かで」と、わたしは言った。

「いい町じゃよ、静かで」彼はうなずいた。「町の人たちは、どうじゃね?」

「よさそうな、静かな人たちらしいですね」

「うん」彼は言った。「静かで、いい人たちじゃよ」

わたしは引き返そうとしたが、老人は話しつづけた。礼を失しないように話を聞いてやるために、わたしは彼といっしょに歩かなければならなかった。はるかに広い闇のなかを、町のかなたの田野と草原の潮《うしお》のなかを。

「そうじゃ」老人は言った。「二十年前、仕事を辞めた日、わしはあの駅のホームに腰をおろし、以来、あそこに坐って、何もせず、何かが起きるのを待ちつづけてきたのじゃ。なんともわからぬ、なんとも言えぬ、何かが起きるのを。しかし、ようやく起こってみると、それがわかるじゃろう。そうじゃ、あんた、それを見たとたん、これこそ自分が待ち受けていたものだ、と言い切ることができるのじゃ。列車転覆？　いや、ちがう。五十年ぶりに、昔の女友だちが帰ってくる？　いや、いや、そんなことじゃない。なんとも言いがたいのじゃよ。誰なのか。何なのか。そして、それはあんたに関係がありそうに思えるのじゃよ。はっきり言えるといいんじゃが――」

「なぜはっきり言おうとなさらんのです？」と、わたしは言った。

星がまたたきはじめていた。われわれは歩きつづけた。

「ところで」彼はゆっくりと言った。「あんたは自分の内部のことを、よく知っとられるかね？」

「とおっしゃると――内臓のことですか、それとも、心理的な意味でですか？」

「それ、それじゃよ。頭や脳のことじゃよ。それのことを、よく知っていなさるかね？」

わたしの足のしたで、草がさわさわと鳴る。「少しは知ってますよ」

「一生のうち、憎い人がたくさんいるかね？」

「多少は」

「人間だれしもそうじゃよ。憎しみをいだくというのはきわめて、正常なことじゃないかね。それに、憎いと思うばかりか、口にこそ出さないが、自分を傷つけた人たちを、殴ってやりたい、殺してやりたいとすら思うことがあるじゃろう？」

「一週に一度ぐらい、そんな気持ちにおそわれないことは、ほとんどありませんよ」わたしは言った。「もちろんそれは、抑えるけれど」

「われわれ、一生のあいだ抑えつづける」と、彼は言って、「町の奴らがかくかくのことを言う。おふくろ、おやじがあれこれ言う。法律はしかじかなことを言っている。そんなわけで、殺したい気持ちをひとつ抑え、もうひとつ抑え、このようにしていくつもの殺人を思いとどまる。わしぐらいの齢になるまでには、そういったことが頭ん中にたくさんたまってくる。そして、戦争にでも行かないことには、それを取り除く手はないんだ」

「クレー射撃とか、鴨猟などでまぎらわす者もいる」わたしは言った。「ボクシング、レスリングで発散させる者もいる」

「だが、何もしない者もおる。わしの言っているのは、そういった者たちのことじゃよ。たとえば、このわしじゃ。わしは一生のあいだ、いわばそうした死体を塩づけにし、頭ん中に冷凍貯蔵してきた。そのようなことを余儀なくされると、町や町の人間に、腹が立つことがあるのじゃ。ものすごい叫びを上げ、人の頭めがけて棍棒を打ちおろす、大昔の穴居人がうらやましくなるんじゃよ」

「ということは……?」

「つまりじゃ、誰でも一生に一度は人殺しをしたいと思っとる。それまで勇気がなくて果たせなかった、数多くの殺人という大きなしこりを、いわば取り除きたいと思うのじゃ。そして、たまにチャンスがおとずれる。誰かが車のまえにとび出してくる。すると、ブレーキを踏み忘れ、そのままつっ走る。そのようなことは、誰も何ひとつ証明できん。本人でさえ、そんな行為をしたとは思っておらぬ。ただ、ブレーキが間に合わなかったのだ、と思い込む。だが、実際はどうだったか、あんたもわしも知ってるんじゃないかね?」

「ええ」と、わたしは言った。

今、町ははるかうしろにあった。われわれは、鉄道の築堤のすぐ近くの木の橋を、小さな流れの向こうへと渡った。

「ところで」川の水を見ながら、老人が言った。「やる価値のある殺人といえば、ただひとつ——誰がやったか、なぜやったか、誰を殺《や》ったのか、誰ひとりとして推測できない土地での殺人じゃ。そうじゃないかな？　ときに、わしがこの考えをいだいたのは、おそらく二十年も前のことだ。毎日、毎週、考えてきたというわけじゃない。いく月も考えずに過ごしたこともある。ともかく、考えというのはこうなのじゃ。この町に停まる列車は日に一本、時には、その一本すらないことがある。で、もし誰かを殺そうと思ったら、待たなければならんのじゃ、何年も、何年も。まったくの見知らぬ男が、何という理由もなく列車を降りるよそ者が、町では誰ひとり知るものがなく、誰ひとり知り合いもない男が——この町にやって来るまで。そのとき、そのときこそ、あの駅の椅子に坐り、その男に近づき、あたりに誰もいない時を見計らって、男を殺し、川に投げ込むことができる、とわしは思ったのじゃ。死体は何マイルも下流であがる。ことによると、永久に発見されないかもしれん。男をさがしに、ランパート・ジャンクションへ来ようなどと思う者はいないだろう。男の行き先地ではないんだから。どこかへ行く途中だったのだからねえ。まあ、以上がわしの考えのすべてじゃ。そして、列車から降りてきたとたん、こういう男は見分けがつく。はっきりと見分けがつくのじゃ、ちょうど……」

わたしは足を止めた。真っ暗だ。月の出まで一時間の間《ま》がある。

「そうですかね？」と、わたしは言った。

「うん」と、彼は言って、星を見上げた。頭の動きでそれがわかった。「さて、だいぶ話してしまったなあ」彼はにじり寄ってきて、わたしの肘に触れた。その手は熱っぽく、あたかも、触れる前にストーブにかざしていたかのようだった。もういっぽうの手、右手は、しっかりとポケットのなかに隠され、ふくらみを見せている。「だいぶ話してしまったなあ」

キャーッという音。

わたしはぐいっと頭を動かした。

頭上を、見えない軌道を、夜の急行が剃刀のように飛んでゆく。丘に、森に、畑に、町の家々に、野原に、掘割に、牧場に、耕地や水のうえに、光をふりそそぎ、次いでひときわ高くわめき、曲がり、金切り声を上げ、そして行ってしまった。通過してからもしばらく、レールが震動していた。やがて、静寂。

　老人とわたしは、闇のなかで見つめ合ったまま立っていた。彼の左手はまだわたしの肘をつかんでいる。右手はあいかわらずポケットに入れたままだ。

「ひとこと言わせてくれませんか？」ようやくわたしは口を開いた。

　老人はうなずいた。

「わたし自身のことを」と、わたしは言って、ことばを切った。ほとんど息ができなかったのだ。やっとの思いで先をつづけた。「不思議ですねえ。わたしも、よくあんたのように考えてきたのです。そうです、今日も、横断旅行に出ていて考えたのです――なんと、なんと完全、これ以上完全なことがあろうか。最近、商売が思わしくなくなった。女房は病気。先週、親友が死んでしまった。世界では戦争が起こっている。煮えくり返っているんですよ、このわたしはねえ。こんなとき、きっといいにちがいない、こんなときに、もしも――」

「何ですと？」老人はわたしの腕に手をかけたまま言った。

「もしも、ある小さな町でこの列車を、降りるならば――」わたしは言った。「わたしを知っている者は誰もいない。わたしは小脇に拳銃をかかえている。誰かを見つけ、殺し、そいつを埋めてから、駅にもどって列車に乗り、帰宅する。そして、誰にも知られない。誰が殺《や》ったのか、誰にもわからない、永久にねえ。完全だ、とわたしは思った、完全犯罪だ。それでわたしは、列車を降りたのですよ」

　われわれはさらに一分間、睨み合ったまま、暗闇のなかに立っていた。おそらくわれわれは聴き入っていたのだろう――どきどきと激しく打つ相手の心臓の鼓動に。

　ふらふらっとした。わたしはこぶしを固めた。倒れてしまいたかった。金切り声をたててしまいたかった――列車のように。

　いま言ったことは、必ずしも、自分の命をたすけたいためについた嘘ばかりとは限らないことに、とつぜんわたしは気づいたからだ。

　今しがたこの男に向かって言ったことは、すべて本当のことなのだ。

　そして、いまこそ悟ったのだ。なぜ自分は列車から降り、この町を歩いていたのかを。そして、何をさがし求めていたのかを。

　老人の、速く苦しい息づかいが聞こえた。その手はしっかりとわたしの腕にかけられている――そうでもしていなければ、倒れてしまうかのように。彼は歯をくいしばっていた。わたしが彼のほうに乗り出すと、彼もわたしのほうに乗り出してきた。緊迫しきった、おそろしい静寂のひととき。爆発寸前のような。

　やっとのことで彼は口を開いた。それは、途方もない重荷に押しつぶされた男の声だった。

「あんたが拳銃を持っていようなどと、どうしてわしにわかろう？」

「あんたにわかるはずがない」わたしの声はぼんやり聞こえた。「まさか、あんたにはねえ」

　彼は待ちうけていた。彼は卒倒するだろう、とわたしは思った。

「そうだったのか？」と、彼が言った。

「そうですよ」と、わたしは言った。

　彼はかたく目を閉じた。かたく口を閉じた。

　さらに五秒たって、彼はゆるゆると、ものうげに、おそろしく重いわたしの腕から手を放していった。それから、自分の右手に視線を落とした。そして、その手をポケットから出した。何も握られてはいなかった。

　のろのろと、重い心をいだいて、われわれは左右に別れ、ずんずんやみくもに暗がりのなかを歩きはじめた。


真夜中の途中便乗を求める火炎信号が、軌道のうえでパチパチいった。列車ががたごとと駅を出はじめたとき、わたしは開けた寝台車の窓から身を乗り出して振り返った。

ホームの壁にかしいでいる椅子にあの老人が坐っていた。色あせた青ズボンに青シャツ、陽に灼けた顔、陽にさらされた目をして。列車がすべり出してゆくとき、彼はこちらをちらとも見なかった。東へと延びている、がらんとした線路をじっと見つめていた。明日、あるいはあさって、あるいは次の日、いつか列車が、いつか列車が、飛ぶようにして、あるいは速力を落として通過してゆき、あるいは停車することもあろう東のほうの線路を。顔は東のほうへじっと向けられ、目も凍りついたようにじっと東にそそがれている。彼は百歳ぐらいに見えた。

むせぶような列車の汽笛。

とつぜん、わたし自身も年老い、乗り出すようにして、目を細めて外を見た。

われわれを引き合わした暗闇が、あいだに立ちはだかっていた。老人も、駅も、町も、森も、すべて夜陰に呑まれていた。

一時間も、わたしはごうごういう突風のなかに立ちつくし、その暗闇にじっと見入っていた。

# サルサのにおい

## A Scent of Sarsaparilla

ウィリアム・フィンチ氏は三日間、午前中も午後も、風の吹き込む暗い屋根裏部屋にひっそりと立っていた。十一月も末の三日間、そこにひとり立ち、やわらかな白い〈時〉の断片《ひら》が、果てしないはがねのような寒空から音もなく軽やかに舞い落ち、屋根をふわふわと覆い、軒いちめんに振りかかるのを感じていた。彼は目を閉じて立っていた。屋根裏は、日の射さぬ長い日々の、風の海のなかにのたうち、骨という骨をきしませ、積もり積もった埃を梁《はり》からふるい落とし、柱や木舞《こまい》をゆがませていた。彼のまわりは、おびただしい溜め息とうめき声。彼はそこに立って、その乾いた優雅なにおいを嗅ぎ、昔の遺産にさわっていた。ああ。ああ。

　妻のコーラは、下で耳を澄ましていたが、彼が歩いたり、位置を変えたり、ぴくっと動いたりする音は聞こえなかった。息をする音しか聞こえまい、と彼女は想像した——吹きさらしの家の屋根裏にひとり上って、埃だらけの鞴《ふいご》のように、ゆっくりと吐き出しては吸い込む彼の息の音しか。

「ばかばかしいったらないわ」と、彼女はつぶやいた。

　三日目の午後、彼は昼食に駆けおりてきたとき、微笑を浮かべていた——さむざむとした壁に、欠けた皿に、傷のついた銀器に、そして、妻に向かって！

「何をそんなに興奮しているの？」と、彼女が問いただした。

「元気がいいってことさ。すばらしい元気なんだよ！」そう言って、彼は笑った。ヒステリックなまでによろこんでいるようだった。ふつふつたる興奮に沸き返っていて、どうやら抑えるのがやっとのようだった。妻が眉をひそめた。

「あのにおいは何なの？」

「におい――においって？」

「サルサ（香料・強壮薬等に用いられるサルサ根のエキスで味つけした清涼飲料）のにおいだわ」彼女はうさんくさそうにクンクン鼻をならした。「そう、ちがいないわ！」

「そ、そんなことあるはずがない！」彼女にスイッチを切られたみたいに、ヒステリックなまでの彼の幸福感は急に消えた。彼は呆然となり、落ち着きを失い、急に警戒しはじめたようだった。

「今朝、どこへ行ってらしたの？」と彼女はたずねた。

「知ってるくせに。屋根裏部屋を掃除してたのさ」

「ガラクタをぼんやり眺めていたんでしょ。もの音ひとつ聞こえなかったわ。ことによると、屋根裏にいらっしゃらないんじゃないかと思ってたわ。あれ何ですの？」彼女は指さした。

「ふむ、どうしてあれがこんなところに入り込んだんだろう？」と、彼はあたりに問いかけた。

彼は、うすいズボンの折り返しと骨ばったくるぶしを結びつけている、自転車用の黒い金具にじっと目を落とした。

「屋根裏で見つけたんだよ」独語するように彼は答えた。「憶えているかい、コーラ？　朝早く二人乗り自転車に乗って、砂利道を飛ばしていったときのことを。四十年前。あのころは、すべてが新鮮でみずみずしかったっけ」

「今日のうちに屋根裏を片づけてしまわないと、あたし上っていって、なにもかもほっぽり出しちゃうわよ」

「だ、だめだよ」彼は叫んだ。「ぜんぶ、おれの気に入ったようにしてあるんだから！」

妻は冷ややかに夫を見た。

「コーラ」彼はくつろいで食事をたべてから、ふたたび熱っぽく話しはじめた。「屋根裏ってどんなものか、おまえ知ってるだろう？　屋根裏は、いわばタイム・マシーンなんだ。あそこへ入ると、おれみたいな年をとった愚か者は、四十年昔へ旅することができるんだ

——一年じゅう夏ばかり、子供たちが氷屋の車にわっと押し寄せたころの昔にね。どんな味だったか憶えているかい？　氷をハンカチにくるんだっけ。布《きれ》と雪の味を、同時にしゃぶっているようなものだった」

　コーラはいらいらした。

　彼はなかば目を閉じながら考えた。それを目で見、造りだそうとすることは、不可能じゃあるまい。屋根裏部屋を考えてごらん。あそこの雰囲気にしてからが、どうみても〈時間〉だ。あそこには、現在とはちがった年があり、時代を異にする繭《まゆ》とサナギが巣くっている。たんすの引出しはぜんぶ、小さな柩《ひつぎ》だ——その中には、何千日もの過去が安置されているのだ。ああ、屋根裏っていうところは、〈時間〉がいっぱい詰まっている親しめる暗室だ。その真ん中に、背をしゃんと伸ばして立ち、目を細め、あれこれと思いめぐらし、〈過去〉のにおいを嗅ぎ、両手をさしのべて〈昔〉に触れてみようとすれば、そうすれば……

　そこではたとやめた。こうした考えのいくぶんかを、口に出してしまったことに気づいたのだ。コーラは食事をかっこんでいた。

「それにしても、おもしろかないかねえ？」と、彼は妻の髪の毛の一点に向かって問いかけた。「——タイム・トラベルが現実に起こりうるとしたら、そして、それが起こりうるとしたら、うちの屋根裏ほどふさわしい、恰好な場所が、ほかにあるだろうかねえ？」

「昔に戻ったって、夏ばかりじゃないわよ」妻が言った。「そんなふうに思うのは、頭がどうかしているからよ。あんたってひとは、いいことばかり憶えていて、悪いことは一切忘れちまうんだから。昔だって、夏ばかりじゃなかったわよ」

「比喩的に言えばだ、コーラ、昔は夏ばかりだったよ」

「そんなことないわよ」

「おれの言う意味はこうなんだ」と、彼は興奮のあまりささやき声になって、おのれの追跡しているイメージを、のっぺりした食堂の壁の上にとらえようとするかのように、身を乗り出した。「もし年と年とのあいだを、手を放して、からだのバランスをとりながら、注意しいしい一輪車を乗りまわしたら――もし年から年へと乗りまわし、一九〇九年に一週間ばかり、一九〇〇年に一日だけ、そのほか一九〇五年とか一八九八年とかに、一ヵ月なり二週間なり、過ごすというようにすれば、これから先ずっと夏ばかりでいられるよ」

「一輪車って?」

「ほれ、知ってるだろう、たけの高い、クロームで作った、車輪のひとつしかない自転車さ――一人乗りの。寄席演芸《ボードビル》やサーカスで、曲芸師が乗るやつさ。バランスを、寸分狂わぬバランスをとらなきゃならない。ひっくり返らんようにして、きらきら光る物体を宙に飛ばせながら、美しく、高く高く舞い上がらせるんだ――目もあやな色彩の、赤、黄、青、緑、白、黄金の、光や、閃光や、火花や、爆弾やらを。過去の六月と、七月と、八月とを、ほとんど手も触れないで、すぐさま周りにまき散らし、宙に舞わせたまま。そして、そのなかを微笑をうかべて乗りまわす。バランスだよ、コーラ、バランスが肝心なんだ」

「ばかばかしい」妻が言った。「ばかばかしいったらありゃしない」そして、さらにもう一度、「まったくばかばかしいわ!」

彼は屋根裏に通ずる長い寒い階段を上っていった。ぶるぶる震えながら。

冬の夜など、目が覚めることがある――骨に磁器が詰まったようになって、冷え冷えとしたチャイムが耳の奥で鳴りひびき、神経が霜に刺し通されるようになって、潜在意識の奥ふかく打ち上げられ、ひっそりした領域に、燃えたつ雪となって降りそそぐ白く冷たい花火のように凍てついた光を放って、目覚めることがあった。寒い、寒い、じつに寒い。この冷えきったからだを暖め、冬のさやから逃れ出るには、緑のたいまつ、ブロンズの太陽をもつ果てしない夏が何十遍も必要であろう。彼はいま、味のないぶっかき氷の大きなかたまりであり、糖菓子《コンフエッティ》の夢にみたされて毎晩寝かしつけられる雪だるまであり、結晶と風雪の入りまじったかたまりだった。そして、外は果てしない冬。巨大な、鉛色したワインしぼり機が、どんよりした天空の蓋を打ち砕き、なにもかも葡萄のように押しつぶし、色と感覚と存在とをすべての者からしぼりとっている――子供たちは別だ。毎日、昼間も、果てしない夜も、町のうえに低く垂れこめる鉄の盾を映している鏡のような丘を、スキーやトボガン橇《そり》に乗って滑り降りる子供らは別だ。

フィンチ氏は屋根裏部屋のはね上げ戸を押し上げた。だが、ここには、ここには。夏の埃が、彼の周囲にぱっと舞い上がった。屋根裏の埃は、他の季節からもち越された熱でぶつぶつ沸き立っていた。そうっと、彼ははね上げ戸を下ろした。

そして、微笑を浮かべはじめた。

屋根裏は嵐の前の雷雲のように、ひっそりしずまりかえっていた。ときおりコーラ・フィンチは、夫が上のほうでぶつぶつ、ぶつぶつ、つぶやいているのを耳にした。

午後五時。フィンチ氏は〈わが黄金の夢の島〉を歌いながら、新しいパリパリした麦藁帽子を台所のドアのところでぽんとたたいた。「ブーッ!」

「あんた、おひるからずうっと眠ってらしたの?」と、妻は嚙みつくように言った。「四回も呼んだのに、返事がなかったわよ」

「眠ってたって?」彼は考えてみて、笑い出し、それからすばやく手で口を押さえた。「そうねえ、眠ったかもしれないな」

とつぜん、妻は夫を見た。「あらまあ! どこからその服をもってきたのよ?」

彼は白地に赤い縞の上着を着、息の詰まるような高い白衿《えり》をつけ、アイスクリーム色のズボンをはいている。ひと握りの新鮮な乾し草をあおぎたてたような、麦藁帽子のにおいがする。

「古トランクのなかで見つけたんだよ」

彼女は鼻をくんくんいわせた。「ナフタリンのにおいがしないわ。新品みたいよ」

「と、とんでもない！」と、彼はあわてて言った。妻に身なりをじろりと見られると、彼はからだをこわばらせ、居心地わるそうだった。

「ここは夏用品の会社じゃないわよ」と、彼女は言った。

「ちょっとぐらい楽しんじゃいけないかね？」

「それはあんたが買ったものばかりでしょ」彼女はオーヴンのふたをピシャリと閉めた。「あたしが家にいて編みものをしているあいだ、あんたはよその女の手をとって、商店に出入りしてたんでしょ」

彼はいやがらせが絶対にいやだった。「コーラ」彼はぱりぱりいう麦藁帽子を、奥ふかくのぞき込んだ。「昔みたいに二人して、日曜日に散歩に行けたらすてきだと思わないかね？　おまえは絹のパラソルを差し、長いドレスをさらさらいわせ、ソーダ・パーラーにあるワイヤ脚をした椅子に腰をかけ、昔嗅いだように、ドラッグ・ストアのにおいを嗅ぐなんていうのは。いまのドラッグ・ストアは、なぜ昔みたいなにおいがしないんだろうな？　それで、サルサをふたつ注文するのさ、コーラ。それから、うちの一九一〇年型のフォードに乗って、ハナハン埠頭へ行って折詰の夕食を買い、ブラス・バンドを聴くのさ。どうだい、こんなのは？」

「夕食の支度はできてるわよ。その何ともつかない服を脱ぎなさいな」

「もし願を掛け、車のラッシュになる前に、いなかの樫の並木路をドライブに出かけることができるとしたら、おまえ出かけるかね？」と、夫は妻を見つめながら言った。

「いなか道は汚かったわ。帰りには、真っ黒な顔になっちゃったじゃないの。それはともかく」彼女は砂糖壺をとり上げて、振ってみせた。「今朝、ここに四十ドルあったのに。なくなってるのよ！　まさかそのお金で、あんた洋服屋にその洋服を注文したんじゃないでしょうねえ。まったくの新品じゃないの。トランクから出てきたんじゃないんでしょ！」

「おれは――」と、彼は言いかけた。

妻は半時間もわめき散らしたが、彼は何も言う気になれなかった。十一月の風が家を揺すぶっていた。妻が喋っているうちに、冬の雪が、凍てついたはがねの空からふたたび降りだした。

「答えなさいってば！」妻は叫んだ。「気でも狂ったの？　着て歩けない服にこんなふうにお金をつかうなんて」

「屋根裏部屋に」と、彼は言いかけた。

妻は立ち上がって、居間に行って腰をおろした。

雪がはげしく降りだしていた。寒い暗い十一月の夕方だった。彼が段梯子をゆっくり上っていく足音を、彼女は聞いた。屋根裏部屋へ、過ぎた年月の埃にまみれた場所へ、衣裳と柱と〈時間〉のあの暗黒の場所へ、下のこの世界から孤絶した世界へと上っていく足音を。

彼ははね上げ戸を下ろした。懐中電灯をパチッとつけると、もうこれだけでも淋しくなくなる。そうだ、ここにはあらゆる〈時間〉が、和紙の造花のなかに圧縮されている。記憶に触れると、すべてが、心の澄みきった水のなかに開くのだ。実物よりも大きく、春の微風のなかに、美しく花開くのだ。たんすの引出しを、ひとつひとつするりと引きあけると、埃の縁飾りをつけた伯母や従兄弟や祖母たちが入っているかもしれない。そう、ここには〈時間〉がある。〈時間〉の息づいているのが感じられる。機械じかけの時計ではなく、雰囲気が感じられるのだ。

いま、階下は過ぎ去った日のように遠い。彼はなかば目を閉じ、待ちうけている屋根裏のあらゆる面に目をこらす。

ここ、プリズム式シャンデリアのなかに虹が立ち、果てしなく〈時間〉のなかを遡流する新しい川のような、明るい朝があり、昼がある。それらを彼の懐中電灯がとらえ、ちらちらと照らし出し、息づかせる。虹がぱっと立ち、色つきの影のカーブを投げる。スモモやイチゴやコンコード産葡萄に似た色、レモンの切り口のような色、嵐がすぎて雲が飛び去り、青空ののぞいた空のような色。そして、屋根裏の埃は香をたく煙だ――たえず燃えつづける。あなたはただ炎に見入っていさえすればいい。まことに、巨大な〈時間〉の機械だ――この屋根裏は。彼は知り、感じ、確信する。もしこのプリズムに触れ、あのドアの把手にさわり、総《ふさ》を引っぱり、クリスタルグラスを打ち鳴らし、埃を渦巻かせ、トランクの掛け金をパチンと掛け、昔の炉のふいごの人声類似音栓《ボックス・ヒューマーナ》を、数知れぬいにしえの火の粉が目のなかに飛び込むまで踏み鳴らすならば……この楽器、さまざまな音部をもつこのあたたかい機械を弾くならば……こうしたガラクタのすべて、テコやチェインジャーや発動機を撫でまわすならば……そしたら、そしたら、そうしたら！

彼は管弦楽を作曲しようと、指揮しようと、指揮棒をふりまわそうと、ぐいと手を突き出した。彼の頭の中、口の中に音楽がある。彼はその巨大な固く閉じた機械を演奏した。その雷のような、だが音もないオルガンを。バス、テナー、ソプラノ、低く、高く、そして、ついに、ついに身ぶるいするような和音。彼は思わず目を閉じた。

その晩九時ごろ、彼女は彼の呼ぶ声を聞いた。「コーラ！」彼女は階上《うえ》に上がっていった。上から彼の顔がのぞき、にっこり彼女にほほえみかけた。彼は帽子を振った。「さよなら、コーラ」

「それどういう意味？」と、彼女は叫んだ。

「おれは三日間考えたが、さよならすることに決めたよ」

「下りてらっしゃい、そんなとこにいないで。ばかねえ！」

「きのう、銀行から五百ドル下ろしたよ。ずっとこのことを考えていたんだ。で、いざこういうことになってみると、その……コーラ……」彼は熱心に手を突き出した。「最後にもういっぺん訊くが、おまえもいっしょに来ないかね？」

「屋根裏へですって？　その段梯子を下ろしなさい、ウィリアム・フィンチ。あたし上がっていって、その汚らしい場所からあんたを追い出すわよ！」

「おれはハナハン埠頭へ行くんだ、クラムチャウダーを一杯食べにね。そして、ブラス・バンドにリクエストして〈月影の入江〉を演奏してもらうんだ。さあ、行かないか、コーラ……」彼はさしのべた手で手招きした。

彼女は、やさしいいぶかしげな彼の顔をただ見まもるばかりだった。

「さよなら」と、彼が言った。

彼はやさしく、やさしく手を振った。それから、顔が見えなくなり、麦藁帽子が見えなくなった。

「ウィリアム！」彼女は金切り声を上げた。

屋根裏部屋は真っ暗で、ひっそりしていた。

悲鳴を上げながら、彼女は走って椅子をもってきて、それを台にし、うめき声を立ててかび臭い暗闇のなかに這い込んだ。彼女は懐中電灯を振りまわした。「ウィリアム！　ウィリアム！」

暗闇の空間はからっぽだった。冬の風が家を揺すっていた。

見ると、向こうの西側の屋根裏の窓が細目にあいている。

彼女は手さぐりで歩み寄った。ためらい、息を凝らす。それから、ゆっくりと窓をあけてみた。梯子が窓の外にかかっており、ポーチの屋根までつづいていた。

彼女は窓からあとずさりした。

開け放った窓の外には、リンゴの木があざやかな緑にかがやき、そこは七月の夏の日のたそがれ時だった。かすかに、爆発の音、花火の上がる音が聞こえる。笑いさざめく声、遠くの人声が聞こえる。ロケットが夏の夜空に飛び立つ。かろやかに、赤、白、青――そして消えてゆく。

彼女はぴしゃりと窓を閉め、ふらふらと立ちつくした。「ウィリアム！」

冷たい十一月の光が、彼女の背後のはね上げ戸から射し込んでいた。のぞくと、階下《した》の十一月の世界では、凍てついた透き通った窓ガラスに、雪がさらさらと当たっている。そこは、彼女がこれから三十年間すごす世界だ。

彼女は二度と窓際に近寄らなかった。ひとり、真っ暗な屋根裏部屋に腰をおろし、消えるともみえぬひとつのにおいを嗅いでいた。それは満足の溜め息のように、あたりに漂っている。彼女は深くぐうっと息を吸い込んだ。

昔なつかしい、忘れられない、ドラッグ・ストアのサルサのにおいだ。

# イカロス・モンゴルフィエ・ライト

Icarus Montgolfier Wright

　彼はベッドに横たわっている。風が窓から、耳へ吹く。半ば開いた口へ吹く。彼の夢へささやきかける。あたかもそれは、デルフォイ（神託で有名なアポロの神殿があった古代ギリシャの都市）の洞窟を穿《うが》って、きのう語られたに違いないことを、きょう語られたに違いないことを、あす語られたに違いないことを、語りかけようとする時の風のようだ。声はひとつ、遠くで叫ぶこともある。ときにはふたつのこともある。一ダースのこともある。人類ひとり残らずが、彼の口中深く呼びかけることもあった。だが、言うことはいつもおなじ。

「見ろ、見ろ！　ついにやったぞ！」

　彼はそのとき、彼らはそのとき、ひとり、あるいはうち連れて、夢の中に舞いあがり、天翔《あまか》けるのだ。あれよと彼が泳ぐ空には、やわらかくあたたかい海のごとくに、大気が拡がる。

「見ろ、見ろ！　やったぞ！」

　けれど世界に、彼は見てくれと頼みはしない。ただただ五感を揺さぶりひろげて、大気を、風を、昇る月を、眺め、味わい、嗅ぎ、さわろうとするだけだ。ただひとり、空を泳げば、もう重い大地は足下にない。だが、待て、と彼は思う、ちょっと待て！

今夜は——いったい、なんの夜だ？

　もちろん前夜。月に向かってロケットが、はじめて飛びたつ前夜なのだ。この部屋からへだたること百ヤード、焼けた砂漠の真ん中で、ロケットがおれを待っているのだ。

　なるほど、そうなのか？　ほんとうにロケットがあるのか？

　待ってくれ！　彼は考える。からだをねじ曲げ、寝返りをうって、汗かきながら、かたく目を閉じ、壁に向かう。歯には残忍なささやきがあった。ほんとのことを言え！　いったい、お前は誰なんだ？

おれか？　と彼は思う。おれの名前か？

ジェディダイア・プレンティス、一九三八年の生まれ。一九五九年、カレッジ卒業。一九六五年、ロケット・パイロットの免許取得。ジェディダイア・プレンティス……ジェディダイア・プレンティス……

風が彼の名前を、吹きはらった！　彼は叫んで、両手を泳がせ追いすがる。

けれど、名前はひらひら行ってしまう。それを運び返してくれる風を、彼は待ちかまえた。待っても、待っても、ただ静寂がつづくばかり。と思うと、心臓の鼓動を一千回も聞いたあとで、動きを感じた。

やわらかい、真っ青な花みたいに、空は開いた。遠い遠いワイン色の磯波に揺り返されるエーゲ海は、ひるがえり、ひるがえる百千の、やわらかい、白い扇。

浜べを洗う波の中に、彼はおのれの名を聞いた。

イカロス（ギリシャ神話の人物。父親に翼を蠟づけしてもらって空を飛んだが、太陽に近づきすぎて蠟が溶け、エーゲ海に墜ちて死んだ）。

ふたたび、吐息にも似たささやきが。

イカロス。

誰かが彼の腕を揺する。と見れば父親（名はダイダロス）が、彼の名を呼び、夜をはらいのけていた。彼は小さく横たわって、窓と、下の浜辺と、深い空とに半ば顔を向け、寝床のわきに横たわるのは、琥珀《こはく》の蠟で寝かした黄金の羽毛。朝いちばんの風が、それをさかだてるのを、彼は感じた。黄金の翼は、父親の腕の中では半ば生きてうごめき、彼の肩では気を失って、ひとつにまとめたその付け根は、彼が翼を眺め、その向こうに崖を眺めたとき、大いにふるえた。

「父上、風の具合は？」

「わしには十分じゃが、お前には十分とはいえまい……
……」

「父上、心配なさいますな。いまはこの翼、ぶざまであっても、羽にかよったわたしの骨が力をあたえ、蠟にかよったわたしの血が生命をあたえましょう」

「そのなかにわしの血と、わしの骨がまじっていることを、忘れてはならぬぞ。ひとはみな、血肉をわが子に分かちあたえて、それをつつがなく育ててくれるよう、願うものじゃ。よいか、あまり高くは翔《と》ぶなよ、イカロス。太陽《サン》とわが子《サン》と、いっぽうの火力と他方の熱気で、翼は溶けよう。心せよ！」

すばらしい黄金の翼かついで、朝の中にふたりはいで立つ。おのおのの腕で、翼のささやくのを、ふたりは聞いた。翼はささやく、彼の名を。ひとつの名を。誰かの名を。その名はやわらかい大気の中の羽毛のごとく、宙に飛び、宙に舞って、やがて落ちつく。

モンゴルフィエ（兄はジョセフ、弟はジャック。兄弟で協力して熱気球をつくりあげたフランスの発明家。次の描写は、亜麻布の袋にわら火で熱した空気を入れ、飛ばすことに成功した一七八三年の最初の実験をあらわしている）。

彼の手は火のような綱に、かがやく亜麻布に、真夏のように熱した縫糸に触れる。彼の手は羊毛とわらを、息づく炎にしたてあげる。

モンゴルフィエ。

彼の視線は、ふくらみを測り、偏りを測り、海のような引き綱、揚げ綱、炎から導かれた大気のかがやく大波を、腹につめこみ、ふくらんでいく銀の梨の、巨大に宙を漂うのを、見上げた。沈黙はうたた寝をした神のごとく、フランスの片田舎の上に、のしかかっている。この繊細な亜麻布の気嚢《きのう》は、このふくれあがった熱気の袋は、もうすぐ自由に、飛び上がるのだ。沈黙の青の世界に、風のまにまにのぼるにつれて、彼のこころも、弟のこころも、ともに虚空の旅をするのだ。声もなく澄みわたった雲のあいだを、野蛮な稲妻どもの眠る雲の島のあいだを。鳥の叫びも、ひとの叫びも、ついにとどかず、海図にもない渦巻きの、深淵のただ中へまで、気球はひっそり隠れていく。その漂うにまかせながら、彼は、モンゴルフィエは、すべてのひとは、神の無限の息づかいを、寺院にひびく永遠の足音を聞くことだろう。

「ああ……」彼は動いた。人々も動いた。暖かい気球の下に、すべて隠れて、影となった。「用意はととのったぞ。なにもかも大丈夫だ……」

大丈夫《ライト》。夢の中で、彼のくちびるが歪む。大丈夫《ライト》。

しっ。ささやき《ウィスパー》。羽ばたき《フラッター》。行け《ラッシュ》。よし《ライト》。

父親の手から、天井へ、玩具は跳んだ。風を起こし、その風に乗ってまわり、宙にとどまって、彼と弟とが見まもるうちに、羽をひるがえし、カラカラと音を立て、その音はささやきとなって、彼らの名前をつぶやくのが聞こえる。

ライト（一九〇三年、世界最初の動力飛行に成功したご存じのアメリカ人兄弟）。

ささやきはつづく。風、空、雲、宇宙、翼、飛行……

「ウィルバー（これが兄で、一八六七年生まれ。弟のオーヴィルは一八七一年生まれ）、オーヴィル、ごらん、どうだね？」

ああ。眠りの中で彼の口が溜め息をもらす。

竹トンボのおもちゃは、うなりながら、天井にぶつかった。竹トンボはつぶやく鷲。大鴉《おおがらす》。雀。駒鳥。鷹。つぶやく鷲。大鴉。雀。駒鳥。鷹。ささやく鷲。ささやく鴉。ついには彼らの手の上に、まだ来ぬ夏の空を走る疾風の尾をひいて、最後のうなりをあげ、力つきて落ちる、ささやく鷹。

夢の中で、彼はほほえむ。

彼は見る、エーゲの空におおいかぶさる雲の波を（ここではイカロスになっている）。

彼は感じる、透明な風の走るのを待って、腹を大きくふくらませ、酔っぱらいのように揺れている気球を（ここではモンゴルフィエになっている）。

彼は感じる、大西洋にのぞむ崖の、その下に、雛鳥の彼が落ちたなら、受け止めてくれるであろう砂丘のやわらかく砂のつぶやきを立ち昇らせるのを。機体の枠をささえる支柱が、竪琴の弦となって鳴り、その調べにのって飛びたとうとするのを（ここではライトになっている）。

彼は感じる、部屋の外なる砂漠の基地の発射台の上に、準備のなったロケットが、その炎の翼をたたみ、その炎の息をととのえ、三十億の人々に話しかけようとしているのを。そのロケットへ向かって、間もなく彼は床をはなれて、歩みを静かにすすめていくのだ。

そして、崖のはずれに立つ。

熱い気球が落とす影に、涼しく立つ。

キティ・ホーク（アメリカ、ノース・カロライナ州の地名。ここでライト兄弟が最初の飛行に成功した）にとどろきわたる砂の津波に、全身をうたれて立つ。

そして、わが子の腕を、手首を、手を、指を、黄金の蠟で、黄金の翼につつみこむ（ここではダイダロスになっている）。

そして、おのれの夢を大空に打ち上げようと、驚嘆と驚異のあえぎを、息づかいを、ためてあたため、管で送って封じこんだその具合を、これが最後と、あらためる。

そして、ガソリン機関に火花を散らせる。

そして、父の手をとって、おのが翼に祈りを込め、それをたわめて、この絶壁に身がまえる。

それから、羽ばたき、飛び上がる。

それから、綱を断ち切って、巨大な気球を風にまかせる。

それから、発動機を廻転させ、機体を空に舞い上がらせる。

そして、スイッチを入れ、ロケットを発火させる。

そして、ひととび、宙を泳いで、宙を走って、宙にひるがえり、宙にはねあがり、宙を飛んで、宙をすべって、太陽に、月に、星に向かって、逆立ちする。大西洋を、地中海を、田舎の村を、広野原を、都市を、町を、はるかに見おろす。無の静寂の中で、羽ばたきの中で、機体のふるえる音の中で、噴火にも似た爆音の中で、かすかな小刻みなうなりの中で、はじめはふるえ、ためらい、やがてまっすぐ上昇し、危なげもなく位置をたもって、あざやかに飛行しながら、彼らは笑い、それぞれの名を自分自身に叫びかける。まだ生まれぬ人々の名を、大声に呼びかける。ずっと昔に死んでしまった人々の名を、大声に呼びかける。その声は、ワインのような風に、塩からい風に、ひっそりとたしなめるような気球の風に、機械の起こす炎の風に吹きはらわれる。かがやく羽が、一枚一枚うごき、深く埋まったその根もとが、肩甲骨を引き裂くように、羽ばたくたびに動くのを感じる！　その羽ばたきのひとつひとつを、木霊《こだま》のように背後に残し、地球をめぐり、まためぐるその羽音を、木霊のように背後にのこし、やがてくる年月、子どもの子どものその子どもたちに、話しかける声をのこしながら、真夜中の空の落ち着かぬ物音を、眠りのうちに耳にする（このあたりは半ば目覚めながら、半ば夢を見て、イカロスになり、モンゴルフィエになり、ライトになり、ロケット・パイロットの自分自身になっての幻想を書いたもの。原文は頭韻、脚韻が踏んであって美しいが、日本語に移すことは不可能である）。

のぼる、のぼる、まだのぼる。もっと高く、もっと高く。春の上げ潮、夏の大潮、果てしなき翼の川！

ベルがかすかに鳴りひびく。

もうすぐだ、と彼はつぶやく。もうすぐ目が覚めるから、待ってくれ……

窓の下のエーゲ海は、見る見るうちに後退して、消えてしまった。大西洋岸の砂丘も、フランスの片田舎も、たちまち消えて、ニュー・メキシコの砂漠になった。部屋の中のベッドのそばにも、黄金の蠟でかためた羽毛はもうない。戸外にも、空気がふくらませた梨はない。ばたばたいう機械でつくった蝶はない。あるのはただロケットだけだ。彼の手がちょっと動けば、いつでも飛び立つ火を吹く夢が、あるだけだ。

眠りが覚めようとする直前、誰かが彼の名を訊いた。

真夜中からいままでに、聞かされた名を、彼は静かに答え返す。

「イカロス・モンゴルフィエ・ライト」

訊いた誰かに、名前の順序もその綴りも、のみこめるように、信じがたい最後の一句まで、彼はゆっくりくりかえした。

「イカロス・モンゴルフィエ・ライト。

生まれはキリスト降誕前九百年。一七八三年、パリでグラマー・スクールを卒業。ハイスクールは一九〇三年、キティ・ホークのカレッジを卒業。その後、地球より月に移住。きょうは神よみしたもう一九七〇年八月一日。没年はわれらの主のおん年一九九九年夏、しあわせにも火星の土地に埋葬さる」

そして、ようやく彼は目覚めた。

しばらくたって、タ—マク砂漠を横ぎっていた彼は、誰かがくりかえし、くりかえし、くりかえし呼ぶのを聞いた。

背後に誰かが、いるのか、いないのか、彼にはわからない。ひとりの声か、そうではないのかも、わからない。若い声か、老いた声なのかも、わからない。近いのか、ひどく遠いのかも、わからない。下からの声か、上からの声か、ささやいているのか、叫んでいるのかも、わからない。誇るべき新しい三つの名を、彼は聞いたが、ふりかえろうとはしなかったのだ。

風がしだいに吹きつのりはじめた。その風が勢いをためて、やがて一気に吹きつけるのにまかせ、彼は残りの距離を急いだ。急ぐ砂漠の真ん中には、彼を待ってどっしりと直立しているロケット。

# かつら

## The Headpiece

その小包は、夕方ちかくの便でとどいた。アンドルー・レモン氏は、揺すぶってみて、中に何が入っているかがわかった。中で、大きい毛むくじゃらの毒グモのような、かさかさいう音がする。

勇気をふるいおこし、ふるえる手で包装を解き、白いボール箱のふたを取るまでには、しばらく時間がかかった。

そこには、真っ白な薄葉紙《うすようし》を敷いたうえに、剛毛の生えた物体がのっていた——古いソファのなかに詰め込まれた黒い馬毛の渦巻きバネのように、個性もなく。アンドルー・レモンはほくそえんだ。

「襲来し退散するインディアンのやつは、しるしとして、警告として、こうした大虐殺の成果をあとに残してゆくんだな。さてと。こういう具合にか！」

そう言って彼は、新しいエナメル革の、黒く光るその頭皮を、自分の頭蓋に当ててみた。通りがかりの人に向かって帽子の縁にちょっと手をかけるように、彼はそいつを引っ張ってみた。

その頭皮は彼にぴったりと合い、ひたいの上部を損なっている見事な硬貨大の穴を、うまく隠した。アンドルー・レモンは、鏡に映った見なれぬ男の姿にじっと見入り、歓喜の叫び声を発した。

「よお、おまえさんは誰だね？　見おぼえのある顔だが、きっと、二度見なおさないことには、街ですれちがっても分からんぜ！　なぜ？　なぜって、あれが失くなっちまったからさ！　いまいましい穴が隠されちまったからには、そんなものがあったことなど、誰も見当つくまいからな。新年おめでとうとくらあ、きみ、まったく新年おめでとうとくらあ！」

彼は小さな部屋のなかを、ぐるぐる歩きまわった。思わず微笑が浮かび、何かしたくてウズウズしたが、扉をあけて世間をおどろかそうという態勢はまだできていなかった。彼は鏡のそばを歩き、鏡のなかを通りすぎる何者かの姿を横目でちらっと見ては、そのたびごとに笑い声を立て、かぶりを振った。やがて、揺り椅子に腰をおろし、揺すぶってみてはニヤリと笑い、〈週刊ワイルド・ウエスト〉をのぞき、それから〈スリラー映画マガジン〉を見ようとした。ところが、自然と右手がふるえながら顔の上へと這い上がってゆくのを、どうすることもできないのだ――両耳のうえの、パリパリする新しいスゲのへりをまさぐろうとして。

「おれに一杯おごらしてくれよ、お若いの！」

彼は点々と染みのついた薬戸棚をあけて壜をとり出し、ぐいぐい三口ほどラッパ飲みした。目に涙をにじませて、煙草を一嚙みしようとしかけて、はたとやめ、耳を澄ました。

部屋の外、暗い廊下で、そうっと、きちょうめんに、すり切れた絨緞のうえを野ねずみが動きまわるような音がした。

「ミス・フレムウエルだ！」と、彼は鏡に向かって言った。

とつぜん、かつらが頭からすべり落ち、箱のなかにころげ落ちた。まるで、びっくりして、自らそこに逃げ込んだかのように。彼はぱたんとふたを閉め、冷や汗をかいた――夏の微風のように通りすぎる女のたてた音にもびくついて。

彼は、一方の壁に釘づけになっているドアに忍び足で近づき、むき出しの、ひどく真っ赤になっている頭をかたむけた。ミス・フレムウエルが自室のドアの錠をはずし、そして閉め、陶器をがちゃがちゃいわせ、刃物をかちゃかちゃいわせて、部屋のなかを小まめに歩きまわり、メリー・ゴウ・ラウンドに乗って、夕食の支度をしているのが聞こえる。かんぬきがかけられ、錠がおろされ、掛け金がかけられ、四インチの固い鋼鉄の釘が打ち込まれている境のドアから、彼はあとずさりした。彼女がそうっと、そうっと釘を引き抜いて、かんぬきに手を触れ、掛け金をずるずるとはずしている音が聞こえるような気がして、ベッドのなかで輾転反側した夜のことを、彼は思い出した……そして、そうしたことがあったあとは、眠りに落ちるまでに、きまって一時間もかかったっけ。

こんども彼女は、一時間かそこら、部屋のなかをかさこそと動きまわることだろう。そのうちに暗くなる。星がまたたき出すころに、彼は彼女の部屋のドアをこつこつとたたき、そして誘うのだ——ポーチに出て坐りませんか、それとも公園を散歩しましょうか。すると、彼の頭にあるこの第三の、盲目の、凝視する目に彼女が気づくには、そこでブレイユ点字法みたいな具合に頭を動かしでもしなければならない。ところが、彼女の小さい白い指は、その傷の一千マイル以内に近づくことは決してないのだ。彼女の目には——そう、今晩の満月のおもてに浮かぶ、あのアバタにしか映らないだろう。彼の足指が、一冊の〈科学驚異物語〉を撫でる。彼はぶるんと鼻を鳴らした。おそらく、もし彼の傷ついた頭に思いをよせれば——彼女はたまには歌や詩を作ることだろう——ずっと昔、流星が飛んできて彼の頭にぶつかり、藪も木もない、目のうえの、あの白いところで消え失せたのではなかろうか、と想像して。彼はまたしても鼻を鳴らし、かぶりを振った。おそらく、おそらくそうだろう。だが、彼女がいかに思ってくれようとも、陽が落ちてからしか会えないのだ。

彼はさらに一時間待った——ときどき窓から暑い夏の夜に向かって、つばを吐きながら。

「八時半だ。さあ、行くぞ」

彼は廊下側のドアをあけて、一瞬立ちどまり、箱のなかに隠してあるあの見事な新品のかつらを振り返った。いや、まだかぶる気になれなかった。

彼はホールを通って、ミス・ナオミ・フレムウエルの部屋のドアに近づいた。向こう側にいる彼女の小さな心臓の鼓動にも振動するような、薄い造りのドアだ。

「ミス・フレムウエル」と、彼はささやきかけた。

白い小鳥のような彼女を、自分の大きいおわんのような手で、掬《すく》い、黙っている彼女に、そっと話しかけてみたいと彼は思った。しかしその時、ひたいからどっと噴き出た汗をぬぐうと、彼はふたたびあの穴に気づき、はまり込み悲鳴をあげてころがり込むところを、すんでのことで助かったのだ！　彼はそのくぼみを隠すために、その場所にぴしゃりと手を当てた。かなりのあいだ、その穴にしっかりと手を押しあてていると、手を放すのが怖くなった。怖さは変わっていた。その穴に落ち込んでしまうかもしれないという恐れの代わりに、何かおそろしいもの、何か隠れたもの、何か見えないものが、どっと溢れ出てきて、彼を呑み込んでしまうかもしれない――

彼はあいているほうの手で彼女のドアを揺すぶってみたが、埃が舞い上がっただけだった。

「ミス・フレムウエル？」

灯りがたくさんついているかどうかと、ドアの下の隙間からのぞいてみた。彼女がドアをぱっとあけたとき、光が目にとび込むかもしれない。ランプの光線がさっと一本射しただけで、頭に当てた手を思わず放し、あの凹んだ傷が見えてしまうかもしれないのだ。そうすると、彼女はそれを通して、鍵穴をのぞくように、彼の人生をのぞき見てしまうのではなかろうか？

ドアの下の隙間から、灯りがぼんやりと見えた。

彼は一方の手を拳にかため、ミス・フレムウエルの部屋のドアに、三度しずかに打ちおろした。

ドアが開き、そしてゆっくりと元にもどった。

あとで、フロント・ポーチで、しびれた脚をしきりに組みかえ、組みなおしながら汗を流し、どうにか彼女に結婚を申し込むのだ。月が高く昇ると、彼のひたいのくぼみは、ちょうどそこに枯葉が落ちたように見える。いっぽうの横顔だけを彼女のほうに向けていたら、例の噴火口は見えないだろう。彼の世界の向こう側に、すっぽり隠れてしまうだろう。けれど、彼はこうしたとき、言いたいことの半分も言えず、半人前になったような気がした。

「ミス・フレムウエル」彼はやっとそれだけ言った。

「なんですの?」彼の顔がよく見えないとでもいうように、彼女は彼を見つめた。

「ミス・ナオミ、あなたは最近わたしをお見限りのようですが」

　彼女は先を待ちうけた。彼は言葉をつづけた。

「わたしはずっとあなたに目を注いでいるんです。じつは、その、もう率直に言ってしまいましょう。わたしたちがこのポーチに腰をおろすようになってから、もうかなりの月日になりますね。ということは、おたがいに長いあいだの知り合いだということだ。たしかに、あなたはわたしよりまる十五も年下だけど、ふたりが婚約して不都合なことでもあるでしょうか?」

「どうもありがとうございます、レモンさん」彼女はすかさず言った。きわめて丁重だった。「でも、あたし——」

「いや、わかってますよ」彼はことばをはさんだ。「わかってますよ! わたしの頭のことでしょう、いつもきまって、頭にあるこのいまいましいシロモノなんだから!」

　彼女はちらちらする光のなかで、そむけた彼の横顔を見つめた。

「あら、ちがいますわ、レモンさん、そんなこと、思ってもいませんわ。ぜんぜん、そんなことじゃなくってよ。どうしたのかしらって、多少は思ったこともありますわ。でもそんなこと、ちっとも障害にならないと思いますわ。あたしの友だちで——とっても仲のよい友だちですけど——義足の男の人と結婚したひとがいたわ。しばらくすると、相手の人が義足だなんてことさえ、忘れてしまったと言っていたわ」

「いつもきまって、このいまいましい穴のせいなんだ」と、レモン氏はにがにがしげに叫んだ。彼は嚙み煙草をとり出し、口に放り込もうかと見つめていたが、やめることにし、しまい込んだ。彼は両手を拳に固め、まるで大きな岩の塊でも見るように、わびしげに自分の拳を見つめた。「ところで、このことをすっかりお話ししましょう、ミス・ナオミ。どうしてこんなふうになったのかを」

「おっしゃりたくなかったら、無理におっしゃらなくても結構ですわ」

「わたしは一度結婚したことがあるんですよ、ミス・ナオミ。いまいましいけど、事実なんです。ところがある日、女房のやつ、金槌《かなづち》をつかんで、わたしの頭にまともに打ちおろしたんですよ！」

ミス・フレムウエルははっと息をのんだ――まるで自分の頭に打ちおろされたかのように。

レモン氏はぐっと固めた一方の拳を、暑い空気を切って振りおろした。

「ほんとなんです。女房のやつ、あの金槌をもろにわたしに打ちおろしたんですよ、もろにね。まったくのところ、世界がわたしのうえにどっと倒れてきたようだった。何もかも、どさっとわたしのうえに。家が一どきに倒壊してきたみたいだった。あの小さな金槌の一撃が、わたしを葬ってしまったんだ――葬ってしまったんですよ！　痛みは？　痛いのなんのって、口では言えませんよ！」

ミス・フレムウエルは、自分の身に受けとめた。彼女は目を閉じ、唇を噛んで考えた。そして、言った。

「まあ、かわいそうに、レモンさん」

「しかも、平然とやってのけたんですよ」レモン氏は、わけがわからんというように言った。「わたしが寝椅子に横になっているところへ、彼女《あれ》はおおいかぶさるようにして立ってたんです。火曜日の午後二時ごろでしたよ。『アンドルー、起きなさいってば！』って、女房のやつ言ったんです。で、わたしは目を上げて、女房を見たんです――ただそれだけなんですよ。すると女房のやつ、あの金槌でわたしをなぐりつけたんですよ。たまったもんじゃありませんよ」

「でも、なぜですの？」ミス・フレムウエルが訊き返した。

「べつに理由なんかないんです――ぜんぜん。まあ、なんてタチの悪い女なんだろう」

「でも、一体なぜそんなことをしたんですの？」と、ミス・フレムウエルがくり返した。

「いま言ったとおり、べつに理由なんかないんですよ」

「気でも狂ったんですの？」

「ちがいありませんな。そうですとも、気が狂ったに相違ありませんよ」

「あなた、奥さんを告訴しましたの？」

「いや、べつに、告訴しませんでしたよ。結局のところ、女房のやつ、自分が何をしているのか分からなかったんですよ」

「それで、あなたはノビてしまいましたの？」

レモン氏は口をつぐんだ。その思い出が、ふたたび、大きくはっきりと心によみがえってきたのだ。まのあたりに見る思いで、彼はそれを言葉に移した。

「いいえ、立ち上がったのを憶えています。わたしは立ち上がって、女房に言ったんです。『何をするんだ？』そして、女房のほうへよろけました。そこに鏡があったんです。頭に穴があいてるのが見えました、深い穴が。そして血が噴き出ていました。まるでインディアンになったみたいでしたよ。彼女《あれ》はつっ立ってましたよ、女房のやつは。やがて、恐怖の悲鳴を三通り上げて、金槌を床に放り出し、おもてへ飛び出して行っちゃいましたよ」

「それから、あなたは気絶なさいましたの？」

「いや、気絶はしませんでした。どうにかして通りへ飛び出し、医者にかかりたいんだ、と誰やらに向かってモグモグ言ったんです。そして、バスに乗りました、いいですか、バスに乗ったんですよ！　そして、料金を払いましたよ！　そして、どっか下町の医院のまえで降ろしてくれと言ったんです。乗客はみんな、きゃーっと叫び出しましたよ、まったくのところね。それから、どうやら気が遠くなったらしい。次に気がついたときには、医者がわたしの頭を手当してました。まるで新しい指ぬきみたいに、樽の注ぎ口みたいに、きれいに洗ってましたっけ……」

彼は手を伸ばして、そこんところに手を触れた。かつてはりっぱな歯が生えていた、いまはうつろな歯ぐきを、敏感な舌がまさぐるように、指は傷あとをまさぐった。

「手際のいい治療でした。医者は、わたしがいまにも倒れて死んでしまうのを予想するかのように、わたしの顔をじっとのぞき込んでいましたよ」

「どのくらい入院なさいましたの？」

「二日間です。それから起き上がりましたよ。以前と変わらなくなってね。女房のやつ、そのころには逃げ出してましたよ」

「まあ、まあ、とんだことでしたわねえ」ミス・フレムウエルが息をついで言った。「あたし、心臓が泡立って器みたいにぶんぶんいってるわ。音が聞こえるわ。さわってみてわかるわ。目に見えるくらいよ、レモンさん。でも、なぜ、なぜ、なんだって奥さんそんなことをしたんでしょう？」

「さっきお話ししたでしょう、別に理由なんて思いあたりませんよ。たぶん、妄想にとっつかれたんでしょう」

「でも、きっとあったんでしょう、口争いかなにかが――？」

レモン氏の頬に、血がずきずきと上った。頭のあの部分が、火を噴いている噴火口のように、かっかっするのを彼は感じた。「口争いなんかありませんでしたよ。わたしはただ起き上がっただけなんです――おとなしくね、言うなれば。わたしは午後になると、靴を脱いで、シャツのボタンをはずし、坐っているのが好きなんですよ」

「ひょっとして――あなた、ほかに女の人があったんじゃなくって？」

「と、とんでもない、一人もいませんよ！」

「お飲みにならなくって――お酒は？」

「たまに、ほんのちょっぴり――おわかりでしょう」

「賭けごとはなさいますの？」

「と、と、とんでもない！」

「それなのに、そんなふうに頭に穴をあけられてしまって、レモンさん、まったくおかわいそうにねえ！　何の理由もないのに？」

「女ってもんは、みんなそんなものですよ。何かを見ると、すぐに最悪の事態を予想する。ほんとうに、何の理由もなかったんです。彼女《あれ》はただ、ふっと金槌を振ってみたくなったんですよ」

「打ちおろすまえに、奥さん何て言いましたの？」

「ただ、『アンドルー、起きなさいってば！』と言っただけです」

「いいえ、そのまえに」

「何も言いませんでしたよ。半時間か一時間ぐらい、何もね。ああ、そう言えば、何やら買物に行きたいとか何とか言ってましたっけ。でも、こう暑くっちゃ、ってわたし言ったんですよ。寝てたほうがましだと思ったんです。あまり気分もよくなかったものでね。彼女《あれ》はわたしの気分などわかってくれなかった。彼女《あれ》はかあっとして、一時間ぐらいそのことを考えていたにちがいありません。それから金槌をひっつかんで、入ってきて、ガーンとくらわしたんです。陽気のせいで、頭がおかしくなってたんだと思いますね」

　ミス・フレムウエルは格子窓の陰に、思いに沈んで背をもたせかけた。眉毛がゆっくりと上がり、それから、ゆっくりと下がった。

「結婚してからどのくらいのころでしたの？」

「一年でした。七月に結婚したのを憶えています。そして、わたしが体をこわしたのが七月でした」

「体をこわしたんですって？」

「わたしは丈夫じゃないんです。ガレージで働いてたんですがね。そのうち、背中が痛み出し、働けなくなったんです。午後、横にならなければならなくなりました。エリイのやつは、ファースト・ナショナル銀行に勤めていました」

「あら、そうでしたの」と、ミス・フレムウエルが言った。

「何です?」

「いや、べつに」と、彼女は言った。

「わたしは、いっしょに暮らしてゆくには、気楽な男なんですよ。あまり口数も多くないし。のんきで、打ち解けているんです。むだ使いはしません。倹約家なんです。エリイでさえ、それは認めざるをえませんでしたよ。わたしは口争いをしません。そりゃ、ときおりエリイのやつがガミガミ言うことはありましたよ。ボールを強く家にぶつけてバウンドさせるように、ばんばんと。でも、わたしは跳ね返しはしません。おとなしく坐ってました。のんきに構えていたんです。しょっちゅう動きまわったり、喋ったりしたところで、何になりますかね?」

ミス・フレムウエルは、月光に照らされたレモン氏のひたいに目をやった。彼女の唇が動いたが、何と言ったのか、彼には聞こえなかった。

とつぜん、彼女はしゃんと背を伸ばして、ふうっと深く息をし、ポーチの格子窓の向こうの世界を見てはっとし、目をぱちくりした。往来の物音がポーチにとび込んできたのだ——まるで演奏がはじまったかのように。しばらく静まり返っていたのだ。ミス・フレムウエルは深く息を吸い、そして吐き出した。

「あなたのおっしゃるように、レモンさん、口争いをしても何にもなりませんわね」

「そのとおりですよ!」と彼は言って、「わたしはのんきなんです、いたって——」

だが、ミス・フレムウエルのまぶたは閉じられ、口つきもよそよそしかった。彼はそれに気づいて、それなり言葉を濁した。

夜風が、彼女の軽快な夏のドレスと、彼のワイシャツの袖を、ぱたぱたいわせている。

「もう晩《おそ》くなるわ」と、ミス・フレムウエルが言った。

「まだ九時ですよ!」

「あした早く起きなくちゃなりませんので」

「でも、わたしの質問にまだ答えてくださいませんね、ミス・フレムウエル」

「質問って？」彼女は目をぱちくりした。「ああ、あのご質問のこと。そうね」彼女は柳細工の椅子から立ち上がった。そして暗闇のなかで、網戸の把手《ノブ》をさがしまわった。「あのう、レモンさん、考えさせてくださいな」

「それが公平なところでしょうな。議論したところで何にもなりませんからね？」

網戸が閉まった。暗い暑いホールを歩み去る彼女の足音が聞こえた。彼は浅く息をついて、頭にある第三の目、何も見ることのできぬ目に手を触れてみた。

彼は、漠然としたみじめさが、喋りすぎたために起こった病気のように、胸の内部にうずくのを感じた。と、そのとき、ふたを閉められたまま部屋のなかで待っている、真っ白な贈り物の箱のことを思い出した。そして、にわかに活気づいた。網戸をあけ、ひっそりしたホールを通って、部屋に入った。入ったとたん、つるつるした〈ロマンス実話〉誌を踏んで足をすべらし、あやうくひっくり返るところだった。わくわくしながら相好を崩し、電灯をつけて、ごそごそと箱をあけ、薄葉紙からかつらを取り上げた。彼は明るい鏡のまえに立ち、使用法にしたがってゴム糊やテープを用い、ここをまくり、あっちをくっつけ、もう一度具合をなおしてから、きれいに櫛でとかした。それから、ドアをあけ、ホールを通って、ミス・フレムウエルの部屋のドアをこつこつ叩いた。

「ミス・ナオミ？」と、彼は微笑を浮かべて呼びかけた。

呼びかけたとたん、ドアの下から洩れていた光がパチッと消えた。

彼は信じられぬ思いで、暗い鍵穴にじっと目をこらした。

「ねえ、ミス・ナオミ？」早口で彼はふたたび言った。

部屋の中に何の変化も起こらなかった。真っ暗だった。ちょっとたって、彼はためしに把手《ノブ》をまわしてみた。把手はかたかたと鳴った。ミス・フレムウエルの溜め息が聞こえた。彼女が何やら言っているのが聞こえた。ふたたび言葉は消えた。小さな足音がドアのほうへこつこつと近づいた。灯りがついた。

「何ですの?」と、ドアの向こうで彼女の声。

「ねえ、ミス・ナオミ」彼は嘆願した。「あけてください。そして、見てください」

ドアのかんぬきがパチンとはずされる。彼女がドアをぐいと一インチほど開いた。片方の目が鋭く彼を見つめていた。

「見てください」と、凹んだ噴火口がぴったり隠れるように、かつらの具合をなおしながら、彼は誇らしげに言った。そして、彼女のドレッサーの鏡でおのれの姿を見ることを想像して、まんざらでない気持ちだった。「ごらんなさい、ミス・フレムウエル!」

彼女はドアをもう少し開いて、ながめてみた。それからドアをぴしゃりと閉め、錠をおろした。うすい羽目板の向こうから、彼女の単調な声が聞こえてきた。

「それでも穴が見えますわ、レモンさん」

# 金色の目

Dark They Were, and Golden-eyed

　ロケットは草原の風にあたって冷めた。ロケットの蓋が、ポンと音をたてて開く。時計に似たその機内から、男がひとり、女がひとり、それに三人の子供が降り立った。他の乗客たちは、家族の中にその男をひとり残し、さわさわと草を踏んで、火星の草原を歩き出した。

　髪の毛がぱたぱたはためき、からだの組織がきゅっと締まるのを、男は感じた。まるで真空のまんなかにつっ立っているようだった。前にいる彼の妻は、噴煙でめまいを感じているようだ。子供たち——小さな種——は、今すぐにでも、どんな火星の風土に播かれても、大丈夫らしかった。

　子供たちは、何時ごろだろうかと、太陽を仰いで見るみたいに、父親の顔を見上げた。父親の顔は冷たかった。

「どうなさったの？」と、妻がたずねた。

「ロケットに乗って帰ろう」

「帰るって、地球へですの？」

「そうだよ！　あの音を聴いてごらん！」

　風が、あたかも彼らをばらばらにはがし、正体をわからなくしてしまおうとするかのように吹いている。いつなんどき火星の空気が、彼から魂を引きはがしてしまうかもしれない——脊髄を白い骨から引き出すように。知性を溶解し、過去を焼き払うことのできる薬品のなかに浸《ひた》されているような感じだった。

　彼らは火星の山々をながめた。それらは〈時〉にすり減らされ、歳月の圧力で押しつぶされている。彼らはまた、古い都市をながめた。それらは今、草原のなかに没し、風吹きわたる草地のなかに、きゃしゃな子供の骨のように横たわっている。

「胸を張って元気をお出しなさいよ、ハリイ。遅すぎるわ、今になっては。わたしたち、六千マイル以上も飛んできてしまったのだから」

黄色い髪をした子供たちは、火星の空の奥ふかい蒼《そう》穹《きゅう》に向かって叫びかけた。だが、答えはなく、聞こえるのは固い草をしゅうしゅう駈け抜ける風の音ばかりだ。

彼は冷えた両手に、荷物を取り上げた。「さあ、行こう」と、彼は言った――海辺に立ち、これから入水して溺死しようという男のように。

彼らは町へ向かって歩き出した。


彼らの姓はビタリングといった。夫はハリイ、妻はコーラ、子供はダンにローラにデイヴィッド。彼らはささやかな白い小屋を建て、そこでおいしい朝食をたべたのだが、不安はすこしも消えなかった。それはビタリング夫妻につきまとい、夜半の語らいのたび、明け方の目覚めのたびに、招かれざる客となって立ちあらわれるのだった。

「山の流れの塩の結晶みたいに、海に押し流されてみたい気がするよ。われわれはこの土地の者ではない。地球人なんだ。ここは火星だ。火星人向きにできているんだよ。ねえ、コーラ、後生だから地球へ帰る切符を買おうよ！」

だが彼女は、首を振るばかりだった。「いつか地球は原子爆弾でおしまいになってしまうわ。そうなっても、ここにいればわたしたち安全よ」

「安全だろうが、気が狂ってしまう！」

チック、タック、声を出す時計が七時を歌った。〈起きる時間ですよ〉と。で、彼らは起きた。

何かにせきたてられて、彼は毎朝あらゆるものを調べてみなくては気がすまないのだ――あたたかい暖炉だとか、鉢植えの、血の色をしたゼラニウムだとかを――まるで、何かの故障を期待するかのように。午前六時の地球からのロケットでとどいた朝刊は、トーストのように温かい。彼はその封を切って、朝食の卓上に立てかけた。彼はむりに陽気になろうとした。

「いたるところ植民時代の再来さ」と彼は言ってのけ、「まあ十年もたてば、火星における地球人は百万に達するだろうな。大都市ができ、何もかも揃う！　われわれは失敗するだろう、と言われた。われわれが侵入すれば火星人は憤慨するだろう、とも言われた。だが、火星人なんか一人でもいたかね？　一人としておらんじゃないか！　からっぽの、火星人の都市は見つけたけれど、当の火星人は一人もいなかったろう？」

　風が川のように彼らの家を浸した。窓のかたかたいう音がやむと、ビタリング氏は食事をのみこんで、子供たちのほうを見た。

「さあ、どうかなあ」デイヴィッドが口を出した。「ことによると、ほうぼうに火星人がいるんだけど、ぼくたちには見えないのかもしれないよ。ときどき、夜なんかに、火星人の足音が聞こえるような気のすることがあるんだ。風の音が聞こえる。砂がぼくの部屋の窓に打ちあたる。ぼくは怖くなる。そして、火星人がずっと昔住んでいた、山の奥のあの町々を見る。すると、あの町に、何かが動きまわっているのが見えるような気がするんだよ、パパ。ぼくたちがここに住んでることを、火星人たちはいやがっているんじゃないだろうか。ここへ来たってことで、ぼくたちに何か仕返ししようと思ってるんじゃないかな」

「ばかな、そんなこと！」そう言って、ビタリング氏は窓の外を見た。「われわれは清潔で上品な人間だよ」彼は子供たちのほうを見た。「死に絶えた町には、ある種の幽霊がいるものなんだ。つまり、霊といったものがね」彼は山々にじっと目をそそいだ。「たとえば階段を見ると、火星人たちはどんな恰好をしてここを上ったのか、などと思うだろう。火星人の描いた画を見れば、画家はどんな様子をしていたのか、などと思うだろう。このようにして、めいめい心のなかに小さな幽霊を、霊というものを、こしらえてゆくのだよ。これはきわめて自然なことだ。想像力というやつさ」

彼はちょっと言葉を切ってから、「おまえはまだ、廃墟の町を歩きまわったことはないんだろうな？」

「うん、ないよ、パパ」デイヴィッドは靴のうえに目を落として言った。

「まあ、近づかないようにするんだな。——おい、ジャム をとってくれないか」

「でも、やっぱり、きっと何か起こるような気がするんだ」と、デイヴィッド少年は言った。


その何かが、その日の午後起こったのである。

ローラが泣き叫びよろめきながら、入植地を駈け抜けてきた。彼女はやみくもにポーチへ駈け上がった。

「お母さん、お父さん——戦争よ、地球が！」彼女はしゃくりあげた。「ラジオの速報が今はいったのよ。原子爆弾がニューヨークに落ちたんですって！　宇宙ロケットがみんな爆破されてしまったわ。ロケットが火星に来ることはもうなくなってしまったわ、今後は！」

「おお、ハリイ！」と、母親は夫と娘にすがりついた。

「それは確かなのかい、ローラ？」と、父親が静かに問い返した。

ローラは泣きじゃくった。「わたしたち、火星に島流しになっちゃったんだわ、永久に！」

長いあいだ、聞こえるのは夕方ちかくの風の音ばかりだった。

ひとりぼっちだ、とビタリングは思った。ここ火星には、仲間が千人だけ。帰途も断たれた。どうしようもない。どうしようもない。汗が顔や手やからだから噴き出た。彼は不安でからだがカッカッし、汗びっしょりになった。ローラをなぐりつけて、こう叫んでやりたかった——「ちがうったら、この嘘つきめ！　ロケットは戻っていけるんだぞ！」だが、そうする代わりに、彼はローラを抱きよせ、やさしく頭を撫でてやりながら言った。「いつかは、ロケットがやって来るさ」

「お父さん、あたしたちこれからどうするの？」

「もちろん、せっせと仕事をするんだ。作物を栽培し、子供を育てて待つのさ。戦争が終わり、ロケットがふたたびやって来る日まで、仕事をつづけるのだよ」

二人の男の子がポーチへ飛び出してきた。

「おまえたち――」彼はポーチに腰をおろし、子供たちの肩越しに目をやったまま言った。「おまえたちに話しておきたいことがあるんだ」

「知ってますよ」と、二人の男の子は言った。


つづく日々、ビタリングはしばしば庭を歩いては、ひとり不安を嚙みしめていた。ロケットが宇宙に銀の糸をかけ渡していたあいだは、火星にやって来たことも何とか我慢ができた。明日、もしそうしたいと思えば、切符を買って地球に戻ることができるんだ、といつも自分に言い聞かせてきたのだった。

だが今――銀の糸は消え失せ、くなくなになって、溶けた桁構、だらけた針金の山となってしまったのだ。地球人は不慣れな火星、肉桂《シナモン》の粉、ワインの風に身をゆだね、火星の夏のあいだ生姜《ジンジャー》ケーキの形に焼きかためられ、火星の冬になると収穫され、貯蔵されるのだ。彼の身に、ほかの者たちの身に、何がふりかかるのだろうか？　これこそ、火星が待ちうけていた瞬間なのだ。火星は彼らを食いつくすであろうか。

彼はたくましい手に鋤《すき》をにぎり、花壇にひざまずいた。働くんだ、と、彼は思った。――働いて忘れることだ。

彼は庭から目を上げて、ちらと火星の山々を眺めた。かつてそれら山々の頂きにつけられていた、ほこらしげな古代火星語の名前のことを、彼は思った。地球人は空から落下しながら、名があるにもかかわらず、無名になっている山々や、川や、火星の海に、じっと目をそそいだ。かつて火星人は都市をつくり、都市を名づけた。山に登り、山を名づけた。海を渡り、海を名づけた。だが、山は溶け、海は干上がり、都市は倒壊した。にもかかわらず地球人は、これら往古よりの丘や谷に、新たな名前をあたえることに、ひそかな罪悪感をおぼえたのだった。

とはいえ、人間は符号とレッテルをたよりに生きるものである。すなわち、名前があたえられた。

ビタリング氏は、火星の太陽の下の自分の庭にいながら、ひじょうな孤独を感じた。時代錯誤といおうか──地球の草花をこの荒れはてた土壌に植えながら。

考えるんだ。考えつづけるんだ。さまざまなことを。地球や原子爆弾や、失われたロケットのことなどには、心をわずらわされぬことだ。

彼は汗をかいた。ちらと周囲に目をくばる。見ている者は誰もない。彼はネクタイをはずした。かなり大胆だな、と彼は思った。まず上着をぬぎ、次いでネクタイをはずしたのだ。そしてそれを、マサチューセッツから若木のときにもってきて移植した桃の木に、きちんと吊るした。

彼は、さきの名前と山々についての瞑想へと戻っていった。地球人が名前を変えてしまったのだ。そして今、火星に、ホーメル渓谷があり、ルーズヴェルト海があり、フォード丘陵があり、ヴァンダビルト高原があり、ロックフェラー河がある。これはよくない。アメリカ人の火星移住者が、古いインディアンの大草原の名前を用いて、知恵のあるところを示した。ウィスコンシン、ミネソタ、アイダホ、オハイオ、ユタ、ミルウォーキー、ウォーキーガン、オセオー。こうした古い名前、古い意味。

キッと山々をにらみながら、彼は思った──おまえたち、そこにいるのか？　おまえたち、死んだ火星人すべてよ。ところで、われわれはここにいる──遮断され、まったくの孤独のまま！　さ、おりてきて、われわれを何とかしてくれ！　どうにもならんのだ！

風が吹き、桃の花の雨を降らした。

彼は陽に灼けた手をさしのべて、小さく一声叫んだ。花に手を触れ、ひろい上げた。そして裏返してみて、何度もくりかえし手を触れた。それから、大声で妻を呼んだ。

「コーラ！」

妻は窓から顔を出した。彼は妻のところへ走っていった。

「この花を見てごらん、コーラ！」

彼女は花をいじってみた。

「わかるだろ？　この花は普通のと違ってる。変わってしまったんだ！　もう桃の花ではなくなったんだよ！」

「あたしには、変わったふうに見えないけど」と、彼女は言った。

「いや、そうじゃない。変わっているんだ！　どうしたわけだろう。花びらが一枚余計にある、葉やなんかも。それに、色も、においも！」

　子供たちはすぐに飛び出してきて、父親が庭を走り廻っては畑から大根や玉ネギやニンジンを引き抜くのをながめていた。

「コーラ、来て見てごらん！」

　みんなは、玉ネギや大根やニンジンを順ぐりにまわし、いじってみた。

「それニンジンに見えるかね？」

「ええ……いいえ」彼女はためらった。「わかりませんわ」

「変わっちまったんだ」

「かもしれないわ」

「わかるだろう、変わっちまったんだよ！　玉ネギだが玉ネギじゃない。ニンジンだがニンジンじゃない。味は――同じようだが違っている。においは――以前とはどこか違う」彼は心臓がどきどきするのを感じた。不安だった。彼は土のなかに指を突っ込んだ。「コーラ、何が起こっているんだろうか？　いったいどうしたことなのか？　ここから逃げ出さなければならないぞ」彼は庭を突っ切っていった――あらゆる木に手を触れながら。「バラが。バラが。緑色に変わりかけている！」

　彼は立ちつくして、緑色のバラを見つめた。

　それから二日たった日、ダンが駈け込んできた。

「来て見てごらん、牛を。ぼく、乳をしぼっていて気がついたんだ。来てごらん、さあ早く！」

　彼らは牛小屋へ行って、一頭きりの牝牛を見つめた。

　三本めの角が生えかけていた。

　そして、家の前の芝生がひっそりと、ゆっくりと、春のすみれの色に色づきはじめていた。地球からもってきた種だが、柔らかな紫色を呈しはじめていた。

「逃げ出さなければならない」とビタリングは言って、「われわれはこういった野菜を食っていると、変わってしまう——何に変わってゆくのか、誰にもわからん。が、放置しとくわけにはいかんのだ。方法は一つしかない。こんな食いものは燃やしてしまうことだ！」

「でも、毒が入っているわけじゃないんでしょう」

「ところが、入っているんだ。微量、ごく微量。ほんの、ほんのチョッピリだが入っている。手をつけてはいけないよ」

　彼はがっかりしたようにわが家を見やった。「家までがそうだ。風のためにどうにかなってしまった。大気のために焼けちまってる。それに、夜の霧のために——板は全部、いびつになってしまって、形もなにもあったもんではない。もはやどう見ても、地球人の住む家だとは言えないよ」

「それ、あんたの空想だわよ！」

　彼は上着をつけ、ネクタイをしめた。「おれは町へ行ってくるよ。何とかしなければならん。いずれ戻る」

「ちょっと待って、ハリイ！」と、彼の妻は叫んだ。

　が、彼の姿はなかった。

　町では、食料品店の入口の、陰になっている階段に、男たちが手を膝にして腰をおろし、暇をもてあましたように、ゆったりと話を交わしていた。

　ビタリング氏は、宙に向かってピストルを一発ぶっぱなしたいような衝動にかられた。

　何をしているんだ、ばかものたち！　と、彼は思った。こんなところに坐りこんで！　ニュースを聴いたろう——おれたちはこの惑星にとり残されてしまったんだぜ。さあ、立たないか！　怖くないのかい？　気にはならんのかい？　これから、どうしようというんだ？

「よお、ハリイ」と、みんなが言った。

「おい」彼はみんなに言った。「君たち、こないだニュースを聴いたろう、え？」

　みんなはうなずき、そして笑った。「聴いたとも、たしかに、ハリイ」

「で、君たち、どうするつもりなんだい？」

「どうするつもりだって、ハリイ？　おれたちに何ができよう？」

「ロケットを造るのさ、何はともあれ！」

「ロケットを？　悩み多き地球へ舞い戻るためにか？　おお、ハリイ！」

「しかし、ぜひとも戻りたいんだろう。気がついたろう？――桃の花や玉ネギや草に」

「そう、そりゃねえ、ハリイ、気がついたと思うよ」と、男たちのひとりが言った。

「で、びっくりしなかったかい？」

「それほどびっくりしたとは思わんねえ、ハリイ」

「この間抜けども！」

「ところで、ハリイ」

　ビタリングは叫びたてたかった。「おれに協力してくれなければいけないぞ。われわれは、もしこの地にとどまれば、ひとり残らず変わってしまう。ほれ、この空気だ――臭いと思わないかい？　空気に何かまじっているよ。ことによると、火星のウィルスかもしれない。何かの種か、あるいは花粉か。まあ、聴きたまえ！」

　みんなが彼をじっと見つめた。

「サム」と、彼は中のひとりに言った。

「なんだい、ハリイ？」

「ロケットを造る手伝いをしてくれないかい？」

「ハリイ、おれには、材料の金属はすっかり揃ってるよ。それに青写真も何枚かある。おれんとこの工場でロケットの仕事をしたけりゃ、歓迎するよ。材料の金属なら、五百ドルで売ってやるよ。ひとりで造るとすれば、三十年もかかれば、かなり立派なロケットが建造できるだろうよ」

　みんながどっと笑った。

「笑いごとじゃない」

　サムはおだやかに、ユーモアをたたえてビタリングを見つめた。

「サム」と、ビタリングは言った。「君の目は――」

「おれの目がどうかしたかい、ハリイ？」

「もとは灰色じゃなかったかい？」

「そうだなあ、憶えてないな」

「たしか灰色だったろう？」

「なぜそんなこと訊くんだい、ハリイ？」

「今、黄色っぽい色をしてるからさ」

「おや、そうかい、ハリイ？」と、サムはさりげなく言った。

「それに、前より背が高くなったし、ちょっと痩せたし――」

「そうかもしれんよ、ハリイ」

「サム、黄色い目なんかになっちゃあいけないよ」

「ところで、ハリイ、君の目は何色なんだい？」と、サムは訊いた。

「おれかい？　おれの目は青色さ、もちろん」

「ほれ、ハリイ」と、サムはポケット用の鏡を手渡した。「ちょっとのぞいてごらんよ」

　ビタリング氏はためらったが、鏡を顔のところへもっていった。

　小さく、ごくかすかだが、新たな金色の斑点が、目の青いところにできている。

「おい、おい、何をしてくれたんだい」一瞬ののち、サムが言った。「おれの鏡を壊しちゃったじゃないか」

　ハリイ・ビタリングは工場へ入って、ロケット製作にのり出した。男たちが、開け放たれた戸口に立って、声を高めずに話を交わし、冗談をたたき合っていた。ときたま彼らは、何か持ち上げるのに手を貸してやることもあったが、たいていは、ぶらぶら何もせずに、黄色くなりかけた目で彼の仕事ぶりをながめていた。

「もう夕めしの時間だぜ、ハリイ」彼らが言った。

彼の妻が柳細工のバスケットに夕食を入れて現われた。

「そんなもの食わんぞ」彼は言った。「おれは急速冷凍《ディープ・フリーズ》の物しか食わん。地球からきた食べ物しか。うちの菜園でとれたものなんぞ、何も食わんからな」

妻は立ちつくしたまま、彼を見つめた。「ロケットなんか造れやしないわよ」

「おれは昔工場で働いていたんだ、二十のときにな。だから、金属のことは知ってるんだ。いったん造りかければ、みんなが手伝ってくれるさ」と、彼は妻のほうを見ないで言い、青写真をひろげた。

「ハリイ、ハリイってば」と、彼女はどうすることもできないで言った。

「われわれは逃げ出さなければならないんだよ、コーラ。どうあっても！」


夜は風が吹きまくった。干上がった月下の海原を越え、その浅瀬に一万二千年横たわる白い小さな将棋《チエス》の都市を吹き抜けていった。地球人開拓地では、ビタリングの家が、変化してゆくような感じに揺れうごいた。ベッドに横になったビタリング氏は、体内の骨が動き、形を成し、金のように溶けるのを感じていた。かたわらに寝ている妻は、うちつづき照りつける午後の陽で黒く陽灼けしている。色黒く、そして金色の目をし、太陽にほとんど真っ黒に灼かれ、眠っていた。子供たちは金属のような光沢を放っている。風は轟々とうなり、向きを変えては、年経た桃の木々やスミレ草のあいだを吹き抜け、緑色に変わり果てたバラの花びらを揺るがしていた。

恐れは、どうしても止めようがなかった。喉にからまり、心臓をしめつける。そして、したたりおち、腕を、こめかみを、わななく手の平を濡らした。

緑色した星がひとつ、東の空に上った。

奇妙なことばが、ビタリング氏の唇を突いて出た。

「イオルルト。イオルルト」と、彼はくりかえした。

それは火星語なのだ。彼は火星語などひとつも知らないのだが。

真夜中に彼は起き上がってダイヤルをまわし、考古学者のシンプソンを呼び出した。

「シンプソンさん、〈イオルルト〉っていうことばはどういう意味です？」

「それはね、古代火星語で、わが遊星地球を指すことばですよ。なぜです？」

「特別理由はないんですがね」

電話機が彼の手からするりと落ちた。

「もしもし、もしもし、もしもし、もしもし」と、それは言い続けていたが、彼は腰をおろし、緑色の星をじっと見つめていた。「ビタリングさん？　おい、ハリイ、そこにおらんのかい？」

昼間は金属の音でいっぱいだった。気乗りのしない三人の男の助けを借りて、彼はロケットの骨組を造りはじめた。だが、一時間かそこらでくたくたに疲れてしまい、腰をおろさなければならなかった。

「高度が問題だな」と、ひとりが笑った。

「おまえさん、食ってるのかい、ハリイ？」と、もうひとりの男が訊いた。

「食っているさ」と、彼は怒って言った。

「ディープ・フリーズの食い物かい？」

「そうだよ！」

「おまえさん、だんだん痩せていくねえ、ハリイ」

「そんなことあるもんか！」

「それに、背も高くなった」

「嘘つけ！」

数日後、妻が彼をわきへ引っ張っていった。「ねえ、ハリイ、ディープ・フリーズの中の食べものは、すっかり使い果たしてしまったのよ。もうなんにも残っていないわ。火星でできた物を使ってサンドイッチをこさえなければならないわよ」

　彼はどかりと腰をおろした。

「食べなくちゃだめよ」彼女は言った。「からだが弱ってるんだから」

「うん」と、彼は言った。

　彼はサンドイッチをとり上げ、開いてみてながめてから、少しずつ食べはじめた。

「それから、今日はもう休んだらどう」と、彼女は言って、「暑いことだし。子供たちは川で泳ぎたがってるわ、そして、ハイキングに行きたいって言ってるわ。行ってやってくださいな」

「時間を浪費することはできんよ、今は危機なんだから！」

「一時間でいいですから」彼女は促した。「ひと泳ぎすれば、きっと調子がよくなってよ」

　彼は汗を流して立ち上がった。「いいとも、いいとも。ほっといてくれ。すぐ行くから」

「うれしいわ、ハリイ」


　日差しは暑く、ひっそりとした日だった。地面が猛烈にかっかっと照り返しているだけだった。彼らは川沿いに歩いていった――父親、母親、水着を着て駈けっこをしてゆく子供たち。彼らはひと休みして、ミート・サンドイッチを食べた。彼はみんなの肌が褐色に灼けているのをながめた。そして、妻と子供たちの黄色い目をながめた。以前は決して黄色くなかった目。少しばかりの身震いが彼を襲ったが、日向に横たわると、それもこころよい熱の波にはこび去られた。あまりにも疲れ切っていて、恐怖も感じられなかったのだ。

「コーラ、おまえの目はいつごろから黄色くなったんだい？」

　彼女は狼狽した。「前からそうだったでしょ」

「ここ三カ月のうちに、褐色から黄色に変わったんじゃないのかい？」

　彼女は下唇を嚙んだ。「そうじゃないわ。なぜそんなことお訊きになるの？」

「いや、何でもないんだ」

彼らはそこに坐っていた。

「子供たちの目も、やっぱり黄色い」と彼は言った。

「発育ざかりの子供の目は、色が変わることがあるものよ」

「ことによると、わ
れわれもまだ子供なんだな。少なくとも、火星にとっては。まあ、そんなとこだろう」そう言って彼は笑い、「さあ、泳いでくるかな」

彼らは川の水に飛び込んだ。彼は黄金の彫像のように、からだがずんずん沈んでゆくにまかせ、水底の緑色の静寂のなかに身を横たえた。水は静かに、そして深く、あたりは平和そのものだった。むらのない、ゆるやかな流れに、ゆったりと漂うのを彼は感じた。

ここに長いあいだじっとしていれば——と、彼は考えた——水の作用で、おれの肉は食いつくされてしまい、珊瑚《さんご》みたいに骨があらわれてくるだろう。そうすると、水がその骸骨のうえに——緑色のものを、濃藍色のものを、赤色のものを、黄色いものを、つくり上げることだろう。変われ。変われ。ゆっくりと、深く、静かに変われ。だが、それこそ、あの上のほうにあるものではないのか？

彼は、頭上に沈んだ空をながめ、大気と時間と空間によって火星的なものになっている太陽をながめた。

あの上は、大きな川だ——と、彼は思った——火星の川だ。われわれはみんな、そのなかに深く横たわっている。小石の家々に、沈んだ玉石の家々に、ザリガニのように身をひそめて。われわれの大事な肉体は水に浸食され、だんだんと骨ばかり伸び、そして——

彼はやわらかな光のなかを、水に押し流されるにまかせた。

ダンが川べりに腰をおろして、父親の姿を真剣に見つめていた。

「ユーター」と、ダンは言った。

「何だって？」と、父が訊き返した。

少年はにっこりし、「知ってるでしょ。〈ユーター〉っていうのは、火星語で〈お父さん〉という意味だよ」

「どこで覚えたんだ？」

「知らないなあ。そこいらで覚えたのさ。ユ−タ−、、、、！」

「何だい？」

少年は口ごもった。「ぼく——ぼく、名前を変えたいんだ」

「名前を変える？」

「うん」

母親が泳いでやって来た。「ダンという名前のどこがいけないの？」

ダンはそわそわした。「こないだ、ダン、ダン、ダンって呼ばれたけど、聞こえもしなかったんだよ。で、ぼくこう思ったんだ——あれはぼくの名前じゃない。ぼくは新しい名前を使ってみたいんだ」

ビタリング氏は川のふちにつかまった。からだは冷えきって、心臓がゆっくりと動悸している。「その新しい名前というのは何だね？」

「リヌルっていうんだ。いい名前じゃない？　使ってもいい？　いけない？　ねえ、お父さん」

ビタリング氏は頭に手をやった。彼はばかげたロケットのことを考えた。ひとりであれを造っている——彼は家族のなかにいてさえ孤独だった、何とも言えぬ孤独。

「そりゃ、構わないでしょ」と、妻が言っているのが聞こえた。

「うん、使ってもいいよ」と、自分がそう言っているのが聞こえた。

「やあああ！」少年ははしゃいだ声をたてた。「ぼくはリヌルだ、リヌルっていうんだ！」

牧草地へ駈けていって、彼は飛び跳ね、叫びたてた。

ビタリング氏は妻を見やって、「なぜあんなことを許したんだ？」

「わからないわ」妻が言った。「ただ、いい考えのように思われたものだから」

彼らは丘へ上っていった。昔のモザイク式の小道をぶらぶら歩き、いまだにふつふつと湧き出ている泉水のわきを通った。小道は夏のあいだじゅう、冷たい水の薄膜におおわれていた。小川を渡るように水をはねかし、一日じゅう、はだしの足を冷やしておける。

　彼らは今は住む者もない小さな火星人の別荘へ出た。谷のながめがすばらしい。別荘は丘の頂きにあった。青い大理石造りのホール。大きな壁画。それに、水泳プール。それはこの暑中にあって、すがすがしかった。火星人は、大都市などというものを信じなかったのであろう。

「とってもすてきでしょうねえ」と、ビタリング夫人が言った。「夏のあいだ、この別荘に引っ越すことができたら」

「さあ行こう」ビタリング氏が言った。「われわれは町へ帰るんだ。ロケットの仕事をしなくちゃならん」

　だが、その晩彼が仕事をしていると、涼しげな青い大理石造りの別荘が心に浮かんできた。時間がたつにつれて、ロケットなどあまり重要に思われなくなってきた。

　日が移り、週が流れるうちに、ロケットのことは小さく遠のいていった。以前の熱はどこかへ消えてしまった。ロケットのことが、いつしか頭から抜けていったことに気づいて、彼はぎょっとした。だが、いかん、この暑さ、この空気、この労働条件——

　彼は、男たちが工場のポーチでささやいているのを耳にした。

「みんな出かけていくぜ。あの物音を聞いたろう?」

「みんな出かける。そのとおりだ」

　ビタリングが出てきた。「行くって、どこへ?」子供たちや家具を積んだトラックが二台、埃っぽい通りを走ってゆくのが見えた。

「別荘へ行くのさ」と、男が答えた。

「そうなのさ、ハリイ。おれも行くんだ。サムも出かけるよ。なあ、サム?」

「そうなんだ、ハリイ。おまえさんはどうする?」

「おれはここで、しなきゃならない仕事があるんだ」

「仕事だって! 秋になって、もっと涼しくなってから、そのロケットを仕上げりゃいいじゃないか」

彼は息を吸い込んだ。「骨組をすっかり組み立てたんだ」

「秋に入ってからのほうがいいよ」男たちの声は暑さでだらけきっていた。

「いや、やらなくちゃならないんだ」と、彼は言った。

「秋にしろよ」と男たちは説得した。いかにも賢明な、いかにも正しいひびきを帯びた口調だった。

「秋に限るかもしれないな」と、彼は思った。「そうすれば、時間もたっぷりできるし」

いかん！　彼の心のなかで叫ぶ声があった——奥深くしまい込まれ、かたく錠をおろされ、息づまっていた叫びが。いかん！　いかん！

だが、彼は言っていた。「秋になってからやるよ」

「さあ、行こう、ハリイ」と、みんなが言った。

「うん」彼は暑い澄んだ空気のなかで、自分の肉体が溶けるのを感じた。「うん、秋になってから、仕事を再開するよ」

「おれはティラ運河の近くの別荘を手に入れたよ」と、誰かが言った。

「ルーズヴェルト運河のことだろう？」

「ティラさ。古代火星語の名前なんだ」

「だけど、地図には——」

「地図なんて忘れちまえ。ティラというんだよ。おれはピラン山脈のなかに場所を見つけたんだ」

「そりゃ、ロックフェラー山脈のことだな」と、ビタリングが口をはさんだ。

「おれはピラン山脈だと言ってるんだ」と、サム。

「うん」暑い、むっとする空気に埋もれて、ビタリングは言った。「ピラン山脈かい」

翌日、風もない暑い昼さがり、みんなはトラックに荷物を積み込んだ。

ローラとダンとデイヴィッドは包みを持った。彼らにしてみれば、ツティルとリヌルとウエルルは包みを持った、と言ってもらいたいところだろう。

家具は小さな白い小屋に置いていくことにした。

「ボストンのうちの家具はりっぱだったわ」母親が言った。「そして、この小屋の家具も。でも、別荘はどうかしら？　だめだわ。秋になって戻ってきたら、手に入れましょうよ」

ビタリング氏は黙っていた。

「別荘へもっていく家具のことを考えているんだが」しばらくしてから彼は言った。「大きい、めんどうな家具のことを」

「あなたの百科事典はどうなさるの？　もっていらっしゃるの、ほんとに？」

ビタリング氏はちらと目をそらした。「来週になったら、とりにくることにするよ」

二人は娘のほうを向いた。「ニューヨークで買ったドレスはどうする？」

娘は当惑して目を見張った。「あーら、あんなもの、もう要らないわ」

彼らはガス栓を締め、水道を停め、ドアに錠をおろして外へ出た。父親はトラックをのぞきこんだ。

「おや、あんまりもって行けないんだな」と、彼は言って、「地球から火星へもってきた物にくらべると、ほんのひと握りしかないな！」

彼はトラックを発車させた。

しばらくのあいだ、白い小さな小屋を眺めていると、駈け寄っていって手を触れ、さよならを言いたい衝動にかられた。二度とふたたび戻ることも、理解することもできないものを残して、長い旅に出かけるような気がしたのだ。

ちょうどそのとき、サムとその家族の者がトラックで通りかかった。

「やあ、ビタリング！　行こうぜ！」

トラックは古い本通りをがたごとと走り、町を出て行った。同じ方向へ向かうトラックが、ほかに六十台あった。つぎつぎと通ってゆく車の立てるひどい埃で、町はいっぱいになった。川の水は陽光をうけて青くよどみ、微風が奇妙な木のあいだを動いていた。

「さようなら、わが町よ！」と、ビタリング氏が言った。

「さようなら、さようなら」町のほうへ手を振りながら、家族の者たちが言った。

彼らは二度と振り返らなかった。


炎熱のため運河が干上がった。夏が火炎のように牧草地をなめた。ひとけのない地球人開拓地では、家々のペンキがひび割れ、はげ落ちた。裏庭で子供たちが振りまわしたゴムのタイヤは、燃えさかる空気のなか、止まった時計の振子のようにぶら下がっていた。

工場では、ロケットの骨組が錆びはじめた。

しずかな秋が訪れると、ビタリング氏は、真っ黒に陽灼けし、金色の目をして、別荘の上手《かみて》の斜面に立ち、渓谷を見おろしていた。

「もう町へ戻るべき時期だわ」と、コーラが言った。

「うん、でも戻るのはよそう」と、彼は静かに言って、「町へ戻っても、もう何にもないよ」

「あなたのご本があるわ。それに、いい洋服も」

「あなたのイㇽレㇲ。それに、いいイオㇽ・ウエㇾ・ㇽレも」彼女が実際に言った言葉はこうだった。

「町はからっぽさ。誰も戻りゃしないよ」と、彼は言って、「戻るべき理由など、何ひとつありゃしない」

娘は綴織を織り、二人の息子は昔のフルートと笛で歌曲を奏で、彼らの笑い声は大理石造りの別荘のなかにひびき渡った。

ビタリング氏は、はるか眼下の谷に横たわる地球人開拓地をじっと見おろした。「実に奇妙な、実にばかばかしい家を、地球人は建てたものだな」

「あんなものしか知らないんだわ」と、妻はつくづく眺めて、「なんて醜い人間なんでしょう。行ってしまってサバサバしたわ」

二人はおたがいに顔を見合わせ、今しがた言った言葉にはっとした。二人は思わず笑った。

「みんなどこへ行ったんだろう？」彼は不思議でならなかった。彼はちらりと妻を見た。妻は娘と同じように美しく、すらりとしている。夫人は夫を見た。夫は長男とほとんど同じくらいに若く見えた。

「わからないわ」と、彼女は言った。

「町へ帰るのは、おそらく来年か、再来年か、さらにその翌年になるだろう」彼は平然として言った。「ところで――暑いなあ。ひと泳ぎどうかね？」

彼らは谷のほうに背を向けた。そして腕を組み合って、黙って、澄み切った泉水のほうへと歩いていった。


五年後。一台のロケットが空から落ちてきた。そして、谷間で湯気を立てていた。男たちが喚声を上げながら、飛び出してきた。

「われわれは地球で戦争に勝ったんだ！　君たちを助けにきたんだよ！　よお！」

だが、アメリカ人の建設した町――家々、桃の木、劇場より成る町は、ひっそりと静まりかえっていた。彼らは、からっぽの工場で錆かかっているチャチなロケットの機体を見つけた。

ロケット・マンたちは丘を捜索した。隊長は、打ち捨てられた酒場に本部を置いた。副官が報告に戻ってきた。

「町はからっぽですが、丘に先住民族が住んでいることを発見しました。色の黒い人種で、目は黄色です。火星人でしょう。きわめて友好的であります。少し話をしてみました――ほんの少しですが――彼らは英語を覚えるのが早い。われわれは、きっと仲よくなれるものと思います、隊長どの」

「色が黒いって？」そう言って隊長は考え込んだ。「で、どのくらいおるのか？」

「六百――いや、八百人ぐらいでしょうか、向こうの丘の大理石造りの廃墟に住んでおります。長身で、健康そうです。女たちはきれいです」

「この地球人開拓地を造った者たちはどうなったか、彼らは話してくれたかね、副官？」

「彼らは、この町や町の住民がどうなったか、ぜんぜん見当がつかないようです」

「おかしいな。その火星人たちが彼らを殺したと思うかね？」

「彼らはおどろくほど平和的に見えます。ことによると、この町は疫病で全滅したのかもしれません」

「ことによるとね。これは決して解くことのできぬ謎のひとつだろうと思うな。本に出てくるような謎のひとつだろう」

隊長は見つめた――部屋を、埃だらけの窓を、かなたにそびえる青い山々を、光の中を流れる川を。そして、空中にそよ風の音を聞いた。彼はぞっと身震いした。ややあって、われに返ると、がらんとしたテーブルの上板に画鋲でとめた真新しい大きな地図を、こつこつとたたいた。

「仕事は沢山あるぞ、副官」隊長の声は、太陽が青い丘のかなたに沈んでゆくにつれて、ものうげにかすれていった。「新たな開拓地の問題。それから鉱山地帯の問題――鉱石を探し出さなければならぬ。細菌の標本も作らなければならん。仕事だ、とにかく仕事だ。古い記録が失くなったので、地図を作りなおさなければならんし、山や川などに新たに名前をつけるという仕事もある。少々想像力を必要とする仕事だ。

あの山脈をリンカーン山脈、この川をワシントン運河と命名するのはどうだい？　あの丘も名前をつけることができるさ、副官。それから、外交問題。君にはひとつ、町に名前をつけてほしいな。それから、この谷はアインシュタイン渓谷としたらどうだろう。そしてそれから……おい、聴いているのかい、副官？」

副官は、はるかかなたの丘の、青く静かに煙るもやから、はっと目をはなした。

「はあ？　はい、聴いております、隊長どの！」

# ほほえみ

The Smile

片田舎では鶏鳴《けいめい》が暁を告げ、まだ火の気もない朝まだき、午前五時には、その町の広場にもう人の列がつくられる。そのころには、荒れはてたビルの谷間に、まず朝もやが立ちこめるが、やがて七時の朝陽がそのもやを追いはらってしまう。路上には、三々五々、だんだんと人の群れが寄り集う。お祝いの日、祭りの日なのだ。

さわやかな大気のなかで、二人の男が大声に話し合っている、そのすぐうしろに、この少年は立っていた。二人の大声は、朝の寒さのせいで二倍にも聞こえる。少年は足を踏みしめ、真っ赤なひびのきれた両掌に息を吹きかけながら、うす汚れたズックの服を着た男たちを見上げ、前に長い列をつくる男たちや女たちを眺めていた。

「おい、坊や、どうしてこんなに早く出てきたんだね？」少年のうしろにいる男がたずねる。

「だって、場所をとっておかなくちゃ」少年は答えた。

「抜けてみたらどうだ、場所をゆずってやったらほかの人がよろこぶぜ」

「放っといてやんなよ」前にいた男が急に振りむいて言う。

「なに、冗談を言ったまでさ」うしろの男は少年の頭に手をおいた。少年はうるさそうにその手をふりはらう。「おれはただ、こんな子供が、朝っぱらから出てくるのは、ちょっと妙だと思ったんだ」

「この坊やはな、教えといてやるが、芸術鑑賞の趣味をおもちなんだ」と、少年の味方が答えた。その男、名前はグリグスビイという。「ところで、おまえさんの名はなんてんだ、坊や？」

「トムさ」

「トムかい。ところで、トム、こうして並んでるのは、きれいに正確に唾を飛ばすためなんだぜ、トム」

「そうだともさ！」

　笑いの波が列を伝わった。

　列の先のほうで、ひびわれたカップにホット・コーヒーを入れて売っている男がいる。トムはその暖かそうな小さな火と、さびた鍋のなかから噴きあげる湯気をじっと見つめた。あれはほんもののコーヒーじゃない。町はずれの牧草地に生えている草の実から作るのだ。お腹をあたためるたしに、一杯一ペニィで売っているのだが、あんまり売れ行きはよくないらしい。誰もそんな余分のお金をもっていないのだ。

　トムは列のおしまいの所を伸びあがって見つめた。空襲でやられた石壁の向こうまでつづいている。

「あの女の人は、笑ってるんだってね」と、少年は言った。

「ああ、そうだよ」と、グリグスビイが答える。

「絵具とカンバスからできてるんだって」

「そうさ。でも、ほんものじゃないような気がするね。ほんものは、聞いた話だが、なんでもずっと昔、板のうえに描かれたんだそうだ」

「もう四百年もたつんだってさ」

「もっとだろう。誰も正確なところは知らないんだ」

「二〇六一年だって！」

「そういう話だがね、坊や。ウソっぱちさ。おれの知ってるかぎりでは、三千年か、五千年はたってるね。何もかも一時はめちゃくちゃだったからなあ。今おれたちに残ってるのは、ほんのつまらんものばかりさ」

　みんな、通りの冷たい石壁に沿って足を引きずっていた。

「どれぐらいたったら、見られるのかなあ？」トムはたよりなさそうにたずねた。

「もう少しの辛抱だよ。四本の真鍮の柱とビロードのロープで、昔どおりにすっかりおめかしさせようってわけだ。おっと、石はいけないよ、トム。石を投げちゃいけないんだぜ」

「はい」

太陽は宙天高く上り、気温が上がって、男たちはよごれた上衣や垢じみた帽子を脱いだ。

「なぜ、みんなこうして列をつくっているんだろう？」とうとうトムはこうたずねた。「どうしてこう集まるんだろう？」

グリグスビイは少年のほうを向かず、太陽をふりあおいだ。「そうさな、いろんな理由があるんだよ」彼は無意識に、とうにとれてしまったポケットを探り、ありもしない煙草をまさぐった。トムはもう何度もそんな彼のそぶりに気づいていた。「トム、それは憎しみからだよ。過去のあらゆるものに対する憎しみからそうするんだろうよ。訊きたいもんだが、トムや、どうしておれたちはこんな目に遭わにゃならんのだ。市《まち》という市《まち》はめちゃくちゃ、道路は爆弾ででこぼこ、麦畑の大半は夜間の放射能で焼きはらわれたじゃないか？　まるでもうひどいざまだ」

「ああ、そうだね、おじさん」

「こういうわけだ、トム。みんなが、自分たちを駄目にし、めちゃくちゃにしたものを、憎んでいるからだ。それが人情というものさ。別に深い仔細はない、それが人情なんだ」

「憎んでいない人なんていないよ」と、トムは言った。

「そのとおりだ！　この世を動かしていた過去の亡者どもすべてにだ。だから、腹の皮が背中にくっつきそうな空きっ腹をかかえて、寒さのなかを、洞窟に住まい、煙草も吸わず、酒も飲まず、ただわれわれのお祭りのために、こうしておれたちは木曜日の朝集まっている。そうだ、トム、おれたちのお祭りなんだからな」

そして、トムは今まで何年かのお祭りのことを考えてみた。この広場でみんながすべての本を引き裂き、火にかけては、酒を飲み笑い声をあげていたことを。ひと月前の科学のお祭りのときは、最後に残った、たった一台の自動車をひっぱってきて、いくつもに解体されたその部分を、くじに当たった運のいい男たちが、大型ハンマーでたたきつぶしたのだ。

「あの時のことを憶えているかね、トム？　憶えているか？　おれはあのフロント・ガラスをたたきつぶしたっけ。あんときはすばらしかった！　グシャッという音がしたっけ！」

トムは、あの、ガラスが光る破片となって砕ける音を耳にしたのだった。

「ビル・ヘンダースンはエンジンをこわす役だった。ああ、あのひとはすごくうまかったね。きれいにこわしちまったっけ。グワンと！

しかし、なんといってもすばらしかったのは」グリグスビイは回想するように言った。「まだ飛行機を作っていた、あの工場をめちゃめちゃにした時さ。ああ、まったくきれいに焼き払ってやったからな！　それから、あの新聞社と、弾薬庫を見つけだして、両方とも吹きとばしてやった。そうだろう、トム」

トムはあやふやな返事をした。「そうだね」

もう昼だった。荒れはてた市《まち》の匂いが熱気の中にむっと鼻を突き、いろんながらくたが、ねじ曲がった建物のあいだに横たわっている。

「もうあとには戻らないの？」

「なにが？　文明がかね？　そんなもの誰も望んでやしない。おれだってそうさ！」

「文明もちょっと悪くないぜ」ずっとうしろの男が言った。「いい所も少しはあったよ」

「馬鹿なことを考えてるんじゃねえ」グリグスビイが怒鳴りつけた。「そんなことを考えるひまはねえはずだ」

「ああ」と、その男のうしろの男が言った。「いつか誰か想像力の豊かなやつがやって来て、きっとそれを作り上げるさ。おれの言うことに間違いねえ。誰か心のあったかいやつがな」

「とんでもねえ」と、グリグスビイは言った。

「そうさ。美しさのわかる心の持ち主がやって来る。そして、ある程度の文明をおれたちに返してくれるんだ。おれたちが平和に暮らせるくらいのね」

「まあ、それでまず手始めに憶えるのは戦争ぐらいのもんだ！」

「いや、この次の文明は、ちっと違っているかもしれんて」


　とうとう、彼らは広場の真ん中へやって来た。馬の背にまたがった男が一人、向こうから町の中へ入ってくる。男は片手に一枚の紙をにぎっていた。広場のちょうど真ん中には縄仕切りがしてある。トムやグリグスビイ、その他の人たちは唾をため、前へ前へと動いてゆく――手ぐすねひいて、目を大きく見開き、前へからだを乗り出している。トムは、心臓の鼓動がにわかに高まり、気分が高まってくるのを感じた。地面の熱さが、はだしの足に感じられる。

「さあ、行くぞ、トム、そら飛ばせ！」

　縄仕切りの四隅には、警官が四人立っていて、群衆に威厳を示すかのように、その腕には黄色い袖飾りがついていた。警官は投石をふせぐのが役目なのだ。

「こうするんだ」グリグスビイがとうとう言った。「誰もが、自分にはチャンスがあると思っている、いいか、わかったな、トム？　さあ、今だ！」

　トムはその絵のまえに立ちすくみ、じいっとそれを見つめていた。

「トム、唾を飛ばせ！」

　少年の口の中はからからだった。

「さあ、トム！　やるんだ！」

「だって」とトムは、もじもじしながら言った。「あの女《ひと》は美しすぎるよ」

「よし、おれが代わりに唾を飛ばしてやる！」グリグスビイは唾を飛ばし、その唾のかたまりは陽光のなかを飛んでいった。絵の中の女性は、静かにひそやかな微笑をトムに向けている。そちらを振り返って、少年の心は高まり、妙なる楽の音が耳に聞こえる思いだった。

「あの女《ひと》はきれいだなあ」と、少年は言った。

「さあ行くんだ。警官が……」

「注目！」

並んだ人たちはしいんとなった。しばらくは、前へ行けないでトムを非難していた人たちも、馬上にある男のほうを振り返った。

「あれはなんというの、おじさん？」トムはそっと訊いてみた。

「あの絵かね？　モナ・リザといったと思うな、トム。そう、モナ・リザだ」

「布告をする」と、馬上の男は言っていた。「本日正午をもって、この広場にある絵をここにいる人民諸君の手にゆだねる旨、当局から発表された。従って諸君は、この絵を破壊するの喜びと——」

トムが叫びをあげる間もなく、群衆は彼を押しのけ、ののしり、腕をふりながら、あの絵のほうへとなだれをうった。鋭く引き裂かれる音がして、警官は逃げ出し、群衆は叫びたてながら、飢えた鳥のようにその絵をこづきまわした。トムはそのめちゃくちゃになった絵めがけて、突っ込まんばかりに前に進み、他の人たちをやみくもにまねて、腕を伸ばし、油絵のカンバスのきれはしを、ひったくったかと思う間に、からだが倒れた。と、たちまち、少年は暴徒たちの外へ蹴り出されてしまった。服を引き裂かれ、血まみれになりながら、少年は、老婆がカンバスのはしを噛み裂き、男たちが額をこわし、ぼろぼろのはしきれを蹴り、色紙のようにこまかく切りきざむのを、じっと見つめていた。

ただトムだけが、ひとり離れ、るつぼのような広場のなかにひっそりと立っていた。彼は自分の手を見つめてみた。手はカンバスのはしきれをつかんだまま、胸のあたりにぐっと押し当てている。

「やあ、そこにいたのか、トム！」グリグスビイが大声で呼びかけた。

ひと言も言わず、涙を流しながら、トムは走り去った。広場を抜け、爆弾の穴だらけの道を通って、野原をめざし、浅瀬を渡り、一度もうしろを振り返らずに走りつづけながら、少年は手をぐっとにぎりしめ、上衣のなかにつっこんでいた。

　夕暮れどき、少年は小さな村にたどり着き、そこを通り抜けていった。九時ごろ、荒れはてた農家に彼は入った。その家のうしろのあたり、半分はまぐさ置場になっていて、まだ幾分かはまぐさが積んだままになっている所へ入ると、家族の寝息が聞こえてきた——母親と父親、それに兄弟だ。少年はそうっとすばやく小さな扉をすり抜けてもぐり込むと、あえぎながら横になった。

「トムかい？」暗闇のなかで母親の声。

「そうだよ」

「どこへ行ってたんだ？」父親が口をはさむ。「朝になったら、仕置きをしてやるぞ」

　誰かが少年を蹴る。せまい寝場所のためにずっとうしろに追いやられていた、彼の弟だ。

「寝るんだよ」母親がぼんやりした声音で叫ぶ。

　また誰かが蹴った。

　トムは息をしずめようとする。周りは静かだ。彼の手は固く、固く胸の所に押しつけられている。少年は半時間ばかり、こうしてじっと横になり、目を閉じた。

　やがて彼は何かを感じる。冷たくほの白い光だ。月は高々と上り、まぐさ置場を通って小さい四角い光がそうっと、トムのからだにしのびよる。それから、ほんのしばらくして、彼は手の力をゆるめた。そうっと、注意しいしい、周りの寝息をうかがいながら、トムは手を前にひきよせた。ちょっとためらい、息を大きく吸いこんで、少年はそろそろ手を開き、小さな絵のきれはしを伸ばした。

　月光のなかで、みんなはひっそり眠っている。

　少年の手のうえにのっているのは、ほほえみだった。

　暗い空から注がれる、ほの白い照明の下で、少年はそれにじっと見入った。そして、何回も何回も、静かに自分に言い聞かせる——ほほえみだ。美しいほほえみだ。

　一時間ほどたって、そのきれはしを大切にしまい込んだ後までも、少年はそのほほえみを見つづけていた。目を閉じても、あのほほえみは暗闇のなかに浮かんでいる。少年が眠りに落ちて、この世はひっそりと静まり、月がゆっくりと冷たい空をよぎって明日の朝へと向かっていっても、ほほえみはちゃんとそこに残っていた。あたたかく、やさしく。

# 四旬節の最初の夜
The First Night of Lent

それじゃあ、きみはアイルランド人のすべてを知りたいというのだね？　彼らがおのが運命をどう受けとめるか、そして何が彼らをそうさせるか？　それを、きみは知りたいのか。よろしい、では聴きたまえ。ぼくの知っているアイルランド人といえば、この世でたった一人だけだけれども、その代わり、百と四十余夜というもの、毎夜を彼と共にしたのだ。よく見つめれば、きみはこの男のうちに、雨の中から現われ、霧の中に消え去るこの種族のすべての姿を見るだろう。そら、彼らがやって来る！　見ろ、あそこを彼らが通ってゆく！

このアイルランド人、名前をニックといった。

一九五三年の秋のさなか、ぼくはダブリンで映画の仕事に手を出していた。毎日、午後になると、借り切りのタクシーがリヴァー・リフィから三十マイル離れた、ジョージ王朝風の大きな灰色の田舎家にぼくを運んでくれる。その中で、ぼくの製作者兼監督が仕事をしていたのだ。永い秋、冬、そして早春となる頃まで、ぼくらは毎日、ぼくの脚本を九頁ずつ検討し合ったものだ。そして毎夜、深更に至り、アイルランド海へ、ローヤル・ヒバーニアン・ホテルへ帰れるということになると、ぼくはキルコック村の交換手を起こし、たとえ火の気がなくとも、一番あたたかいあの場所へつないでくれと言った。

「ヒーバー・フィンの酒場《パブ》かね？」つないでもらうと、ぼくはそう怒鳴る。「ニックはいるか？　ここへニックを呼んでもらいたいんだが」

ぼくの心の中にこんな情景が浮かぶ。土地の若者たちが一列になって、カウンター越しに、きずだらけの鏡をまるで氷の張った冬の池を見るように覗きこみ、その美しい氷の下ふかく沈んだ自分たちを眺めているような気分でいる。そのひしめきのさなか、ざわめきのさなかに、ぼくの運転手——ニックは、むっつり黙りこくっているのだ。ヒーバー・フィンがニックを呼ぶ声が聞こえ、ニックが立ち上がって、こう答えるのが聞こえる。

「わかったよ、今行くところだあね！」

ぼくには、この「今行くところだあね！」という言葉が、ヒーバー・フィンのすばらしいムードによって醸し出される繊細な会話が損なわれ、品位が傷つけられて、気分を大いにこわすということにはならないことがわかっていた。それよりむしろ、そういう言葉が一種の解放感をあたえ、大方の人間の共感を得るのであり、人間の尊厳などは、みなに敬遠されドアが立てきってある、酒場のずっと向こうのあいている場所へと、体よく押しやられてしまっている。こうして、いくつもの言葉のきれはしが、しゃがれた叫びの応答によって、まとめられ、合わせられ、うちつけられて翌朝までつづき、言葉は形を与えられると、たちまち休む間も考えるひまもなくやりとりされるのだ。

こうして、ぼくはニックの真夜中の旅の大部分——ヒーバー・フィンにいる間——が三十分になる意味がわかってくる。彼の真夜中の旅の短い部分——フィンの酒場から、ぼくが待っている家までの間——は、たった五分だ。

ところで、それは、四旬節（キリスト教で、復活祭前の四十日間の斎戒期。キリストの四十日間の断食修行を記念するもの）に入る前の晩のことだった。ぼくは電話をかけ、待った。

ようやくのことで、夜の森を通って、一九三一年のシボレーがのたうちながらやって来た。ニックみたいに頭から泥をかぶっている。車も運転手も、田舎道を突き進みながら、ぜいぜい言い、溜め息をつき、ゆっくり、そろりと、息を切らして走ってきた。ぼくは、月はないが星のいっぱい出ている夜の中を、手さぐりで正面入口の階段の所まで出て行った。

車の窓から、ぼんやりした暗闇を覗きこむ。ダッシュ・ボードの明かりは、もう何年も前に消えているのだ。

「ニックかね……？」

「ほかでもねえ、あっしで」彼はそっとささやいた。

「すばらしくあったかい晩で」

温度は五十度（華氏。摂氏では約十度）だった。しかし、ニックはティッペラリィ海岸線より先に、ローマへ近づいたことはない。つまり、温度なんて相対的なものだ。

「ああ、あったかい晩だな」ぼくは前部座席にもぐり込んで、悲鳴を上げるドアを力一杯、くだけよとばかりに閉めた。「ニック、ここのところどうだね？」

「ああ」彼は車を田舎道にこすりつけたり、はねあがらせたりしている。「ぴんぴんしてらあね。あしたは、おめでてえ四旬節でしょうが？」

「四旬節」と、ぼくは考えにふけった。「四旬節の断《た》ちものは何にするつもりなんだい、ニック？」

「そいつを、よっく考えてみたんですがねえ」ニックは急に煙草を吸い出した。ピンク色でしわだらけの彼の顔が煙に見え隠れする。「ところで、このあっしの口につっ込んである、とんでもねえ代物をどう思います？　金歯みたいにいやらしく口に慣れやがって、肺の中いっぱいにはびこるしね。こんなものを続けてた日にゃ、一年の間にゃ、ずいぶんの損になるわけだ。だから、この四旬節の間は、このいやなやつに、あっしの口からおいとまをくれようと思ってね、そのあとはともかくさ！」

「ブラヴォー！」煙草を吸わないぼくは、こう言った。

「あっしも自分にブラヴォーって、言ってやりたいね」ニックはこう言って、煙に片目を細めた。

「うまくやるんだな」と、ぼくは言った。

「うまくやりてえね」ニックはささやいた。「どうも、禁煙てえのは大変なことだからな」

それから、ぼくたちは安定した速度、注意深い運転ぶりで、泥炭地の谷間を通り、もやを抜け、一時間に三十一マイル、ゆっくり時間をかけながらダブリンにたどりついた。

　ぼくは、こう強調するのを、許していただきたいと思う。ニックはこの世でもっとも用心深い運転手だった。あなたの記憶にある、ちゃんとした、小さな、静かな、バターとミルクを産出するどんな国をも含めたこの世で。

　とりわけ、ニックは無垢の心をもっていた。ロサンゼルスやメキシコ・シティやパリの、自分の運転席に身を沈めるや、たちまち、偏執狂《パラノイア》みたいになってしまう者たちに比べると、尊い存在とさえ思われた。また、錫杯や杖はあきらめたものの、その代わり、ハリウッド好みのサングラスをつけ、ヴェネト街道をとっぴょうしもない笑い声をあげながら走り、競走車《レース・カー》の窓から謝肉祭の大砲のようにブレーキを叫ばせながら走る、まるで無軌道な男たちに比べてもだ。ローマの荒廃ぶりを見るがいい。そこいらに屑が撒き散らされている。それもこれも、自動車乗りのバカ共たちが残していったのだ。奴らは、ホテルの窓の下で一晩中、ローマの小路いっぱいに叫びを響かせている。まるでコロセウムのライオンの穴へ突き落とされた、クリスチャンの悲鳴さながらだ。

　さて、ニックに話を戻そう。空から星くずが舞い落ちるような冬の雪、ちょうど、その雪が地上に積もる風情《ふぜい》で、静かにそうっと、ハンドルを愛撫しながら、時計の針が時をきざむように、ニックはハンドルを扱う。道路も魅了するような、夜のしじまに響く、彼の深みのある声音を聴くがいい。足はつぶやきつづけるアクセルのうえに、軽く、やさしく当てられて、三十マイルに速度が落ちることもなければ、三十二マイルを超えることもない。ああ、ニック、ニック、彼のあやつる舟は、時のまどろむ、あまくやさしい湖のうえを静かにたゆたう。まあ、あの運転手たちと比べてみるがいい。こうして、いつの間にか時はたち、彼にいくばくのチップを与え、彼の手を温かくにぎって、毎夜の旅は終わるのだ。

「おやすみ、ニック」ぼくは、ホテルの前で言う。

「また、明日たのむよ」

「よろしゅうござんす」と、ニックはささやく。

そして、ゆっくり行ってしまう。


二十三時間というもの、睡眠、朝食、昼食、晩餐、寝酒、それから、脚本の書き直しに時間は霧と雨の中に消え去り、その次の夜、ぼくはまた、あのジョージ王朝風の建物から姿を現わした。霧の中でも、そこにいるはずの車の所在を、勘のよい盲人のように感じながら、階段を降りてゆくぼくの前に、車の扉は暖かい暖炉の色を投げかけていた。そしてその、ぜんそく病みのエンジンの音が暗闇の中で大きくあえぐのが聞こえ、ニックのいわゆる「あんまり出るので、ありがたみのない」咳の音も聞こえてきた。

「やあ、そこにいたんですかい！」と、ニックは言った。

そこで、ぼくは大好きな前部座席へ乗り込み、ドアをぴしゃりと閉めた。「やあ、ニック」ぼくはほほえみながら、言った。

と、そこで、意外なことが起こった。車が大砲から激しく撃ち出されたかのように、ぐんと前へ飛び出すと、うなりを上げ、つっ走り、はねあがり、横すべりし、身を投げ、そして、生い茂るいばらや、ねじ曲がった木影のなかの道をしゃにむにつき進んだ。ぼくは向こう脛を傷つけ、頭を車の天井に四回もぶつける始末だ。

ニック！　ニック！　ぼくは悲鳴を上げんばかりだった。ニック！

ロサンゼルスやメキシコ・シティやパリの悪しき面影が、胸の中をよぎる。ぼくは大あわてで、速度計を見つめた。八十、九十、百キロ。ぼくらは砂利をはじき立てながら、メイン・ロードを飛ばした。橋を押し渡り、キルコックの真夜中の通りを疾駆する。町をはなれるやいなや、速度はたちまち百十キロとなり、ぼくらが叫びとともに飛び越すとき、アイルランドのすべての草々が伏しおそれるかに、ぼくは感じた。

ニック！　ぼくは心に念じ、ふりむいた。彼はそこにいる。いつものニックらしいところはただひとつだった。火のついた煙草を口にくわえ、片目を代わるがわるつぶっている。

しかし、その煙草をくわえているニックの他のところは、彼自身が悪魔と成り代わり、その心を盗み、取りつき、黒い手で彼を燃やしつくしたかのように、まったく変貌していた。その彼はハンドルをぐるぐるとまわし、あっと思う間に、ぼくらはまっしぐらに高架線の下を抜け、トンネルを通り、つむじ風の中の風見鶏のように、交差点標識に突き当たらんばかり、ぐるぐるまわっている。

ニックの顔は、もはや知性のかけらさえなく、両眼にはやさしさも哲学的な光も見えない。口許には、寛容さも平和の色も失われていた。荒々しい粗野な表情、煮えたぎり、皮をむかれたじゃが芋のような顔だった。いや、容赦なくぎらぎらと光を注ぎかける、目もくらむようなサーチライトのような顔つきだ。いっぽう、彼の手は蛇のように動き、ぼくらの身体は、車がカーブにさしかかるたびに横転し、夜の断崖にさしかかるたびに、跳び上がった。

これはニックじゃないぞ、とぼくは思った。こいつはニックの兄弟かなにかだ。それとも、なにか恐ろしい物の怪《け》が彼の身内に入りこんだのだ。なにかまがまがしい病いか災難がふりかかったのだ。家系的な悲運とか、病いとかいったものが——。そうだ。そのせいなんだ。

やがて、ニックが口をきいた。その声も違っている。沼地のようになめらかで、芝生のようにしっとりとして、氷雨の中でも暖かい火を思わせるあの声の調子はなかった。やわらかい草のような調子は失われている。その声は、まるで鉄とブリキでできたような、トランペットか、クラリオンのように、かたい感じでぼくの耳に響いた。

「ごきげんはどうです！」と、ニックは叫んだ。「どんな気分です！」

　そして車自体も、手荒な扱いにすっかりまいっていた。この変化に悲鳴を上げていたのだ。そう、これは古びてすっかりほうぼうが傷み、その年季をつとめあげた今となっては、呼吸や骨の節々にもそっと気を使いながら、死ぬのを待っている、くたびれた浮浪者のように、ただもうゆっくりと走ることを願っていた。しかし、ニックはそんなことには頓着なしで、地獄へまっしぐら、ばらばらになれと言わんばかりの勢いだった。たとえ、地獄でも、その彼の冷たい手を暖めるには、特別な火が要っただろう。ニックが身体を傾ければ、車も傾いた。青いガスが排気口から火となって噴き出している。ニックの身体も、ぼくの身体も、車体も、みんな、ばらばらになり、ぶるぶるふるえ、手荒くきしんだ。

　ぼくが正気だったのは、骨をひどく痛めつけられていたというそれだけのことでだ。ぼくの両眼は、不慮の跳び上がりにそなえて、奈落の底から噴き上げる熱気のように、そこで燃え立っている男の上に、じっと注がれていた。両手はすぐに使えるように、準備おさおさ怠りない。

「ニック」ぼくはあえぎながら言った。「今日は四旬節の最初の夜だな！」

「そうでしたかい？」ニックは言って、驚いた様子だった。

「そうだよ」と、ぼくは言った。「おまえの四旬節の断《た》ちものを憶えているが、なぜ、煙草をくわえてるんだ？」

　ニックは一瞬、ぼくの言う意味が受けとれかねていたようだが、視線を落とすと、立ち昇る煙に目をやり、肩をすくめた。

「ああ」と、彼は言った。「ほかのものを断つことにしたんでさ」

　そして、ふいにすべてがはっきりした。

　過ぎにし百と四十余の夜、あの古めかしいジョージ王朝風の家の扉口で、ぼくは製作者から、スコッチかバーボンか、そんな強い酒を寒さしのぎに一杯ふるまわれていた。そして、灼けただれ、炭のようになったぼくの口から、夏のコムギかオオムギかカラスムギか、とにかくそんな息を吐きながら、あの男のタクシーが待っている所まで歩いていったのだ。ぼくが電話をかけるまで、長い夜々をヒーバー・フィンの酒場で時間をつぶしていてくれた、あの男が。

なんてことだ！　とぼくは思った。そんなことを忘れてしまっていたとは！

庭に木を植え、実をつける行為に似た、せわしない人々の間に交わされる、ヒーバー・フィンでの、あやなす会話の数々。誰もが自分の種子や花々を撒き散らし、鋤鍬《すきくわ》ならぬ自分の舌を、そして背の高い泡立つグラスをあやつって、好みの酒を愛《め》でながら、いつ果てるともない夜語りに時を忘れるあの場所でこそ、ニックはおのれを恍惚境においていたのだ。

そして、その恍惚がやわらかい雨となって、彼のいらだつ神経をしずめ、全身から凶暴な血を追いはらっていたのだ。その雨はまた彼の顔にも降り注いで、そこに潮の満ちるごとき叡智《えいち》の影、プラトンやアイスキュロスの面影を宿していたにちがいない。酒のもたらすその陶酔が、彼の頬を紅《くれない》に染め、彼の瞳を和《なご》ませ、彼の声に、低いしわがれたあの靄のかかったようなひびきを与え、彼の胸うち深くひろがって、その心臓の鼓動までも、やさしくゆるやかなリズムに乗せていたのだ。また、それが彼の腕にも注いで、このおそろしいハンドルをとる逞しい腕《かいな》をやわらげ、ぼくたちとダブリンをへだてる霧のなか、静かに落ちついた彼を運転席に坐らせていたのだ。

そして、ぼく自身、舌に酒の香をのこし、血管には沸き立つアルコールの流れていたぼく自身、どうして、この旧友が酒くさかったことに気がつこう？

「ああ」ニックはもう一度言った。「そうなんでさあ。ほかのものを断っちまったんでさ」

ジグソー・パズルの最後の一字がわかったのだ。

今夜は、四旬節の最初の晩だった。

これまで夜ごとニックに車を運転してもらっていたのだが、彼がシラフなのは今夜がはじめてだったのだ。

これまでの百と四十余の夜、ニックはぼくの身をおもんぱかって、ああした細心の運転をしていたのではなかった。それどころか、それはただ、大鎌に似たカーブを過ぎるたびに、彼の身うちをあちらこちらと転げまわる、あの酔い心地の快き重みのせいだったのだ。

ああ、アイルランド人というやつは！　とぼくはうなった。いったいどういう気でいるのか？　ニックだと？――ニックとは誰のことだ？――どこの誰だ？　どのニックが本当のニックなんだ？　どれが本当の、誰でもが知ってるニックなんだろう？

そんなことは考えまい！

ぼくにとってはただ一人のニックがいるだけだ。その空、その水、その種子蒔きと実りと、飼料のフスマやモロミと、酒と壜詰めと、その大盤振る舞いと、その夏草色の酒場にあふれるざわめきと、麦畑の夜風に吹かれるそぞろ歩きにいろどられたアイルランド。森を、沼地をさまよえば、どこからともなくささやきが聞こえる。それがニックだ。ニックの歯だ、瞳だ、心臓だ。彼のゆったりした両の手なのだ。アイルランド気質《かたぎ》とはなんぞやと訊かれたら、ぼくは黙って道を指し、ヒーバー・フィンへの曲がり角を教えよう。

四旬節の最初の晩、九つと数えないうちに、ぼくらはもうダブリンに着いていた！　ぼくはまだうなっている車から、歩道へ降り立ち、身をかがめて運転手の手に料金を渡した。じいっと、訴えかけるように、心からのありとあらゆる親愛の情をこめて、ぼくはこのすばらしい男の、ごつごつした奇妙な、タイマツのような顔を覗きこむ。

「ニック」と、ぼくは言った。

「へえ、旦那！」と、彼は威勢がいい。

「たのみがあるんだが」

「なんなりと！」

「つりはいいから、それでできるだけ大きな地酒の瓶を買ってくれ。そして明日の朝、ぼくを迎えにくるまでには、そいつをすっかりカラにしちまってくれ、ニック。いいか、たのんだよ、ニック、後生だから、約束してくれよ！」

彼は考えこみ、そのために彼の顔の、荒涼たる炎は消え去った。

「とてつもねえことを言わっしゃる」と、彼は言った。

ぼくは彼の手にむりやり金をつかませた。ようやく彼はそれをポケットにしまい、むっつり顔を前に向けた。

「おやすみ、ニック」とぼくは言った。「また明日な」

「神様が許してくださりゃね」と、ニックは言って、車を走らせた。

# 旅立つ時

The Time of Going Away

　三日三晩、その考えは熟していった。日中、彼は、それを熟《う》れた桃の実のように頭にしまって持ち歩いた。夜、それは静まりかえった空中にぶら下がり、荒野の月や星に色づき、果肉《にく》をつけ、養分を吸った。明け方、静寂のなか、彼はその考えのまわりをめぐりめぐった。四日目の朝、彼は目に見えぬ手を伸ばしてそれをもぎ取り、丸ごと呑み込んだ。

　彼はすばやく起き上がり、古い手紙をすっかり燃やし、小さなスーツケースに少しばかり着換えを詰め、烏の羽毛のように黒光りのするネクタイを結んだ。まるで喪中の恰好だった。背後で妻が、今にも舞台にとび上り、芝居を中止させようと身構えている批評家のような目で、彼のこのささやかな芝居を監視しているのを、彼は感じた。彼は妻の横をすり抜けるとき、小声で言った。「失礼します」

「失礼します——ですって？」彼女は叫んだ。「言うことはそれだけなんですか？　こそこそと旅行を計画していたくせに！」

「計画なんかしやしないよ。偶然こうなっただけだ」と彼は言って、「三日前から予感がするんだ。死ぬっていう予感が」

「馬鹿おっしゃい。いらいらしますよ、そんなこと聞くと」

　地平線が彼の目にぼんやりと浮かんだ。「血のめぐりも遅くなった。骨もギクシャクして、天井裏で梁《はり》が動いたり、埃が積もるのを聞くみたいだ」

「あなたは、まだ七十五じゃありませんか。両の足でしゃんと立ってるし、目も見えるし、耳も聞こえるし、ものも食べられるし、それによく眠れるし。何を馬鹿なこと言ってらっしゃるの？」

「自然の声がわしにそう囁いたのだ」老人は言った。「文明っていう奴は、人間を自然な自己から遠くへ連れ去ってしまった。異教の島の民を見てごらん――」

「馬鹿らしい！」

「誰だって知ってるじゃないか――異教の島の民は、死ぬ時がちゃんと分かるってことぐらい。彼らは友だちに別れの握手をしてまわり、財産をみんなに分けてやって――」

「彼らの奥さんたちは、なんにも言わないの？」

「奥さんにも財産を残してゆくのさ」

「そうでござんしょうとも」

「それから、友人たちにも――」

「ええ、そうでしょうとも！」

「友人たちにもだよ。それから丸木舟を夕日に向かって漕ぎ出し、不帰の客となるのだ」

妻は、よく枯れた材木のような彼を見上げた。「そんなの、逃亡ですよ！」と、彼女は言った。

「いや、ちがうよ、ミルドレッド。それは死だよ――単純明解な死なんだ。〈旅に出る〉――そう彼らは言ってるがね」

「そういう男たちがどうなったか、見届けた者でもいるんですか？――丸木舟を雇って、尾《つ》けていって」

「もちろん、おらんさ」老人は、いささかいらだたしげに言った。「そんなことしたら、何もかもぶちこわしだよ」

「別の島に、別の奥さんやきれいなお友だちでもいるっていう意味？」

「いや、いや。男は、血が冷たくなってくると、孤独と静穏が欲しくなるんだ」

「そういう男たちが、本当に死んだって証拠でもあるんなら、あたしも黙りますけどね」彼の妻は片目を細めた。「誰か、男たちの骨を遠くの島々で見つけた人でもありますの？」

「死期が近づいたのを知った動物たちのように、彼らは夕日に向かって漕ぎ出して行くだけだ。それから先のことは、知りたくもないね」

「そうでしょうとも」老婦人は言った。「あなたはまた〈ナショナル・ジオグラフィック〉で象の骨場のことを読んでらしたのね」

「墓場だ、骨場じゃない！」と、彼は気色ばんだ。

「墓場、骨場——あんな雑誌は燃やしてしまったつもりだけど。あなた、まだ隠しておいたのね」

「ねえ、ミルドレッド」と、彼はスーツケースを持ちなおして宣言した。「わしの心は北を向いている。お前がどんなにがなったところで、南に向きゃしないよ。わしの気持ちは、原始の魂の尽きせぬ秘密の泉に向かっているんだ」

「あなたってひとは、いつだって、あの泥臭い雑誌に書いてあったことに心が向いてしまうんですからね」そう言って彼女は、指を一本つきつけた。「あたしが憶えていないとでも思ってらっしゃるの？」

彼は肩を落とした。「もう、まくし立てるのはやめてくれ、お願いだから……」

「毛むくじゃらのマンモスの話はどうなったの？」彼女は訊いた。「三十年前、ロシアのツンドラで冷凍の象が見つかったときのことは？　あなたとお人好しのサム・ハーツが、マンモスの肉の缶詰で世界市場を独占するんだと言って、シベリアへ出掛けようとしたじゃありませんか。あたしが忘れたとお思いになって？あなたは言ったわ——『一万年も昔に絶滅したシベリアのマンモスの、一万年もたった軟肉が家庭の食卓で味わえるとなりゃ、ナショナル・ジオグラフィック協会のお歴々がいくら払うと思うかね！』って。そのときの打撃から、あたしがもう回復したとお思いになって？」

「はっきり憶えているよ」と、彼は答えた。

「絶滅したオセオス族とかを探しに、ウィスコンシンのどこだかへ行き、土曜の夜毎に町に駆けつけ、大酒飲んで、あの石切り場へ落っこって脚を折り、三晩もあそこに寝ていたことを、あたしが忘れてしまったとでもお思いなの？」

「お前の記憶は完璧だよ」と、彼は言った。

「それだのに、今度は何の真似――異教の島民だの、旅立つ時だのって？　冗談じゃありませんよ――今はおとなしく家にいる時ですよ。木から果実が手にころがりこんでくるような場合じゃなくって、欲しけりゃお店までとことこ歩いていくべきですよ。なぜ歩いていかねばならないか、ですって？　このうちの誰かさんが、だいぶ前に、自動車を時計みたいに分解して、バラバラのまんま庭にほったらかしておいたからですよ。うちの庭で自動車の部品を集めはじめてから、こんどの木曜日で十年にもなりますわ。もう十年もたてば、うちの自動車の残骸はひと握りの錆《さび》になっているでしょう。窓の外を見てごらんなさい！　落葉をかき集めて燃やす時ですよ。木を伐って暖炉の薪をつくる時です。そして、ストーヴを掃除し、雨戸を立てる時ですよ。また、屋根板を葺《ふ》く時ですよ、ほんとうに。それがいやで逃げ出すおつもりなら、もう一度考えなおしてくださいな！」

彼は胸に手を置いた。「裁きの日のために心を配るわしの気持ちを理解してもらえないとは、嘆かわしい限りだ」

「〈ナショナル・ジオグラフィック〉が頭の変な老人の手に入ったことこそ、嘆かわしい限りですわ。あなたはあの雑誌を読むと夢想におちこみ、いつもあたしが尻拭い。屋根裏や車庫や地下室にある、出来損ないのボートやヘリコプターや蝙蝠《こうもり》型の翼をもった一人乗りのグライダーを、〈ジオグラフィック〉とか〈ポピュラー・メカニクス〉の編集者たちに見せてやりたいわ。見せるだけじゃだめ、持って帰ってもらうわ！」

「まくし立てるがいい」彼は言った。「お前の前に立っているこのわしは、忘却の波間に沈みゆく白い小石だ。後生だから、平和な死の旅路につかせてくれ」

「忘却にはまだだいぶ時間がかかるわ――燃えさかる火の前で石のように冷たくなるまでには」

「冗談じゃない！」彼は言った。「自分の死期を認めることが、虚栄にすぎないというのか？」

「あなたはそれを、嚙み煙草みたいに嚙んでいるんだわ」

「もうたくさんだ！」彼は言った。「わしの財産は勝手口に積んである。救世軍に寄付してくれ」

「〈ナショナル・ジオグラフィック〉もいっしょに？」

「ああ、〈ナショナル・ジオグラフィック〉もだ！　さあ、どいてくれ！」

「死にに行くのなら、着換えの詰まったスーツケースはいらないんじゃありません？」と、彼女は訊いた。

「構わんでくれ！　死ぬまでにまだ数時間はある。最後の人間らしい安楽さえ、願ってはならんというのかね？　優しかるべき別離の場面に、にがにがしい非難、皮肉、疑惑の言葉を投げかけるとは――」

「よろしうございますわ」彼女は言った。「さあ、森へ行って、寒い夜をお過ごしなさいな」

「森へ行くとは限らんよ」

「イリノイの男が死にに行くのに、ほかにどんな場所があるんです？」

「そりゃ――」と、彼は言って、口ごもった。「本街道ならいつでも通れるさ」

「そう、そして自動車に轢かれるのね。それを忘れていたわ」

「ちがう、そうじゃない」彼は目を固く閉じ、そしてあけた。「夜の森や荒野を通って、遠くの湖に通じる、どこへでも通じる、人気《ひとけ》のない横道がある……」

「それじゃ、丸木舟を借りて、水のうえを渡るんですの？　憶えてるでしょう――防火用水に落っこって、あやうく溺れ死にするところだったのを？」

「誰が丸木舟のことを言った？」

「あなたが言ったわ！　異教の島の民が偉大なる不知の境に漕ぎ出す、って言ったでしょう」

「それは南洋諸島の話だ。ここでは、人は歩いて自然の根源をさぐり、自然な末期を求めるんだ。わしは北へ進むんだ――ミシガン湖畔に沿い、砂丘を越え、風とたたかい、波浪をあびて」

「ウィリイ、ウィリイ」と、彼女はやさしく言い、首を横に振った。「おお、ウィリイ、ウィリイ、あたしは何をしてあげればいいの?」

彼は声をひくめた。「思いどおりにさせてくれさえすればいいんだ」と、彼は言った。

「ええ」と、彼女はおだやかに言った。「ええ」涙が目にあふれる。

「さあ、さあ」と、彼は言った。

「おお、ウィリイ……」彼女はしばらく彼を見つめていた。「あなた、本当に心から死が近いと思ってらっしゃるの?」

彼は、彼女の目におのれの姿が、小さいがはっきりと映っているのを見て、きまり悪げに目をそむけた。

「わしは一晩中、人を運び来《きた》り運び去る宇宙の潮のことを考えたんだ。今や朝だ。さようなら」

「さようなら、ですって?」今までそんな言葉を耳にしたことがなかったかのような様子だった。

彼の声はよどんだ。「もちろん、お前があくまでもとどまれと言うんなら、ミルドレッド——」

「いいえ!」彼女はきっと力んで、鼻をかんだ。「いったんこうと思いこんだら、あとにはお引きにはならない人ですもの。あたしには止められませんわ!」

「ほんとにそう思うかい?」

「あなたはそういう人ですわ、ウィリイ」と、彼女は言って、「さあ、お出掛けなさい。外套《コート》を着て——風が冷たいわ」

「だけど——」と、彼は言った。

彼女は小走りに走ってコートをもってきて彼の頰にキスし、彼が熊のように彼女を抱き寄せるすきをも与えず、さっと身を引いた。彼は暖炉のそばの大きい肘掛け椅子を見やりながら、口をもぐもぐ動かした。彼女は玄関の戸をさっと開いた。「食べ物をおもちになった?」

「食べ物は要らん……」彼は口ごもった。「鞄のなかにハム・サンドイッチとピクルスが入れてある。ひとつだけだが。それで足りるだろう……」

彼は玄関を出、石段を降り、森に向かって小道を歩いた。彼は振り向き、何か言おうとしたが思いなおして、手を振り、また歩きはじめた。

「ねえ、ウィル」と、彼女は呼びかけた。「むりしないでね。最初は、あまり速く歩かないほうがいいわよ。疲れたら、腰をおろし、お腹が空いたら、食べるのよ！　それから……」

しかしここで彼女は息をつまらせ、うしろを向いてハンカチをとり出した。

しばらくして、彼女は小道を見透かしてみた。一万年ものあいだ、人っ子ひとり通わなかった道のようだった。人影が見えないので、詮なく彼女は家に入り、ドアを閉めた。


夜の九時、九時は十五分すぎ、星は輝き、月は丸く、家の灯りはカーテン越しに木いちご色の光を漏らし、煙突は彗星の尾のような火を噴き、暑い吐息をついた。煙突の下では鍋やフライパンや刃物の音がし、炉床には大きなオレンジ色の猫のように火が燃えていた。台所の大きな鉄のストーヴには火がおどり、フライパンには油がたぎり、泡を吹き、湯気が空中にただよっていた。ときどき、老婦人は、目をそばだて、口をそばだてて、この家、この火、この食べ物の外の世界に注意を向けた。

九時半。遠くからコトコト、コツコツという音が聞こえてきた。

老婦人は背を伸ばし、スプーンを置いた。

外では、にぶいコツコツという音が、月下に幾度もした。物音は三、四分つづき、そのあいだじゅう、彼女はほとんど身動きしなかった。音のするたびに口許を引きしめ、こぶしを握りしめるばかりだった。音がやむと、彼女はストーヴに駆け寄り、かきまぜ、注ぎ込み、持ち上げ、運んで、食卓をととのえた。

ちょうど支度をしおえたとき、窓の外の暗がりから新たな音がした。足音がゆっくりと小道を近づき、重い靴が玄関の踏み石にかかった。

彼女は戸口に行き、ノックを待ちうけた。

物音はしなかった。

彼女はまる一分間待った。

外のポーチでは、大きな人影が動き、落ち着かぬ様子で往きつ戻りつしていた。

とうとう彼女は溜め息をつき、戸口に向かって鋭く呼びかけてみた。「ウィル、そこで息をしているのはあなたなの?」

答えはなかった。あやしげな静けさが戸の外にあるばかり。

彼女は勢いよく戸を開け放った。

老人がそこに立っていた――信じられぬくらい大量の薪を腕にかかえて。

「煙突の煙が見えたんでね。薪がいるんだろうと思ったんだ」と、彼は言った。

彼女は道をあけた。彼は入ってきて、彼女の顔を見やりもせずに、薪を暖炉のそばに用心深く置いた。

彼女はポーチを覗き、スーツケースをとり上げて運び込み、ドアを閉めた。

彼が夕食の食卓についているのを、彼女は見た。

彼女はストーヴにのっているスープをかきまぜ、ゆだつ大きな渦巻きを作った。

「オーヴンにロースト・ビーフが入っているのかい?」と、彼がおだやかにたずねた。

彼女はオーヴンの蓋をあけた。湯気が部屋をただよい、すっぽりと彼を包んだ。彼は腰かけたまま目をつぶり、湯気にゆあみした。

「きなくさい臭いもするが、燃えてるのか?」しばらくして彼は訊いた。

彼女は背を向けたまま待っていたが、やがて口を切った。「〈ナショナル・ジオグラフィック〉よ」

彼はゆったりと頷いた――何も言わずに。

あたたかくジュッジュッと音をたてている食べ物が食卓にのり、彼女が腰をおろし、彼をじっと見つめてから、しばらく沈黙があった。

「お祈りをおやりになりません?」と、彼女は言った。

「お前がやってくれ」

彼らは、赤々と火が燃えるあたたかい部屋に腰をおろし、頭を垂れ、目を閉じた。彼女はほほえみ、そしてはじめた。

「主よ、感謝いたします……」

# すべての夏をこの一日に

All Summer in a Day

「いいかい？」

「いいよ」

「もう？」

「すぐさ」

「科学者たちは、ほんとうに知っているのかしら？　ほんとうに今日なのかしら？」

「見なよ。見なよ。自分の目でたしかめるんだ！」

　子どもたちは、たがいにからだを押しつけあった。花咲きつどう薔薇のように。叢《むら》がり茂る雑草のように。折り重なってひと塊に、隠された太陽をひと目見ようと、外を窺《のぞ》いた。


外は雨。

　七年のあいだ、降りつづいている雨だ。幾千日も、幾千日も、やって来る日はまた次の日へ、雨につながれ、雨に埋まった。雨のドラムに、滔々《とうとう》の水に、燦《きらら》かの水晶ちらす夕立に、島々おおう大津波かとどよめく嵐に。幾百もの大森林は雨につぶされ、またつぶされるために、幾百たびも生い茂った。そうして、これが金星での、涯《はて》なくつづく生活のありようなのだ。そうして、ここは雨の世界へ、文明を打ちたて、その生活を築こうと、ロケットでやって来た人々の、子どもたちの教室なのだ。

「やみかけているぞ。やみかけている！」

「ほんとだ。ほんとだ！」

　マーゴウはみなから離れて、立っている。雨が降り、雨が降り、雨が降りつづけていない日を、思い出せない子どもたちから離れて。子どもたちはみんな九つ。七年前のある一日、太陽が一時間だけその貌《かお》を、あっけにとられている世界に、見せたことがあったとしても、みんなには思い出せない。ときには夜ふけに、思い出して、みんなが騒ぐことがある。それでマーゴウは、みんなが金色や黄色のクレヨンか、世界じゅうを買いしめられるくらい、でっかい金貨を思い出して、夢みているのを知るのだった。みんなはぬくみも、憶えている気でいるらしい。顔や、からだや、腕や、足や、ふるえる手などが、赤らむようなぬくもりを。けれど、単調なドラムにいつも目を覚ませば、はてしなく振り落とされる透明な玉の首飾りが、屋根に、道に、庭に、森に。たちまち、みんなの夢は消える。

きのうは一日、教室で、太陽のことを勉強した。どんなに檸檬《れもん》に似ているか、どんなに熱いか、ということを。そしてみんなは、短い作文や、感想や、詩を、それについて書いたのだ。

　太陽は花だとわたしは思います。
　一時間だけ、ひらく花です。

これはマーゴウが作った詩。外には雨が降りしきる、鎮まりかえった教室で、静かな声に読みあげられた。

「ふん、それはきみが書いたんじゃないな！」と、男の子がひとり、文句をつけた。

「あたしが書いたのよ」と、マーゴウは言った。「自分で作ったんだわ」

「ウィリアム！」女の先生がたしなめた。

けれど、それはきのうのこと。いまは雨も弱まって、大きな厚い窓々に、子どもたちは押しよせている。

「先生、どこへ行ったんだろう？」

「すぐ来るさ」

「早く来てくれないと、見損なっちゃうぞ」

あっちに呼びかけ、こっちに話し、火のついた鼠花火みたいに、ぐるぐるみんなはまわっていた。

マーゴウだけが、ひとり離れて立っている。雨の中に道を迷って何年か、目からは青を、口からは赤を、髪からは黄を、その雨に洗い落とされてしまったような、いたって華奢な少女だった。アルバムから剝ぎ捨てられた古い写真みたいに、まっしろけで、ものを言ったら、声の幽霊になりそうだ。彼女はいま、みんなから離れて立って、厚いガラスのその向こうに、雨を見つめ、濡れて響いている世界を、じっと見つめているのだった。

「なにを見てるんだい?」と、ウィリアムが言う。

マーゴウはなにも言わない。

「話しかけられたら、返事くらいしなよ」彼は彼女を突っついた。けれど、彼女は動かない。ただ彼の力だけ、自分を動くにまかせた、というだけだ。

みんなは、だんだん離れはじめた。やがては彼女を見ようともしなくなる。みんなが離れていくのを、彼女は感じた。こんなあつかいをうけるのも、地底の都市の木霊《こだま》するトンネルで、みんなとちっとも遊ばないからだ。みんなが彼女を鬼にして、走りだしても、目をぱちぱちさせて立っているだけ、追おうとはしない。教室じゅうが声をそろえて、幸福や、生活や、遊戯の歌をうたうときにも、彼女のくちびるは動かない。そのくちびるが動くのは、太陽と夏とを歌うときだけだ、濡れそぼつ窓を見まもりながら。

もちろん、中でもいちばんの罪は、彼女がここへ地球から、わずか五年前に来たばかり、ということだ。彼女は太陽を憶えている。四つのときにオハイオで、太陽がどんなだったか、空がどんなだったか、憶えている。ところがみんなは、みんなは金星で生まれたのだ。この前に太陽が見えたときには、まだふたつ。その色、その熱、その様子、ほんとのところは、とうに忘れてしまっていた。だが、マーゴウは憶えている。

「銅貨に似てるわ」目を閉じて、彼女は言ったことがある。

「そんなことないやい!」子どもたちは叫んだ。

「火に似ているわ」と彼女が言う。「ストーブの中の」

「うそ言ってらあ。きみは憶えていないんだ」子どもたちは叫んだ。

けれど、彼女は憶えている。そして、誰からも離れて立って、雨の縞模様を描く窓を見ている。ひと月前、学校のシャワー・ルームで、シャワーを拒んだことがあった。耳と頭を両手で押さえ、頭に水をかけるのはいやだ、と悲鳴を上げて。そうしたことがあってから、幽《かす》かに、幽かに、彼女は気づいた。自分はみんなと違っていて、みんなも違うことを知っているから、遠ざかるのだ、ということを。

父親と母親が、来年、彼女を地球へ連れて帰る、という噂もある。彼女のためには、そうしてやるほうがいい、と思ってのことだろう。一家にとって幾千ドルの、たとえ失費でそれがあっても。そうした理由が、大きな問題、瑣細《ささい》なことと集まって、子どもたちは彼女を憎んだ。青白い雪の顔を、なにかを待ちうけているような沈黙を、瘠せてることを、考えられる彼女の未来を、みんなは憎んだのだった。

「あっち行けよ！」少年が、また彼女を突き飛ばした。「なにを待ってるんだい？」

そのとき、はじめて彼女は顔をめぐらし、彼を見つめた。彼女が待っているものは、その両眼に表われていた。

「ふん、こんなとこで待ってるなよ！」少年は激しく叫んだ。「なんにも見るこた出来ないんだから！」

彼女のくちびるが動く。

「なんにもだ！」彼は叫んだ。「こんなこと、うそっぱちさあ。なあ、みんな？」と、子どもたちをふりかえって、「今日なんか、なんにも起こりやしないよな？」

みんなは目をぱちぱちさせたが、すぐにわかって、どっと笑うと、頭をふった。「起こらないよ。起こらないとも！」

「あら、でも」と、マーゴウは低い声。その目は困りはてていた。「でも、今日だって、科学者たちが予告したわ。わかってるのよ、太陽が……」

「うそっぱちだ！」少年は荒っぽく、彼女をつかんだ。「さあ、みんな、先生がこないうちに、こいつを戸棚に閉じ込めちまおうぜ」

「いやよ」マーゴウはあとずさりする。

彼女のまわりに、みんなが波のように押しよせた。かつぎあげると、抵抗し、哀願し、号泣する彼女を、トンネルへ、部屋のひとつへ、その戸棚へと運びこんで、扉を閉ざし、鍵をかけた。彼女が叩き、からだをぶつけ、その扉をふるわすのを、みんなは立って眺めていた。扉に弱められた泣き声も聞こえる。するとみんなは、にやにやしながら、からだをめぐらし、もとのトンネルへ出て行った。とたんに先生が現われた。

「いいですか、みなさん?」彼女は、時計をちらりと見た。

「はい!」と、みんなが声をそろえる。

「みんな、そろってますね?」

「はい!」

雨はますます弱まった。

みんなは大きな扉へむらがる。

雨がやんだ。

あたかもそれは、雪崩か竜巻、台風か噴火の映画フィルムが、まず発声装置に故障が起こり、爆音、震動、轟音も、しだいにくぐもり、ついにはとだえて、次にはフィルムが映写機からひっぱがされ、そのあとへ動きもなければ、ふるえもしない、平和な熱帯風景のスライドが一枚、挿入されたようであった。世界は微動もしなくなった。その無窮の静寂は、信じがたいほどだった。耳に詰めものをされたか、あるいは聴力がすっかり失われてしまったようだ。子どもたちは、耳に手をあて離ればなれに立ちながら。扉が手前に開かれると、静寂のうちに待ちかまえている世界の香りが、流れこんだ。

太陽が出てきたのだ。

燃えさかる青銅色に、それはやたらと大きかった。まわりの空はかがやく青瓦の色。呪縛を解かれた子どもたちが、ひとときの春を叫んで、飛び出していくかなたには、藪が陽光に炎をあげて。

「遠くへ行っちゃいけませんよ」先生がみんなのあとから、呼ばわった。「ほんの二時間しかないんですから。しめだされないようにね」

だが、子どもたちは駈けだしている。空をあおいで、あたたかいアイロンみたいに、太陽を頰に感じながら。上衣を脱いで、太陽に腕を灼かせた。

「太陽灯より、ずっといいじゃないか」

「ずっと、ずっとといいぞ!」

みんなは走るのをやめて、立ちどまった、金星をおおう厖大《ぼうだい》な藪《やぶ》の中に。それはいつも生長し、けっして生長をやめることなく、入りみだれて、見まもるうちにも生長する藪。蛸《たこ》の巣に似て、肉で出来たような雑草の腕をむらがり伸ばし、波うたせて、短い春に花咲かせている。何年も陽の目を見ないこの藪は、ゴムの色。灰の色。石の、白いチーズの、墨汁の色。そうして、月の色をしていた。

子どもたちは横たわって、笑いながら、藪の蒲団がみんなの下で、生きてはずんで、吐息をもらし、きしむのを聞いた。子どもたちは木の間を走り、すべってころび、たがいに押しあい、隠れん坊に鬼ごっこ。だが、上目づかいに涙が出るまで、太陽をあおいでいるのが、いちばん多い。その黄色さに、たまげるほどのその青さに、両手を差し伸べ、新鮮な新鮮な空気を吸い、音もなければ動きもない、至福の海のその中に、みんなを漂わせている静寂へ、耳をかたむけ、耳を澄ました。子どもたちはすべてを見、すべてを味わい、やがて、岩屋から逃げだした獣《けもの》のように、荒々しく走りだし、叫んで叫んで、輪になって走った。一時間のあいだ、子どもたちは走りつづけた。

そのうちに——

走りまわっている中で、とつぜん、ひとりの少女が泣き声を上げた。

みんなが立ちどまる。

広っぱの真ん中に少女は立って、片手を開いて、差し出していた。

「これを、これを見て」ふるえながら、少女が言う。

その手のひらを見るために、みんなはゆっくり集まった。

くぼめて広げたその真ん中に、一滴ぽつりと雨の雫《しずく》が。

少女は見つめて、泣きじゃくった。

みんなは静かに、空を見上げる。

「ああ、ああ」

冷たい雫がなん滴か、みんなの鼻に、みんなの頬に、みんなの口に、落ちかかった。渦巻く霧のそのうしろへ、太陽は消えていった。みんなのまわりに、冷たい風が吹き渡る。みんなは足をめぐらして、地底の家へ歩きはじめた。両手はわきにだらんと垂れて、もうその顔に微笑はない。

にわかに起こる雷鳴に驚かされ、嵐の前の木の葉のように、折り重なって、みんなは走った。稲妻が十マイル先で、五マイル先で、一マイル先で、半マイル先で、ひらめいた。一閃のまに、空は真夜中みたいに黯《くら》くなった。

地底にもどる扉の口で、雨がはげしくなる前に、みんなは一瞬、立ちどまった。扉を閉めると、あらゆるところに、終わることなく、トンで数えて雪崩のごとく、降り注ぐ雨の響きが、みんなの耳をすさまじく打った。

「また七年も降りつづけるのかしら？」

「ああ、七年も」

するとひとりが小さく叫んだ。

「マーゴウ！」

「なんだって？」

「戸棚の中に閉じこめたままだ」

「マーゴウ」

誰かがみんなを杭にして、床に打ちこんでしまったように、ひとりのこらず立ちすくんだ。顔を見あわせ、すぐにその目をそらしあった。いまは雨となり、そのまま雨の、雨降りつづく外の世界を、みんなは見やった。たがいに視線を、交わすことは出来なかった。顔いろ重く、青ざめて。その顔を伏せ、みんなは自分の手足を見つめた。

「マーゴウ」

少女のひとりが、口を開いた。「どうするつもり……?」

誰も動かない。

「行ってみましょう」と、少女が囁く。

冷たい雨のひびく廊下を、みんなはゆっくり歩いていった。嵐の音と雷鳴の中を、稲妻に青く、すごく顔を染め、部屋の戸口をみんなはくぐった。そろそろと戸棚の前に近づいて、みんなはそこに立ちどまった。

戸棚の扉の向こうには、ただ静寂があるばかり。

みんなは扉の鍵をはずし、前にもましてそろそろと、マーゴウを外に連れ出した。

# 贈りもの

The Gift

　あしたはクリスマスをしなければならない。親子三人、ロケット・ポートへ行く車の中でまで、母親と父親はそれを気にかけていた。少年はこれがはじめての宇宙旅行。ロケットに乗るのさえ、ほんとうにはじめてなのだ。両親にしてみれば、この旅行を完璧なものにしてやりたい。だから、税関のテーブルで、制限重量をほんの数オンスはみだしたばっかりに、用意してきた贈りものと、かわいい白い蠟燭がいっぱいの小さなツリーを、置いていかなければならない羽目になったときには、季節もろともふたりの愛情まで、剝奪されたような気がしたものだ。

　少年はターミナル・ルームで、両親を待っていた。宇宙旅行局の係官との折衝が、失敗に終わったあとで、そっちへ歩いていきながら、母親と父親とはささやきあった。

「どうしましょう？」

「どうしようもない。どうしようもないさ。どうしろというんだよ？」

「ばかばかしい規則だわ！」

「あの子はツリーを、あんなに楽しみにしてたのにな！」

　サイレンが大きく吼《ほ》えて、人びとは火星行きロケットに、押しあいながら乗りこんだ。母親と父親とは、いちばんあとに乗りこんだ。小さな青白い息子は、ふたりのあいだで、黙っていた。

「なんとか考えてみよう」と、父親が言った。

「なんのこと……？」と、少年が訊いた。

　ロケットは発進して、暗い宇宙へまっしぐらに飛び立った。

ロケットは炎をあとに残し、二〇五二年十二月二十四日の地球をあとに残して、月日もなければ、年もなく、時間もない、まったく時というもののない場所をめざして、飛んでいった。その〈時〉の残りを、みんなは眠って過ごしたが、地球時間でニューヨークの時計が、真夜中に近づいたころ、少年は目を覚まして、

「窓の外を見たいなあ」と、言った。

〈窓〉はつぎのデッキにただひとつ、大きな厚い厚いガラスのものが、あるきりだった。

「まだだめだよ」と、父親は言った。「あとでつれていってあげよう」

「ぼくたちがいま、どこにいるか、これからどこへ行くのか、見たいんだよ」

「わけがあるんだから、もう少し待ちなさい」と、父親は言った。

彼は横たわってはいたが、眠ってはいなかったのだ。寝返りをうちながら、置いてきた贈りもののこと、季節のこと、ふいになったツリーのことや、白い蠟燭のことを、考えていたのだ。つい五分ほど前に、うまくいきそうな気がして、起きなおったばかりだった。その思いつきをはこびさえすれば、この旅はまったくすばらしく、楽しいものになるはずだった。

「坊や」と、彼は言った。「あと三十分かっきりで、クリスマスだよ」

「まあ」と、母親は言った。少年が忘れていてくれればいいと願っていたことを、父親が口にしたので、あわてたのだ。

少年は頰を熱くして、唇をふるわせながら、「知ってるよ。知ってるよ。プレゼントをもらえるの、ぼく？　ツリーもあるのね？　約束したでしょう――」

「そうだ。そうだとも。みんなあるよ。もっといいものも」と、父親は言った。

母親は口を開いた。「でも――」

「ほんとだとも」と、父親は言った。「ほんとうだよ。もっといいものだ。もっともっと、すてきなものだ。ちょっと待っておいで、すぐもどってくるからね」

彼は二十分ほど、席をはずした。もどってきたときには、顔いっぱいが微笑だった。「さあ、もうすぐだよ」

「時計をぼくに貸してよ」と、少年はたのんだ。手渡された時計は、炎と、静寂と、感じられぬ動きのうちに、漂い過ぎていく時間を、少年の指のあいだで刻んでいった。

「クリスマスだ！　ほら、クリスマスが来たよ！　贈りものはどこにあるの？」

「じゃあ、行こう」と、父親は言った。少年の肩に手をかけて、導きながら部屋を出る。廊下をくだり、坂になったデッキをのぼっていくあとから、母親はついていった。

「いったい、なんですの」と、彼女はくりかえした。

「じきわかるよ。さあ、ここだ」と、父親が言う。

大きなキャビンの閉ざされたドアの前で、三人は立ち止まった。父親は規定どおりにそのドアを、まず三たび、それからふたつ、軽くたたいた。ドアが開くと、キャビンの中のあかりは消えて、そこにあるのは、ささやきかわす声ばかりだった。

「入りなさい、坊や」と、父親は言った。

「だって、暗いもの」

「手をとってあげるよ。ママもお入り」

三人が室内へ踏みこむと、ドアは閉まって、あたりはまったくの闇になった。前にはおぼろに巨大なガラスの眼《まなこ》、高さ四フィート、横六フィートの窓がひろがり、進みよれば、たちまち宇宙は目の中にあった。

少年が息を呑む。

そのうしろで、父親も、母親もともに、息を呑んだ。

そのとき、闇の室内で、いくたりかの声が、唄いはじめた。

「坊や、クリスマス、おめでとう」と、父親が言う。

室内の歌声は、遠いむかしの、なつかしい聖歌となった。少年はそろそろと前へ進んだ。さわやかな窓のガラスに顔を押しつける。いつまでも、いつまでも、宇宙を見つめ、底知れぬ夜に見呆けて、立ちつくした。

億を数え、兆を数えて、まだ数知れぬ白い蠟燭、かわいらしい蠟燭が、またたき、またたき、宇宙は巨大なクリスマス・ツリー。

# 月曜日の大椿事

The Great Collision of Monday Last

その男は、まるで雷にでも打たれたような恰好で、ヒーバー・フィンの酒場《パブ》の開け放たれたドアから、よろよろと入ってきた。千鳥足、そして、顔と上着と破れたズボンには血がついている。そのうめき声に、カウンターに向かっていた客はみんな凍りついたようにぞっとした。ちょっとのあいだ、レースのようなジョッキに、ぽっぽっと立ちのぼるやわらかい泡の音だけが聞こえた。振り向いた客の、ある顔は蒼ざめ、ある顔は桃色に染まり、静脈が浮き出たり、鶏の肉垂《にくだれ》のように赤い顔のもいる。一列に並んだまぶたが、いっせいにパチクリする。

その見知らぬ男は、めちゃめちゃになった服を着ていて、よろよろし、目を見開き、唇を震わせている。飲み客たちはこぶしを固めた。よお！　彼らは叫んだ、心のなかで。――話してくれよ、きみ！　何が起こったんだい？

見知らぬ男はふらふらと身を乗り出した。

「衝突なんです！」彼はつぶやいた。「通りで衝突したんです」

そう言うと、がくりと膝を折って倒れた。

「衝突だって！」十数人の男はどっと男のまわりに殺到した。

「ケリイ！」と、ヒーバー・フィンがぱっとカウンターを飛び越した。「おもてへ出てみろ！　被害者を介抱しろよ、注意してな！　ジョウ、おまえは医者《ドック》を呼びに行け！」

「待て！」と、おだやかに言う者がある。

酒場のうす暗い片隅の、哲学者が瞑想にふけるにふさわしい奥まった席から、色の黒い男が群衆のほうをちらと見やった。

「おお、ドック！」ヒーバー・フィンが叫んだ。「そこにいたんですかい！」

　医師と男たちは、連れだって夜闇のなかに飛び出していった。

「衝突……」床に倒れた男が唇をひきつらせて言った。

「お静かに、みなさん」ヒーバー・フィンは他の二人といっしょに、被害者をカウンターのうえにそっとかつぎ上げた。その顔は、みごとな象眼細工の死顔のように美しく、プリズム式の鏡が、恐ろしい惨状を倍にして映し出していた。

　外の踏み段のところで、群衆はぎょっとして足を止めた。――あたかも、薄暮時《たそがれどき》、アイルランドが海中に姿を没し、見渡すかぎり大海原になったかのように。五十フィートのうねりや波浪のなか、霧が月と星の姿を隠す。男たちは目をしばたたき、悪態をつき、おどり出て深みのなかに消えてゆく。

　背後、明るい戸口のかまちに、一人の若者が立っていた。アイルランド人ほど、赤くもなければ蒼くもなく、心暗くもなければ明るくもない。アメリカ人にちがいない。たしかにそのとおりだった。そうとわかれば、彼が村祭りみたいなものに、干渉するのを恐れていることは、うなずけるというもの。アイルランドの土を踏んでからこのかた、たえず自分がアビー劇場（アイルランドのダブリンにある有名な劇場）の舞台の中央にいるのだという気持ちを振りきれないのだった。そして今、彼はとるべき道が分からなくて、駈け出してゆく男たちの後ろ姿をじっと見まもるばかりだった。

「でも」と、彼はよわよわしく異議をさしはさんだ。「通りに自動車《くるま》の音は聞こえなかったが」

「聞こえなかったって！」と、ほとんど横柄とも思われる言い方をしたのは、ひとりの老人だった。関節炎のため、上り段のいちばん上の段にとどまり、そこでよたよたしながら、仲間がもぐっていった白い波に向かって叫び立てた。「十字路のほうへ行ってみろよ、みなのもの！　いちばん事故が起きるところだからよお！」

「十字路だとよお！」遠く近く、足音がひびき渡った。

「それに、衝突する音も聞こえなかった」と、アメリカ青年が言った。

老人は軽蔑するように鼻をならした。「ああ、どえれえ騒動だっても、すげえ衝突の音だっても、聞こえねえだよ。だが、あそこへ行きゃあ、衝突が見られまさあ。まあ、行ってみなせえ、走っちゃいけませんぜ！　悪魔の出そうな晩だからな。やみくもに走ったりすると、ケリイのやつにぶち当たるかもしれませんぜ。なにしろ、肺がパンクするくれえ、走ることにかけちゃあ、すげえ奴だからな。それとも、ことによると、フィーニイの奴とゴッツンコするかもしれませんぜ。奴は酔っぱらって道もわからず、道に何があろう、とぜんぜんお構いなしなんだからな。懐中電灯かカンテラでも持ったかい？　やみくもに行くにしても、灯りは持っていきなせえよ。駈けちゃいけませんぜ、いいかね？」


アメリカ人は霧のなかを、手さぐりで自動車《くるま》のところへ行き、懐中電灯をとり出してから、ヒーバー・フィン酒場のかなたの夜闇のなかに姿を消し、前方のドタドタいう靴音と、野次馬めいた声をたよりに、進んで行った。百ヤードばかりはなれたところに男たちが集まってぶつぶつつぶやいていた。「気をつけてやれよ！」「ああ、見ちゃいられんなあ！」「待て待て、揺すぶっちゃいかん！」

クシャンとなった物体をかついで、霧のなかから不意に飛び出した、ぽっぽっと湯気を立てている一団の男たちにぶつかって、アメリカ人は突き飛ばされた。彼は、かつがれている血まみれの土気色の顔をちらっと見た。と、そのとき、誰かが彼の懐中電灯をたたきこわした。

本能的に、かなたのヒーバー・フィン酒場のウィスキイ色の灯りを感知して、棺台は、あの行きつけの、なじみの港めざして打ち寄せていった。

うしろから、おぼろげな形が現われ、ぞっとするような昆虫みたいに、がたがたいう音がした。

「誰だっ！」と、アメリカ人は叫んだ。

「おれたちさ。車を引っぱってきたのさ」しゃがれ声が答えた。「もっぱらの噂らしいが──おれたちが衝突したって」

懐中電灯が彼らの姿をとらえた。アメリカ人ははっと息を呑んだ。一瞬ののち、電池が切れた。

しかしその直前、何の苦労もなく、のんきに、軽やかに、よたよたと歩いてくる二人の村の若者の姿が目に入った。フロントライトもテイルライトもない、古ぼけた黒い自転車を引きずっていた。

「何だって……？」アメリカ人が言った。

だが、二人の若者は事故物件を引っぱって、そそくさと立ち去った。霧が二人の姿を包みこんだ。アメリカ人は、人気《ひとけ》のなくなった道路にとり残されて立っていた。──消えた懐中電灯を手にしたまま。

彼がヒーバー・フィン酒場のドアをあけたころには、彼らのいわゆる『死体』は、両方ともカウンターのうえに寝かされていた。

「カウンターのうえに寝かしてあるよ」アメリカ人が入ってゆくと、老人がくるりと振り返って言った。

そして、群衆が一列にたかっていた──今はもう、酒を飲むためではなかったが、道をふさいでいたため、医者《ドック》は、霧深い夜道のやみくもな運転による一つの遺体から、他の遺体へ行くのに、からだを斜めにして進んでいかなければならなかった。

「こっちはパット・ノーランだ」老人が囁いた。「──目下《もっか》のところ失業中の。あっちはメイヌースから来たピーヴィとかいうお方さ、いつもは菓子や煙草を商《あきな》っている」それから、声を高めた。「死んでるんかね、ドック？」

「ああ、静かにしてくれませんかね」医師は、同時に二つの等身大の大理石像を何とか仕上げようと苦心している彫刻家に似ていた。「さて、被害者の一人を床《ゆか》に下ろしましょう！」

「床は墓でさあ」ヒーバー・フィンが言った。「床に下ろすと、死神にとっつかれますぜ。わしらの話す息で暖まっている今の位置に置いといたほうがいいですぜ」

「それにしても」アメリカ人は当惑して、静かに言った。「生まれ落ちてこの方、こんな事故って聞いたことがありませんよ。まったく自動車《くるま》が通らなかったというのは、確かなんですか？　この二人は、それぞれ自転車に乗っていただけですって？」

「そのとおりでさ！」と、老人は叫んだ。「ねえ、あんた、まったくのところ、汗を流してやりゃあ、六十キロで飛ばすことだってできるんでさあ。長い下りのすべすべした道なら、自転車だって九十か九十五は出せるんさ！　そんなふうに飛ばしてきたんさ、この二人は、フロントライトもテイルライトもつけねえで——」

「それを禁止する法律でもないんですか？」

「政府の野郎のお節介なんてくそくらえだ！　二人はそんな調子で飛ばしてきたんさ、灯りもつけずに、町から町へと、すっ飛ばして帰ろうとして。それこそムキになってふっ飛ばしてたのさ！　おたがい、反対の方向から飛ばしてきたんだが、同じ側を走っていたのさ。いつも反対側を突っ走ったほうが安全だ、って言いまさあ。だが、この若者たちをごらんなせえ、お役所風のたわごとに完全にやられちまったんだ。なぜって？　わからんかな？　一方はそれを憶えてたんだが、もう一方は憶えとらなかったんさ！　役人なんて、よけいなことを言わなきゃいいんさ！　おかげでこの二人、瀕死の重傷さ」

「瀕死の重傷？」と、アメリカ人は目を見張った。

「ねえ、おまえさん、考えてもごらんよ！　キルコックからメイヌースへの道を飛ばしていた向こう見ずの元気な二人の若者のあいだに、何が立ちはだかっていたか？　霧だよ！　一面の霧だ！　頭蓋骨の激突を避けるものといやあ、霧しかなかったんさ。で、二人の男があんなふうに十字路で衝突したばあいを考えてもみなせえ。ボーリング場でストライクを出したみてえなものさ、十本のピンがぶつかったみてえに。ドカーンと！　そんな具合に、九フィートの高さで、仲のいい相棒が会うみてえにゴッンと鉢合わせし、ビリッと空気をふるわせ、自転車は二匹の雄猫みてえに取っ組み合う。そうして、二人はおっぽり出されてぶっ倒れ、黒い天使を手さぐりで探しもとめるって次第さ」

「いや、まさかこの二人は――」

「おお、そうだろうか？　だって、去年だけでもアイルランド自治領じゅうで、致命的な衝突のない晩は、一晩だってなかったんですぜ！」

「とおっしゃると、アイルランドでは、毎年三百人以上の自転車乗りが衝突事故で死んでいるっていうんですか？」

「動かせぬ事実じゃよ、残念ながらね」

「あっしは、夜はぜったい自転車に乗らんことにしてまさあ」ヒーバー・フィンが『死体』をじろっと見て言った。「歩くことにしてる」

「だが、歩いていたって、いまいましい自転車に轢き倒されるってことがありまさあ！」と、老人は言って、「乗っておっても、歩いていても、間抜け野郎はいつも相手に、災いの神をハアハア吹っかけるもんさ。手を振って『よおー』と言うよりさき、相手を引き裂こうてんだからねえ。とにかく、りっぱな男がダメになったり、破滅同然になったり、あるいはもっとひどい目に遭ったりしたのを、これまで見てきたさ。それ以来頭痛もちになったりしたのをねえ」老人はまぶたを震わせて閉じた。「あんた、こう思わんかね――人間というやつは、そういった精巧な道具や機械をあやつるようには、できていねえのじゃねえかって」

「死者が毎年三百人も」アメリカ人は呆然としたようすだった。

「そして、それには、半月に何千人も出る『歩行者の負傷』てえのは含まれておらんのさ。そういった連中は、悪態をついて、自転車を永久に沼ん中にたたっ込み、政府の扶助を受けて、殺されたも同然のからだを治療するのさ」

「ここに突っ立って、話をしてていいのだろうか」と、アメリカ人はどうしたらいいかというように、身振りで被害者のほうを指し示した。「病院はないんですか?」

「月のない晩は」と、ヒーバー・フィンが言葉をついだ。「畠のまんなかをつっ切って歩くに限りますよ。危なっかしい道路なんて糞くらえでさあ！　こうしてあっしが五十代まで生きてるのは、そのおかげですよ」

「ああ……」と、男たちがそわそわ身動きした。

医師《ドック》は発言を差し控えすぎたことに気づき、聴衆がそわそわし出したのをしおに、からだをしゃんと伸ばし、ふうと息を吐き出して、すばやく一同の注意を惹きもどした。

「えへん！　ときに」

酒場はたちまちのうちに静まり返った。

「こちらの男は――」と、医師は指さして、「打撲傷、裂傷、それに二週間ぶっつづけの激しい頭痛。しかし、そちらの若者のほうは――」と、ここで医師はしばらく眉をしかめて、いちだんと蒼白な男のほうを見やった。男は朱《あけ》に染まり、血の気を失い、今にも最後の儀式を受けんばかりのようすをしている。「脳震盪《のうしんとう》を起こしてますな」

「脳震盪！」

静かな風が立ち、静寂の中に落ちた。

「今すぐ、メイヌース病院に急送すれば、助かるでしょうな。どなたか車を提供してくださる方は？」

群衆はいっせいに、じっとアメリカ人のほうを振り向いた。彼は儀式の外から、深い内奥の核に引き入れられた時、かるい動揺をおぼえた。彼はヒーバー・フィン酒場の正面《おもて》を思い出して、ぱっと顔をあからめた。そこには今、十七台の自転車と一台の自動車が駐《と》まっている。すばやく彼はうなずいた。

「さあ！　有志が出たぜ！　さあ、諸君、急いで。この男を運び出すんだ――そうっと！――この親切なお方の車に！」

男たちは、そのからだを持ち上げようと手を差し出した。が、そのとき、アメリカ人が咳払いをし、男たちの手は凍りついたようにはたと止まった。彼が一同に向かって手を振りまわし、杯の恰好にまるめた指を唇にもってゆくのを彼らは見たのだ。一同は軽くおどろいて、はっと息を呑んだ。その身ぶりが終わりきらぬうちに、酒の泡がカウンターにこぼれ落ちた。

「道路のために乾杯！」

　すると、軽症のほうの遭難者さえ、にわかに意識を回復し、チーズのような顔をして、何やらつぶやきながらジョッキにそっと手を触れた。

「ねえ、君、ねえ……聞かせてくれよ……」

「……どうしたっていうんだい？　え？　え？」

　すると、男のからだはカウンターのうえから離れた――潜在的な航跡をあとにのこして。部屋には、アメリカ人、医師《ドック》、正気づいた若者、ひそかにやり合っている二人の友だちを残すだけとなった。おもてには、この大衝突の重傷者を篤志家の車に運び入れる群衆の声が聞こえる。

　医師《ドック》が言った。「酒を干してしまいなさい、ミスタ――ええと？」

「マックガイアといいます」と、アメリカ人が言った。

「きっと、あいつはアイルランド人だ！」

　いや、ちがう、とはるか向こうでアメリカ人は思い、無感動に酒場のなかを見まわし、正気づいた自転車乗りを眺めた。男は腰をおろし、群衆が戻ってきて自分を取り巻いてくれるのを待ちつつ、血の染みのついた床《ゆか》を眺めている。二台の自転車が、寄席演芸《ボードヴィル》の出し物の小道具よろしく、ドアの近くにもたせかけてある。外には夜陰が、信じられぬほどの濃霧をはらんで待ちうけ、各人それぞれ喉と環境で釣り合いのとれた彼らの声の、朗々たる調子、抑揚、平静な均衡に耳を澄ましているのだった。いや、そうじゃない、とマックガイアと名乗るアメリカ人は思った。おれは、大方はアイルランド人だけど、正確にいうとそうとは言えない……

「ドクター」カウンターのうえに金を置きながら、彼はわれ知らず言っていた。「自動車の転覆、自動車《くるま》同士の衝突もちょいちょいあるんですか？」

「この町では、ありませんな！」医師はさげすむように東のほうへ顎をしゃくった。「そういう種類のものがお望みなら、ダブリンこそ本場でしょうな！」

ならんで酒場を横切るとき、医師は青年の腕をとった――まるで彼の運命の糸を変える秘密を伝えようとするかのように。かくして、相手に舵をとられながら、医師がそっと耳にささやいてくるとき、アメリカ人は、今しがた飲んだ黒ビールが、左右に調節しなければならぬ移動錘《おもり》みたいな感じなのに気がついた。

「ねえ、マックガイア君、あんたはアイルランドで車を運転したことがほとんどないんでしょう？　だったら聴きたまえ！　霧やなにかを突っ切って、メイヌースへ車を走らせるには、すっ飛ばすのが一番いい！　じゃんじゃん騒音をたてるんだ！　どうしてかって？　自転車乗りや牛などが、おっかながって左右に道をあけるからさ！　ゆっくり運転したら、そうっと忍び寄るようなもんさ、何千人、何十頭となく轢き殺してしまうことになる――相手の気づかぬうちに！　それから、もうひとつ。自動車《くるま》が近づいたら、ライトを消すこってす！　ライトを消して擦れ違えば、おたがいに安全というわけさ。あの呪わしいライトに目がくらみ、何の罪もない人間を見るも無惨に轢き殺してしまうんだ。もう、分かったでしょう？　二つの点です。第一にスピード。第二に、自動車《くるま》の姿がぼんやり見えたら、ライトを消すこと！」

ドアのところで、アメリカ人はうなずいた。背後で、犠牲者のひとりが、椅子にゆったりと腰をおちつけ、黒ビールを舌のうえにころがしながら、あれこれ考え、準備し、語りはじめるのが聞こえた。

「ところで、帰り道、まあ鼻歌まじりで、猛烈な勢いで下り坂をすっ飛ばし、十字路の近くにさしかかったとき――」

おもてに出て、後部座席に低くうめいているもう一人の犠牲者を乗せた自動車《くるま》に乗り込むと、医師は最後の忠告をした。

「いつも忘れず帽子をかぶるんだな、君。今後も夜、道路を歩きたいというんなら、なおのこと。帽子をかぶると、恐ろしい偏頭痛をまぬがれる。万一、ケリイやモーラン、あるいは生まれつき火のついたような石頭の野郎が、向こうから全速力でぶっ飛ばしてきたとしてもだ。歩くにしても、こうした男たちは危険だ。わかるだろう、アイルランドには歩行者にも規則があるんだ。夜、帽子をかぶること——これが第一番さ！」

考えもせず、アメリカ人は、座席の下に手を突っ込み、その日ダブリンで買った茶色のツイードの帽子を取り出して、かぶった。かぶり具合をなおしながら、彼は夜陰の向こうに沸き立つ暗い霧を眺めた。静かに、静かに、静かに、しかしどこかしら静かともちがう、人通りの絶えた大道が、前方で彼を待ちうけているのに耳を澄ました。アイルランド国じゅう、何百マイルにもわたる往還の、千にものぼる十字路が、千もの霧に覆われ、そのなかを、ツイードの帽子をかぶり、グレイのマフラーをした千人の幽霊が、歌い、叫び、ギネスの黒ビールのにおいをプンプンさせながら、中空を疾駆してゆくさまを彼は見た。

彼はまたたきした。幽霊どもの姿が消えた。道は人気《ひとけ》がなく、真っ暗で、何かを待ちうけるかのように横たわっていた。

深く息を吸い、目を閉じ、マックガイアと名乗るアメリカ人は、スイッチの鍵をまわしてスターターを踏んだ。

# 小ねずみ夫婦

The Little Mice

「まったく妙な人たちだなあ、あのメキシコ人夫婦は」と、わたしは言った。

「どういう点が？」と、妻が訊き返す。

「物音ひとつ立てないし」と、わたしは言った。「耳を澄ましてごらんよ」

　わたしたちの住んでいるのは、アパートにかこまれた、奥深くの家で、そこへもう半分の家が一軒、くっついて建っていた。妻とわたしは、この家を買ったとき、壁ひとつへだてて居間と隣り合わせになっているその建て増しの部分を借りうけたのだ。さて、その壁に耳を当て、聞き耳を立てると、自分たちの心臓の鼓動が聞こえる。

「あの夫婦、たしかに家にいるんだけれど」わたしはささやいた。「三年前ここに住むようになってこのかた、鍋を落とす音ひとつ、話し声ひとつ、電灯のスイッチをひねる音すら聞こえたことがない。いったい、家んなかで何をやってるんだろう？」

「あたし、考えてみたこともなかったわ。ねえ、たしかに」妻が言った。

「灯りをひとつつけるだけ。それも、いつも同じ、うす暗い二十五ワットの青電球を、居間につけてるだけだ。通りがかりに玄関から覗いてみると、たしかに彼はそこにいて、ひと言もしゃべらずに、両手を膝において、肘掛け椅子に座っている。彼女のほうもそこにいる――もうひとつの肘掛け椅子に座って、ぜんぜん口もきかずに彼を見つめているんだ。身動きもしないよ、二人とも」

「ちらっと見て、留守じゃないかといつも思うわ」妻が言った。「居間があのとおり暗いでしょ。でも、しばらくじっと見つめていると、目が慣れてきて、座っている二人の姿が見分けられるの」

「そのうち、いつか」わたしは言った。「飛び込んでいって灯りをつけ、わめき立ててやるぞ！　じっさい、このおれさえあの沈黙に耐えられないというのに、どうして奴らは耐えられるのだ？　まさか口が利けないわけじゃないだろう、え？」

「毎月家賃を払いにくるとき、『こんちは』って、彼は言うわ」

「そのほかは？」

「『さよなら』って言うわ」

　わたしは頭を横に振った。「路地で顔を合わせると、笑いを浮かべて逃げていくぜ」

　妻とわたしは腰をおろして、読書やラジオや雑談で夕べをすごす。「彼らはラジオをもってるのかい？」

「ラジオもテレビも電話もないのよ。家んなかには、本も雑誌も新聞も、何ひとつないわ」

「ばかばかしい！」

「そうムキにならないでよ」

「ムキになっちゃいないよ。でも、暗い部屋んなかに座ったまま、二年も三年も、口も利かず、ラジオも聴かず、本も読まず、ものも食べないでいるなんてことが、いったいできるかね？　ステーキのにおいも、目玉焼きのにおいも、一遍だってしたことがない。いまいましい！　彼らがベッドに入る音さえ、聞いたことがないようだぜ」

「あたしたちを煙に巻こうとして、そんなことをやってるのよ、あんた」

「とすれば、みごと成功しているってわけだ！」

　わたしは近所をひと廻り散歩に出かけた。こころよい夏の夕方だった。帰りに、なにげなく彼らの玄関にちらっと目をやった。暗くひっそりしている。腰をおろしたおぼろげな人影があり、例の小さな青電灯がともっていた。わたしは煙草を吸いおえるまで、しばらく立ちつくしていた。立ち去ろうと踵を返すときになって、戸口に立った彼の姿に、わたしははじめて気がついた――丸々とした柔和な顔をして、外を見ている彼の姿に。身じろぎもせず、ただそこに立って、じっとわたしを見つめている。

「こんばんは」と、わたしは言った。

答えなし。一瞬ののち、彼はくるりと背を向けると、暗い部屋へ入っていった。


朝になった。小柄なメキシコ人は七時にひとりで家を出た。室内と同じ沈黙を守ったまま、急いで路地を出て行った。そのあと八時に、女のほうが出かけていった。ずんぐりしたからだを黒いコートにつつみ、美容院でちぢらせた頭髪《あたま》に黒い帽子をのっけて、慎重な足どりで歩いていった。彼らはこのように、何年ものあいだ、てんでに黙ったまま、仕事に出かけてゆくのだ。

「彼らはどこで働いているのかな？」と、わたしは朝食のとき妻に訊いてみた。

「ご主人は、この町のＵＳ製鋼《スチール》の熔鉱炉で働いてるわ。奥さんは、どっかの洋裁店の二階でミシンを踏んでるそうよ」

「たいへんな仕事だな、そいつは」

わたしは、自作の小説を数ページ分タイプし、読み返してみてから、ちょっとひと休みして、さらにタイプをつづけた。午後五時、小柄なメキシコ女が帰ってきて、扉口の鍵をあけ、急いで中へ入って、ドアにしっかり錠をおろした。

男のほうは飛ぶようにして、六時きっかりに帰ってきた。だが、勝手口にまわると、とたんに、えらく悠長になった。そっと、軽やかに、ふとった小ねずみが引っかくように、手で窓をカリカリとこすって、彼は待った。ようやく彼女が出てきて、彼をなかへ入れた。見たところ、彼らの口は動かなかった。

夕食のあいだも、物音ひとつしない。油を使う音も、皿の触れ合う音も、何ひとつしないのだ。

小さい青電灯がともるのが見えた。

「いつもあの調子なのよ――家賃を払うときも」わた

しの妻が言った。「そうっとノックするんで、あたし気がつかないの。何かのひょうしに、ちらっと窓に目をやると、そこに来ているのよ。ドアを〝そうっと嚙む〟ようにして、どのくらいのあいだ立って待っていたのやら、わかりゃしないわ」

二晩たった、ある晴れた七月の夕方、小柄なメキシコ人の男が、裏手のポーチに出てきて、庭仕事をしていたわたしに向かって言った。「あんたはまともじゃない！」それから、わたしの妻のほうを向いて、「あんたも狂ってる！」彼は丸々とした手を静かに振って、「あんたたちは気にくわん人だ。物音を立てすぎますよ。気にくわん人だ、あんたらは。頭がおかしいんじゃないですか」

そう言って、彼は小さな自分の家に入っていった。

八月、九月、十月、十一月。〝小ねずみ夫婦〟——われわれは彼らを指してそう呼んだ——は、暗い巣にひっそりと住まっていた。いちど、わたしの妻は家賃の領収書といっしょに、古雑誌を数冊彼にやったことがあった。彼はそれを丁重に受けとった——微笑を浮かべ、一礼し、だが、無言のまま。一時間ほどして妻が見ると、彼はその雑誌を庭の焼却炉のなかにつっ込み、マッチを擦っていたという。

翌日、彼は家賃を三カ月分前払いしにきた。こうすれば、十二週に一遍だけ、われわれと顔をつき合わせばすむ、と思ったに相違ない。通りで彼に会うと、彼は架空の友だちに挨拶するために、そそくさと反対側へ渡っていった。女のほうも同様で、当惑したようにぎごちない笑いを浮かべ、会釈して、走ってゆく。彼女とは二十ヤード以内に近寄ったためしはなかった。家に鉛管を敷くことになると、彼らはわれわれに断わりもしないで、勝手にこっそり出かけてゆき、鉛管工をつれてきた。その鉛管工、どうやら懐中電灯をたよりに工事をしたらしい。

「畜生、いまいましいったらありゃしない！」路地で顔を合わしたとき、鉛管工はわたしに言った。「ひでえもんだ、ソケットに電球ひとつへえってねえ。球《たま》はどこにあるんだっておれが訊くと、ちきしょう、ただニヤニヤ笑ってやがるだけだ！」

　わたしは、夜、横になって、小ねずみ夫婦のことを考えた。どこからやって来たんだろう？　そう、メキシコからだ。どの地方だろう？　小さな農村――どこか川の近くの？　どう見たって、都会じゃないことは確かだ。星がまたたき、昼と夜が正常にくりかえし、いつも、月の出、月の入り、日の出、日の入りがわかるような場所だろう。それが今、こんなところへ来てしまった。故郷からはるか、はるか離れた土地、やりきれぬ都会へ。彼は地獄のような熔鉱炉で汗をしたたらせ、彼女は身をかがめて、神経をとがらせながらミシンを踏んでいる。そうして、この界隈の家に帰ってくるのだ――喧噪《けんそう》の街を通って。ガランガラン走りゆく市電をよけ、赤いオウムのようにわめきちらす途中の酒場を避けて。幾多の金切り声のあいだを縫って、二人は一目散に帰宅する――二人だけの居間へ、青電灯のもとへ、ゆったりした椅子へ、沈黙の世界へと。

わたしはしばしば想ってみた。夜ふけ、わたし自身の寝室の闇の中、手を伸ばす。すると、天日乾燥煉瓦《アドービ》が手に触れ、コオロギの鳴き声、月光のしたを流れる川の音、かすかなギターの音《ね》に合わせてそっと口ずさむ歌声が聞こえる――そんな気がした。

　十二月のある夜ふけ、隣のアパートが、火事になった。炎がごうごう天に向かってうなり、煉瓦がなだれをなして崩れ、おとなしい小ねずみ夫婦の住まう家の屋根に、火の粉がバラバラとび散った。

　わたしは彼らのドアをどんどん叩いた。

「火事ですよ！」わたしは叫んだ。「火事だ！」

　彼らは青電灯のともった部屋にじっと座っている。

　わたしは激しく叩いた。「聞こえないんですか？　火事ですよ！」

　消防ポンプがやって来た。燃えさかる棟に水を浴びせかける。煉瓦がさらに崩れ落ちる。そのうちの四つが、小ねずみ夫婦の家にぶつかって穴をあけた。わたしは屋根にのぼり、火の粉をもみ消して、這いずりおりた。顔はよごれ、両手に怪我をした。小ねずみ夫婦の家のドアがあいた。無口の小柄なメキシコ人夫婦が戸口に現われた。身をこわばらせ、じっと立ちつくしている。

「入れてください!」わたしは叫んだ。「お宅の屋根に穴があいたんです。火の粉が寝室へ入ったかもしれません!」

わたしはドアを広く引きあけ、彼らのわきを通って押し入った。

「入っちゃダメだ!」と、小柄な男が鼻をならした。「ああっ!」と、小柄な女は叫んで、こわれたオモチャみたいに、くるっとまわった。

わたしは懐中電灯を持って中へ入った。男がわたしの腕を引っとらえた。

彼の吐く息のにおいがした。

それから、わたしの手にする懐中電灯の光が、部屋部屋を貫いた。光は、ホールに立ち並んでいる百本もの酒壜に、台所の棚に並んだ二百本の壜に、居間の壁のボードに立てかけた数十本の壜に、寝室の箪笥《たんす》や押《クロ》入れ《ゼット》に並べたさらに数多くの酒壜に、当たり、はね返り、きらきらときらめいた。どちらによけいギクッとしたのか、われながら分からない——寝室の天井にあいた穴にだろうか、おびただしい数の酒壜の無限のきらめきにだろうか。わたしには数えきれなかった。それは、あたかも、打ち殺され、打ち置かれ、何か大昔の病気にやられた、ぴかぴか光る巨大なかぶと虫の侵略を思わせた。

寝室に入ると、背後の扉口に小柄な夫婦の気配を感じた。彼らの荒い息づかいが聞こえ、視線も感じられた。わたしは懐中電灯の光線を、きらめく酒壜のうえから、黄色い天井の穴へと移して、注意ぶかく焦点を合わせ、照らしつづけた。

小柄な女は泣き出した。静かに泣いていた。三人とも、じっと動かなかった。

　あくる朝、彼らは出て行った。出かけるのに気がつかずにいると、午前六時、彼らは路地の中途にさしかかっていた――からっぽ同然なほど軽い鞄をさげて。わたしは彼らを呼びとめた。話しかけてみた。長年の友だちじゃないか、とわたしは言った。何も変わっちゃいませんよ。あんたがた、火事には何の関係もないし、それに屋根の穴のことも。そうわたしは言ったのだ。あんたがたは罪のない傍観者にすぎないじゃないですか、そう力説してやったのだ！　屋根はわたしが直しますよ、費用は要らん、あんたがたに負担はかけませんよ！　だが、彼らはこちらを見てくれない。わたしが話している間、家と、目のまえにある路地のはずれを、じっと見つめていた。そして、わたしがことばを切ると、もう出かける時間だと二人同時に思ったかのように、路地へ向かってうなずき、歩き出した。それから走りはじめた――わたしから逃れるように。市電、バス、自動車が行き交い、幾多の喧噪の街路が迷路をなして伸びている通りへ向かって。急いで去っていった――誇らしげに、頭をもたげ、こちらを振り返りもせずに。

　ほんの偶然のことで、わたしは彼らに再会した。あるゆうべ、クリスマスの季節に、たそがれの街をひっそりと走っている小柄な男の姿を、前方に見かけたのだ。わたし一個の気まぐれから、後をつけてみた。彼が曲がると、わたしも曲がった。やがて、もと住んでいた地域から五ブロックばかり離れたところにある、とある小さな白い家の扉口を、彼はそっと引っかいた。ドアがあき、閉まり、彼が入ったあとのドアに錠がかかった。都会の家々のうえに夜陰が落ちると、小さな灯りが青いもやのようにちっぽけな居間にともるのが、通りがかりに見えた。見えたように思ったが、これはおそらく気のせいかもしれない――そこにふたつの影法師《シルエット》が映り、彼がその部屋のいっぽうの側の特別の椅子に座り、彼女はもういっぽうの側に座り――うす暗いなかにじっと座り、椅子のうしろの床のうえには、

一、二本の壜がたまりかけたところだろう。物音ひとつ立てず、ことばひとつ交わさず。しーんと静まり返っているばかり。
　わたしはノックをしなかった。ぶらぶらと通りすぎたのだ。わたしは街路をずんずん歩いていき、オウムのようにわめき立てる酒場の噪音に耳をかたむけた。新聞を一部と、雑誌、二十五セント本を一冊ずつ買った。それから、すべての灯りがともされ、食卓にはあたたかい料理がのっているわが家へと帰っていった。

# たそがれの浜辺

The Shore Line at Sunset

打ち寄せる波に膝まで涵《ひた》って、漂ってきた木ぎれを手に、トムは耳をかたむける。

コースト・ハイウェイ寄りに、ぽつりと建って、日の暮れるのを待っている家は、ひっそりとも鎮まった。衣裳戸棚をかきまわす音も、いさぎよいスーツケースの鍵の音も、壜を残らずくだく音も、これが別れのドアを閉ざす、思いきりよいその響きも、すべてうすれて遠ざかった。

チコは蒼ざめた砂に立ち、金網の篩《ふるい》を動かしている。誰かが落としていった小銭を、砂の中からふるいわけて、収穫《とりいれ》しようとしているのだ。トムのほうは見向きもせずに、やがて彼はつぶやいた。「あんな女、行くんなら、行っちまえ」

これが毎年のことなのだ。一週間かひと月か、彼らの家は、窓にあふれる音楽を持ち、ポーチの手すりに新しいゼラニウムの鉢が置かれ、ドアというドアも、階段も、新しいペンキで塗られるのだ。ワイアロープにぶらさがる服も、多彩色のパンツから体にぴったりしたワンピースに、さらには家を乗り越えて白い津波が押しよせたような、手縫いのメキシコ・ドレスに変わるのだった。家の中に入って見れば、壁のマチスの複製も、イタリア・ルネサンスまがいのものに移っている。時おり覗けば女がひとり、風にはためく鮮やかな、黄色い旗を見るように、髪を乾かすその姿が、目に入ることもあるのだった。その旗は、ときには黒いこともあり、ときには紅いこともある。空にくらべて女の丈は、ときには高いこともあり、ときには低いこともある。だが、いちどきに、女ひとり以上ということは、そういうことは、決してない。そして、しまいに、きょうのような日が来るのだ……

　それぞれの休暇を終わり、とうにどこかへ消えてしまった人々が、残していった億千万の足あとを、篩《ふるい》にかけるチコのそばの、うずたかくなりつつある流木の山に、トムはいま拾いあげた一本をのせた。

「チコ、おれたちゃここで、なにをしてるんだろう?」

「ライリイの生活を送ってるんじゃないか（一八八〇年代にパット・ルーニィが歌ったコミック・ソング Is that Mr. Reilly から一般化した言葉で、贅沢に暮らすという意味）！」

「ライリイなんてやつぁ、おれは嫌いだよ、チコ」

「そんなこと、言ってないで、働けよ！」

　トムはひと月のちの、家を見ていた。花の鉢には塵《ちり》が咲き、壁は額ぶちのあと白く掛け連ね、床をおおうは砂の絨緞ばかり。部屋部屋に声はむなしく、風の中の貝がらみたいに、木霊《こだま》しあうにちがいない。くる夜もくる夜もいつの夜も、離ればなれの部屋にこもって、彼とチコとは、ベッドの中で、はてなき浜にあとも残さず、遠ざかり、遠ざかっていく潮の響きを聞くのだろう。

　トムはかすかに、うなずいた。かつてある年、かわいい娘を彼はみずから、すすんで連れてきたことがある。なんといっても申し分のない娘だとは知りながら、そしてふたりが、結婚することもまた、ないとはっきり知りながら。だが、彼の女たちは、誰かと間違えられたと思い込み、その役はつとまらないと思い込んで、夜明けを待たず、こっそりと、立ち去っていくだけ、まだましだ。チコの友だちの去りようときたら、まるで真空掃除機だった。ぞっとするほど陰《いん》にこもった音を引き、うなり、かけまわって、あとには糸くずひとつ残さず、真珠もとめてこじあけられぬ牡蠣《かき》はない、といったありさま。出て行くバッグのかかえようも、チコがかわいがってた小犬のあごを、むりやりあけて、歯を数えてるとき、そっくりだった。

「いままでのところ、今年はご婦人、四人だったな」

「わかったよ、レフェリー」と、チコは笑った。「シャワーのあるとこを教えてくれ」

「チコ――」トムは下唇を噛んで、それからつづけた。「おれ、考えていたんだがな。おれたちは離ればなれになったほうが、いいんじゃないか？」

チコはただ、彼の顔を見つめるだけだ。

「つまりさ」と、トムは口ばやに、「一人ひとりになったほうが、運が開けるんじゃないかと思うんだ」

「そう言いたくなるかも知れないが」チコは彼の目の前で、大きなこぶしに篩をつかみながら、ゆっくり言った。「まあ、聴けよ。ほんとのところが、わからないのか？　きみとおれと、おれたちゃあ、紀元二〇〇〇年がきたって、ここにいるんだ。ふたりはそのときになっても、頭のいかれた、うすのろの、昔ながらの阿呆鳥。二ひき並んで、お天道《てんとう》さまに背骨をあぶってるのさ。おれたちのあいだにゃあ、なんにも起きるもんか。トム、もう遅すぎるんだよ。そいつをよく頭にしみこませて、もうなにも言うな」

トムは唾を呑みこんで、じっと相手の顔を見つめた。「おれはここを出て行こうと思ってるんだ――来週になったら」

「言うな。言うなったら。いいから、働くんだ」

チコは腹立たしげに、砂をひっくり返した。おかげであがりが四十三セント。十セント銀貨や、一セント銅貨や、五セント白銅貨が砂地から獲《と》れた。ピンボール・マシンにすべて点灯したみたいに、金網に光る小銭を、彼は見つめた。

トムはからだを動かさず、ただ息をつめている。

ふたりとも、なにかを待っているようだった。

なにかが起こった。

「おうい……おうい……おうい……」

はるかな浜から、ひとつの声が呼びかける。

ふたりはゆっくり、振り返った。

「おうい……おうい……おういったら……！」

走ってくるのは、叫んでいるのは、手を振っているのは、男の子がひとり。浜辺づたいに、まだ二百ヤードは離れている。その声にひそむなにかが、とつぜんトムをぞくりとさせた。彼はおのが両手に身を託して、待ち構えた。

「おうい！」

少年は駈けよってきて、息をきらしながら、浜辺づたいのうしろのほうを指さした。

「女のひとが、妙な女のひとが、北岩のとこにいるんだよ」

「女が！」その言葉は、チコの口をついて出たが、すぐに彼は笑いだした。「そんなこと」

「その〝妙な女〟ってのは、どういう意味なんだ？」

とトムは訊いた。

「わかんないよ」少年は叫んだ。その目は大きくひろがっている。「来て見てごらんよ！　とっても妙なんだ！」

「つまり、〝溺れてる〟ってことか？」

「そうかも知れない！　水からあがってきたんだ。浜辺に寝てるんだ。来て見てごらんよ、自分で……妙なんだ……」少年の声は沈んだ。また北のほうをかえり見た。「魚のしっぽがついてるんだよ」

チコは笑った。「晩飯前にそんなこと言うなよ、頼むから」

「頼むからさあ！」少年は叫んだ。踊りあがって、「嘘じゃないんだ！　すぐ来とくれよ！」

少年は走りだしたが、ついてくるもののないのを感じて、がっかりと振り返った。

トムが感じたのは、自分の唇の動いていること。

「冗談でこんなほうまで、駈けてくるかな、チコ？」

「みんな、もっとくだらないことでも、もっと遠くまで駈けてくぜ」

トムは歩きだした。「行ってみよう、坊主」

「ありがとう、ミスタ。ありがとう！」

少年は走った。浜を北へ、二十ヤードも行ったところで、トムが振り返る。うしろでチコは、片目すがめに、肩をすくめて、かったるそうに砂の手はらって、こっちへ向かって歩きだした。

暮れなずむ光の浜を、彼らは北へ歩いていく。陽灼けした彼らの皮膚は、陽の光に青さのあせた目のまわりに小皺をたたみ、髪にもグレイが交じりはじめているが、短く刈りこんでいるわりには、それが目立たず、年よりずっと若く見えた。おだやかな風に、海は間遠なリズムをもって、高まったり、低まったりしている。

「もしも」と、トムが言った。「北岩へ行ってみて、ほんとうだったら、どういうことになるんだ？　海がなにか、いままで人間に見せなかったものを、打ち揚げたのかな？」

だが、チコが返事をする間もなく、トムは先を急いでいた。兜蟹《かに》や、海栗《うに》や、海星《ひとで》や、海草や、石ころのちらばる浜のはるか先に、彼の心は走っていたのだ。こうしたものが海に棲むと、これまでに聞かされてきたさまざまな名が、息づき寄せる波といっしょに、もどってきた。舟鯆《ふねだこ》、と波はささやく。子鱈、磯鱈、小判鮫、遍羅《べら》と波はささやく。鰈《かれい》に海象《せいうち》、白海豚《いるか》に白鯨《くじら》、鯱《しゃち》、海豹《あざらし》……奇妙な感じを持った字づらに、いったいどんな形をしているのかと、いつも想像したものだ。安全な浜をはるかに、沖も遠い塩の平原、これらのものがそこから立ち上がる姿を、死ぬまで見ることは出来ぬかも知れぬ。だがそれらのものは、そこにいる。そうした名前をつけられて、そのほかあまたのものとともに、そこにいる。絵にも描かれて、それを見るたび、九千マイルを天翔《あまか》ける軍艦鳥でわが身があって、いつの日か立ちもどったときには、頭の中に実物大の海があったなら、と願ったこともいくたびか。

「さあ、急いでよ！」少年は小戻りして、トムの顔をのぞきこんだ。「行っちまうかも知れないからさあ！」

「落ちつけよ、坊主」と、チコは言った。

彼らは北岩に近づいた。男の子がもうひとり、そこに立って、足もとを見ている。

砂の上のものを、直視するのはなんとなくためらわれ、目のすみに入れないことはなかったが、トムの視線の据えられたのは、まず、そこに立つ少年の顔。その顔は青ざめて、息もしてないようだった。ときおり思い出しては息するものの、視線はぴたりと動かない。

だが、砂の上を見れば見るほど、視線はしだいに虚《うつ》ろになって、あっけにとられたように見えた。波がテニス靴を洗っても、彼は動きもしなければ、それに気づいたふうもない。

トムは少年から、そらした目を、砂に向ける。

その顔は、次の瞬間、少年の顔になった。両手はからだの両わきで、同じ曲線を描き、口はゆっくり開くと、半開きのまま、動かなくなった。色のうすいその目は、あまりの見ものに、いよいよ白っぽさを増した。

沈みゆく陽は、水平線上、十分《じっぷん》の位置にある。

「大きな波がやって来て、引いてったら」と、最初の少年が言う。「そのあとに、この女がいたんだ」

彼らはそこに、横たわっている女を見つめた。

女の髪は長かった。砂地にみだれて、それは巨大な竪琴の弦のようだ。その弦を波がはじいて浮き上がらせては、また沈ませる。そのたびに、異なる扇のかたちと、シルエットを、それは作った。髪の長さは見たところ、五フィートか、六フィートか、いまは濡れそぼった砂の上に、ライムの実の緑色して、ひろがっている。

女の顔は……

男たちは胆《きも》うばわれて、かがみこむ。

女の顔は、白い砂の彫刻。その上に、波のしずくが燦《きら》めいて、クリーム色の薔薇を濡らす、真夏の雨を思わせた。その顔は、まっさおの空に白々と、不思議なもののごとく浮かぶ、昼の月を見るようだった。肌は乳色の大理石。こめかみのあたりに静脈が、かすかな菫《すみれ》色して浮かんでいる。両眼をおおう睫毛は、わずか水色の粉を振ったよう。そのたおやかな御簾《みす》の下から、両の目はそっと見上げて、まわりに立った男たちが、覗き込み、覗き込むのを、あたかも窺《うかが》うかのようだ。唇は青みかがやく海の薔薇。下唇が厚く、その上に上唇がしっかりと、閉じられている。首すじはほっそり白く、両の乳房は小さく白く、いまは寄す波におおわれるかと思えば、引く波にあらわにされ、寄す波、引く波、寄す波におおわれては、あらわにされる。乳房には乳首がかがやき、全身は目を見張るほど、真っ白に、それはほとんどイルミネーションに似た、砂に対する白緑《びゃくろく》の照明。水が彼女を揺するたび、その皮膚は、真珠の肌のように、燦《きら》めくのだ。

下半身はその白さが、ごくごく淡い青色に、いつしか変わり、ごくごく淡い青色は、淡い緑にまた変わり、淡い緑はあざやかな緑玉の色に変わって、さらには苔の、ライムの緑に、そして火花と星をちりばめた暗い緑と、湧き上がり、屈折し、奔《はし》る濃淡のうちによどみなく変わって、そのはては泡のひろがり、砂上の宝石、レースの扇に変わっていた。水棲のものの下半身を身につけて、潮に乗せられ、浜に運ばれ、下半身をその属するほうへ曳かれながら、砂浜へ打ち揚げられた真珠の乙女、クリームのような水と、くっきりと晴れた空とでこしらえられた白い女、この生きものの上半身と下半身は、そのつなぎ目も見分けられぬほど、ぴったりつながりあっている。女は海、海は女。傷もなければ、縫いめもなく、しわもなければ、編みめもない。もしも仕掛けがあるとすれば、その仕掛けはふたつを合わせるに完璧であり、いっぽうの血が流れこみ、めぐりめぐって、混ざり合う相方《あいかた》は、それこそ水のような水に違いなかった。

「ぼく、助けを呼びに走ってくつもりだったんだ」と、最初の少年は、声の高まるのをおそれるように、「でもスキップが言うんだよ。この女のひとはもう死んでるから、助けを呼んだってしょうがないって。そうなの？」

「この女は、生きてたことなんか、なかったさ」チコが言った。「間違いない」と、つづけながら、みんなの視線が、とつぜん自分に集まるのを、感じた。「どこかの映画のロケ隊が、忘れていったんだ。鋼鉄のフレームに、液状ゴムで肉づけしたものさ。小道具だな。人形だよ」

「違うよ。ほんとの女のひとだ！」

「探せばどっかに、貼札《ラベル》がついてるさ」と、チコは言う。「ほら」

「さわっちゃ、駄目だ！」と、最初の少年が叫んだ。

「かまうもんか」チコはからだをひっくり返そうとして、手を触れた。が、その手をとめて、ひざまずく。顔つきが変わった。

「どうしたんだ？」と、トムが訊く。

チコはひっこめた手を見つめながら、「おれの見当ちがいだった」と、聞こえるか、聞こえないかの声で言った。

トムは女の手首をとった。「脈がある」

「自分の心臓の音を、勘違いしてるんじゃないか」

「わからない……もしかすると……もしかすると……」

女はそこに横たわって、上半身は月の真珠、潮のクリーム。下半身は遙か古代の、黒ずんだ緑の貨幣かず知れず、風と水とにもてあそばれて、重なりあってすべりおちるを見るようだった。

「どこかに仕掛けがあるはずだ！」とつぜんに、チコが叫んだ。

「違う、違う！」おなじくとつぜん、笑いとともにトムは言った。「仕掛けなんぞ、あるものか！ 神よ、すばらしい感じだ！ 餓鬼のときからこっち、こんな偉大な感覚は、はじめてだぜ！」

彼らはゆっくり歩をはこんだ。女をとりまく。波が女の白い手に触れ、五本の指はひっそりと、やわらかく波打った。それは誰かが、波を招いているようだった。もっともっと波が来て、指をもたげ、手首をもたげ、腕をもたげ、さらには首を、しまいにはからだをもたげて、そのすべてをもろともに、海のはるかへ運びもどせせと。

「トム」チコの口が開いて、閉じた。「うちのトラックを、ここへまわしてくれないか？」

トムは動かない。

「聞こえないのか？」と、チコが言う。

「聞こえたよ。でも――」

「でも、なんだ？ こいつはどこかへ売れるぜ。そうさな――大学か、シール・ビーチの水族館か……いっそ、おれたちで小屋を立てて、ひとに見せたっていいじゃないか？　おい」と、トムの腕を揺すった。「防波堤までトラックを飛ばせ。三百ポンドばかり、ぶっかき氷を買ってくるんだ。水から揚がったものには、なんによらず、氷が必要じゃないか？」

「頭に浮かびもしなかったな」

「頭は働かすもんだ！　早く行けよ！」

「わからないんだ、チコ」

「どういうことだ、そりゃあ？　こいつが本物じゃないってのか？」彼は少年たちを、振り返った。「きみたちも、本物だと言ったろう？　それだったら、おれたちはなにを待ってるんだ？」

「チコ」と、トムが言った。「きみが自分で、氷を買いにいけばいい」

「誰かがここに頑張ってて、潮でこの女が持ってかれちまわないようにしなきゃならないんだ！」

「チコ」と、トムは言う。「どう説明したらいいかな。とにかく、きみのために氷をとりにいきたくないんだ」

「それじゃ、おれが行く。坊やたち、ここに砂を盛り上げて、波がもどらないようにしてくれ。五ドルずつやるぞ。そら、はじめろ！」

　いまは水平線に達した陽を受けて、少年たちの横顔はピンクを流した青銅色だ。その目も青銅色に、チコを仰ぐ。

「わからないのか！」と、チコは言った。「竜涎香《りゅうぜんこう》（マッコウクジラから採る香料）をさがすより、よっぽどましな仕事だぞ！」彼はそばの砂丘を、てっぺんまで駆け上がり、大きな声で、「すぐやるんだ！」と叫ぶなり、すがたを消した。

　北岩の孤独な女のかたわらに、いまはトムと少年ふたりが残り、陽は西の水平線に、四分の一をすでに没していた。砂と女は、ピンクを流した黄金の色。

「ちょっと線がついてら」二番めの少年が、小声で言った。自分の顎の下に、そっと爪で線を引き、女のほうにうなずいた。白くひきしまった女の顎の下、その両がわにあるかなしかの線を見定めようと、トムはふたたび、身をかがめた。小さな、ほとんど目にもとまらぬその線は、鰓《えら》があるのか、あった名残りか、いまはまったく、といっていいくらい、固く閉じられ、目にもつかない。

女の顔と、浜に横とうギリシャの竪琴、豊かにひろがる髪の束とを、彼は見つめた。

「美しい」と、彼が言う。

少年たちは、わかりもせずにうなずいた。

彼らの背後で、かもめが一羽、ふいに砂丘から翔び立った。少年は息を呑み、振り返って、それを見つめる。

トムはからだが震えるのを感じた。見ると、少年たちも震えている。自動車の警笛が鳴った。彼らは目をしばたたいた。とつぜん恐怖におそわれて。ハイウェイのほうを、彼らは見上げた。

波が女に、押し寄せた。真っ白に澄んだ水のたまりが、そのからだをふちどった。

トムは顎をしゃくって、少年たちをわきへのかせる。

波はからだを一インチ押し、海のほうへ二インチ引いた。

次の波がやって来る。からだを二インチ押し、海のほうへ六インチ引いた。

「これじゃあ——」と、最初の少年が口をきる。

トムは頭を振った。

三番めの波はからだを持ちあげ、海へ二フィート引き下ろした。その次の波はさらに一フィート、からだを揺すって、小石の上を引き下ろす。次の三つが、さらに六フィート、それを動かす。

最初の少年が叫びをあげて、あとを追った。

トムは駈け寄り、その腕を押さえる。少年の顔は、落胆し、おびえ、悲しげだった。

しばらくは、来る波もない。トムは女を見つめて、胸につぶやく。ほんとうの女だ。この世のものだ。おれのものだ……だが、生きてはいない。すくなくとも、ここにこのまま、置いておいたら。

「ほうっといちゃ、いけないんだ」と、最初の少年が言った。「だめだ。どうしてかわからないけど、だめなんだ！」

もうひとりの少年は、女と海のあいだに、立ちふさがった。「ぼくたち、この女のひとをどうするの？」トムを見つめて、問いかける。「ここへ置いとけたとしたら？」

最初の少年が、それに答えようとした。「ぼくらは――ぼくらは――」彼は言葉をきって、頭を振った。「ちぇっ、畜生」

二番めの少年はわきへどいた。女から海への道をつくる。

次の波は大きかった。押し寄せて、引いたあとには、ただ、砂だけ。白いものは、行ってしまった。黒い無数の宝石は。大きな大きな竪琴の弦は。

彼らは海のきわに立って、ただ見つめた。ひとりの男と、ふたりの男の子は、背後の砂丘にすべりよるトラックの音を聞くまで、ただ見つめた。

太陽の名残りも、いまは沈んだ。

砂丘を駈ける足音と、誰かの叫びを、彼らは聞いた。

厚いタイヤの軽トラックで、闇の濃くなる浜伝い、ひっそり彼らは帰っていった。少年ふたりはうしろに積んだ、ぶっかき氷の袋の上だ。長いときがたってから、チコは悪態をつきはじめた。半ば自分に、窓から唾を吐きながら、いつまでもやめなかった。

「三百ポンドの氷だ！　氷が三百ポンド！　これをどうすりゃいいってんだ？　おまけに、へそまでずぶ濡れときてやがる。ずぶ濡れだ！　おれが海へ飛びこんで、探しに泳ぎまわってるってえのに、お前は動きもしやがらねえ！　馬鹿、腑抜け！　いつもおんなじだ！　いつだって、こうなんだ。昔から、こうなんだ。なにもしない。なにも。ただつっ立ってるだけなんだ。ただつっ立って、なにもしないで、なにもしないで、ぽかんと見てやがる！」

「なら、訊くが、きみはなにをしたんだね、なにを？」トムは言った。疲れた声で、前を見たまま。「いつもしてることと、おんなじじゃないか。おんなじことだ。変わりはない。ぜんぜん変わっちゃいやしない。自分をまず見ることだよ」

少年ふたりを、ふたりの家で降ろしてやった。年下のほうが、風の中では聞きとりがたい声で言った。「ちぇっ、きっと誰も信じちゃくれないよ……」

男ふたりは海沿いに車をやって、やがて駐めた。二、三分のあいだ、チコはこぶしを膝にゆるめてから、鼻を鳴らした。

「まあいいや。考えようによっちゃあ、これで文句はないかも知れない」彼は深く息を吸った。「いま思ったんだ。妙なことさ。いまから二十年か、三十年さきに、それも真夜中、おれたちの電話が鳴るんだ。それはいまのふたりの男の子のどっちかで、大きくなったのが、どこかの酒場かなんかから、長距離でかけてよこしたのさ。真夜中に、やつらはたったひとつのことを訊くために、電話をよこす。あれはほんとうでしたね？　そう言うんだ。ほんとに起こったことでしたね？　むかし一九五八年に、ぼくらがほんとに出くわしたことでしたね？　おれたちはベッドのはしに腰をおろして、真夜中にこう答える。そうとも、そうとも、一九五八年に、おれたちがほんとに出くわしたことだよ。やつらは言う。ありがとう。おれたちは言う。昔なじみだ、礼にゃおよばないよ。そして、おれたちみんなは、おやすみを言い交わす。それでもう二、三年は、やつら、電話をかけてこないだろう」

ふたりの男は、真っ暗なフロント・ポーチの階段に腰をおろしている。

「トム」

「なんだい？」

チコはしばらく間をおいた。

「トム、来週になっても――出てきゃあしないな」

質問ではない。おだやかな断定だった。

トムは、じっと考えこんだ。指のあいだで、タバコの火は死に絶えた。ここから出ては行かれないと、いまははっきりわかっている。あくる日も、そのあくる日も、あくる日も、彼は浜辺へおりていって、緑と白の炎の中を泳ぐだろう。奇態の波のその下の、波の谷間の暗い岩屋を、泳ぐだろう。あくる日も、あくる日も、また、あくる日も。

「ああ、チコ、おれはここにいるよ」

北へ南へ、はてなくのびた海岸を、ぎざぎざの線にふちどって、銀の鏡がひろがっていた。敷きつめた鏡のかずは知れないが、多くのものは映さない。建物ひとつも、木一本も、ハイウェイひと筋、車一台、たったひとりの人間さえも、映さない。映すのはただ静かな月。それもたちまち、千々《ちぢ》にくだいて、億千万の鏡の破片、海にひろがり、海をおおって、きらめきわたる。と見る間に海は、闇に返って、そのまましばらく、無数の鏡をまたも現《げん》じて、ふたりの男を驚かそうと、おりを窺《うかが》う。その目をついに瞬《またた》かず、いつまでもそこに座って、待っているふたりの男を。

# いちご色の窓

The Strawberry Window

夢のなかで、彼はドアを閉めていた――いちご色の窓と、レモン色の窓と、白い雪の色をした窓と、田舎の流れの澄んだ水のような色をした窓のはまった玄関《フロント》扉《ドア》を。フルーツ・ワインとゼラチンと冷たい氷の色をした大きな一枚のガラスのまわりに、四角く二ダースほどのガラスがならんでいた。子供の彼を、父親が抱き上げているのだった。「見てごらん！」緑色のガラスを通して見ると、世界はエメラルド色、苔の色、真夏の薄荷《ミント》の葉の色。「見てごらん！」薄紫色《ライラック》のガラスは、通行人をみんな葡萄の色に見せていた。そして、いちご色のガラスは、いつも町をバラ色の暖かさで包み、世界を朝焼けのピンクに染め、芝生をペルシャ絨《じゅう》緞《たん》市《いち》のように見せていた。最もすてきないちご色の窓は、人々の蒼白い顔に紅《べに》をさし、冷たい雨を暖め、吹きすさぶ二月の雪に火をつけた。

「そう、そうだ！　あそこに――！」

彼は目を覚ました。

夢うつつで、彼は子供たちが話しているのを聴いていた。寝たまま、白い海底から青い山脈に吹き上げる風のように悲しげな子供たちの声に、彼は聴き耳をたてた。そこで、彼は思い出した。

われわれは火星にいるのだ、と彼は思った。

「なんですの？」眠ったまま彼の妻が叫んだ。

彼は何もしゃべったつもりはなかった。じいっと横になっていただけだ。妻が起き上がり、蒼い顔を、カマボコ型の簡易住居の小さい高窓から見える澄みきった、だが見慣れぬ星に向けたまま歩きまわるのを、彼は不思議なぼんやりした感じで見ていた。

「キャリイ」と、彼はささやいた。

彼女には聞こえなかった。

「キャリイ。話したいことがあるんだ。もうひと月ものあいだ、言うのをこらえていたんだ……あした……あしたの朝には……」

しかし彼の妻は、青い星あかりのなかにひっそりとたたずみ、彼を見やろうともしなかった。

もし太陽が昇りっきりだったら——夜さえ来なければ——と、彼は考えた。昼のあいだ、おれは入植地の町づくりをし、子供たちは学校だし、キャリイは掃除をしたり、庭をいじったり、炊事をしたりしている。が、太陽が沈み、花もハンマーも釘もソロバンも手から奪われると、彼らの思いは夜の鳥のように、闇のなかを地球《ホーム》に飛ぶのだ。

彼の妻は身動きした——頭を少しめぐらせて。

「ボブ」と、彼女はようやく言った。「わたし地球に帰りたい」

「キャリイ!」

「ここは家《ホーム》じゃないわ」と、彼女は言った。

彼女の目からは、今にも涙があふれ出そうだった。

「キャリイ、もう少しの我慢だよ」

「もうとても我慢しきれないわ」

夢遊病者のように、彼女は簞笥《たんす》の引出しをあけ、ハンカチやシャツや下着をとり出し、それらをみんな簞笥の上に置き、見もやらずに指を触れ、持ち上げ、そして、下に置いた。こういう習慣はもう久しい。独り言を言い、物を引っぱり出し、しばらく黙ってつっ立ち、それからみんな仕舞い、何喰わぬ顔で寝床に戻り、また夢を見る。簞笥をからっぽにし、壁に寄せかけてあるスーツケースに手を伸ばす夜が来るのを、彼は恐れていた。

「ボブ……」彼女の声はとげとげしくはなく、おだやかだったが、個性がなく、彼女の仕草を照らし出す月光のように色合いがなかった。「ここ半年、幾夜も、こんなふうに独り言を言ってたの。恥ずかしいわ。あなたは町で一生けんめい家を建てていらっしゃる。精出して働いている夫は、夫を悲しませるような妻の言うことに、耳を傾けることなんかないわ。でも、しゃべらずにはおれないの。わたしの一番なつかしいものなんて、ほんのつまらないものばかり。ほんとにつまらないものばかりだわ。フロント・ポーチのブランコ。籐の揺り椅子。夏の夜。人が歩いたり、自転車をこいでゆく眺め――オハイオの宵の眺め。調子の狂った黒い竪型《アップライト》ピアノ。わたしのスウェーデン製カット・グラスの花瓶。客間の家具――象の群れみたいでしたわ――みんな古ぼけてて。中国の水晶の垂れ飾り――風が吹くとカラカラ鳴って。六月の夜、フロント・ポーチでの立ち話。おかしな、つまらないものばっかり……みんな大したものじゃないわ。だけど、明け方の三時ごろになると、そんなもののことばかり頭に浮かぶの。ごめんなさいね」

「謝らなくったっていいよ」彼は言った。「火星は遠い所だもの。それに妙な臭いがする。眺めも妙だし、感じも妙だ。ぼくだって、夜には考えこんじゃう。いい町から来たんだもんな」

「緑にかがやいていたわ――春や夏には」と、彼女は言った。「そして、秋は黄に赤。わたしたちの家はいい家でしたわ。ええ、そりゃ、古かったわ。八、九十年もたっていて。夜には、家が小声でささやいているのを聞いたものよ。乾いた木の手すり、玄関、敷居。どこをさわっても、話しかけてきたわ。部屋ごとに違う声音で。家が全部話しかけるようになったら、家はあなたを寝かしつける家族のようなものよ。今、みんなが建てているような家は、そうはいかないわ。家を馴染ませるには、人が幾代も住まなくてはだめだわ。今、ここの、この家はわたしがここに住んでいることなんか知りゃしない。わたしが生きていようが、死んでいようが無頓着よ。錫《ブリキ》のような音がする。錫は冷たい。年代がしみ込む毛穴がないのよ。来年、再来年まで物を入れておく地下室もないし。去年の物や、あなたが生まれる前からあったものなんかを蔵《しま》っておく屋根裏もないし。少しでも馴染めるものがあれば、馴染みにくいものばっかりの中でも我慢できそうだけど、ねえ、ボブ。でも、何も、何ひとつ馴染めないものばかりだと、いつまでたっても、物に馴染むことなんかできないわ」

彼は闇のなかでうなずいた。「いちいち、お前の言うとおりだ」

月影に浮かぶ壁に寄せかけられたスーツケースを彼女は見つめていた。彼女の手がそちらのほうに伸びるのを、彼は見た。

「キャリイ！」

「なんですの？」

彼は寝台から足をぶらぶらさせた。「キャリイ、ぼくはとっても馬鹿なことをしたのだ。ここ幾月も、お前や子供たちが夢み、戦《おのの》き叫ぶのを聞いていた。あの風、あの火星の風物、海底、なにもかも……」彼はことばを切り、唾を呑み込んだ。「ぼくのしたことや、何故ぼくがそうしたかを、わかってくれなきゃいけないよ。ひと月前までは銀行に預金していたお金を残らず、ぼくらが十年かけて貯めたあり金残らず、ぼくは使ってしまったんだ」

「ボブ！」

「ぼくは投げ出しちまったんだ、キャリイ、ほんとに、残らずろくでもないことに投げ出しちまったんだ。びっくりしただろう。だけど、今晩は、お前がそこにいるし、床には古ぼけたスーツケースもあるし……」

「ボブ」と彼女は言って振り向いた。「火星でこんな生活をして、毎週貯めたお金を、束《つか》の間に、湯水のように使ってしまったとでもおっしゃるの？」

「かもしれないね」と、彼は言った。「ぼくはどうかしてるんだ。朝はもうすぐだ。早く起きよう。ぼくがしたことを見に連れて行くよ。口で言いたくはないんだ。見てもらいたいんだ。それが気に入らなかったら、そうだな、そこにスーツケースもあるし、毎週四便、地球行きのロケットもあるし――」

彼女はじっとしていた。「ボブ、ボブ」と、彼女はつぶやいた。

「もう何も言わないでくれ」と、彼は言った。

「ボブ、ボブ……」信じられぬというように、彼女はゆっくり首を横に振った。彼はくるりと向きを変え、寝台の自分の側に寝ころんだ。彼女はもう一方の側に座り、しばらくのあいだ、横になろうともせずに、ハンカチや宝石や服がきちんと畳んで入れてある箪笥のほうをじっと見つめた。外では、月光の色に染まった風が、眠っている砂を吹き起こし、空中に粉をまいた。

　やがて、彼女も横になったが、一言も口をきかなかった。さながら、夜の洞窟で朝の気配を待つ冷たい物質のように。


　彼らは曙光とともに起き上がり、小さなカマボコ型の家のなかを音もなく動きまわった。母親と父親と子供たちは顔を洗い、服を着、トーストとフルーツ・ジュースとコーヒーの朝食を黙々と摂《と》った——誰もお互いにまともに顔を見合わさず、トースターの金属面やガラス器やナイフやフォークに映る、歪んだ、おそろしくよそよそしいお互いの顔を眺めながら。沈黙に耐えかねて誰かが叫び出しそうになるほど長い無言劇《パントマイム》だった。とうとう、彼らはカマボコ型の家の戸をあけ、砂の波が崩れ、移動して、奇っ怪な模様を織りなしているだけの、火星の青白色の海を渡ってきた風を誘い入れ、原色生々しい冷ややかな空の下に出、町に向かって歩き出した。広漠と人気《ひとけ》のない映画のセットのような町が、彼らの行く手に見えた。

「町のどこへ行くの？」と、キャリイが訊いた。

「ロケット基地だ」と、彼は答えた。「だけど、そこへ行くまでに、言っておきたいことが沢山ある」

　子供たちは歩をゆるめて、聴き耳を立てながら、両親の後に従った。父親は前方を見つめっきりだった。一度だって、彼は話しながら、自分の言っていることがどうとられているかを確かめようと、妻や息子たちの顔を見たことはなかった。

「ぼくは火星の未来を信じている」と、彼は静かに話しはじめた。「火星はいつか、立派にわれわれのものになるよ。火星を完全に征服し、住みつくことになるよ。尻尾を巻いて逃げ出すような真似はしない。一年前のある日、ぼくらがここに着いてまもなくのことだが、ぼくは考えたんだ——われわれは何故来たんだ？　それは——と、ぼくは言ったんだ——それは、毎年川をのぼって行く鮭と同じこった。鮭は何故そこへ行くか知らないけれど、ともかく、そこへ行く。何も憶えていない川をのぼり、小川をたどり、滝をとび越え、繁殖し、死ぬ場所にたどり着く。それを繰り返すのだ。種《しゅ》の記憶と呼ぼうが、本能と呼ぼうが、何と呼ぼうが、とにかく鮭はそこへ行く。ところで、ぼくらはここにいる」

彼らは、彼らを見おろす巨大な空の下の静かな朝のなかを歩いた。奇妙に青い砂や、蒸気のように白い砂が、新装の道路を歩く彼らの足下に舞う。

「だからぼくらはここにいる。火星から、こんどはどこへ？　木星へ、海王星へ、冥王星へ？　そうだ。それからまた、次々と。なぜだ？　いつかは太陽が、ひびの入った熔鉱炉のように爆発してしまうからだ。ボカン！——それで地球はおしまい。だけど、火星は大丈夫かも知らん。火星がだめでも、冥王星は大丈夫だろう。冥王星がだめなら、われわれはどこへ行けばいいだろう——われわれの息子たちのまた息子たちは？」

彼は、あんず色のひび一つない巨大な貝殻のような空をじっと見つめた。

「そうだな、人間は番号つきの星へ行っているだろう——九十七星座の第六惑星とか、九十九星座の第二惑星とかに！　気が遠くなるほど遠いところだ！　人間は遠くへ行ってしまって、無事なんだ！　そこで、ぼくは考えた——ああ、ああ。それが、ぼくらが火星に来た理由なんだ、と。だからこそ、人間たちはロケットを打ち上げるんだ」

「ボブ……」

「終わりまで言わせてくれ。金を儲けるためでもない。珍しい景色を見るためでもない。そんな理窟はでたらめだ。自分をごまかす、ほんの思いつきの理窟だ。金持ちになるためだ、有名になるためだ、と人は言うさ。愉しむためとか、飛びまわるためとか、とも人は言う。だけど、そのあいだじゅう、内部で何かが脈搏《う》っている——鮭や鯨のなかで脈搏っているように、ちっぽけな細菌のなかでさえ脈搏っているように。どんな生き物のなかにも脈搏っている小さな時計が、なんて言っているか知っているかい？　出て行け、拡がれ、進め、泳げ——って言っているのさ。いろんな星の世界へ行って、人間を決して殺すことのない町をたくさんつくれ——そう言っているんだよ。わかるかい、キャリイ？　火星にやって来たのはわれわれだけじゃない——種族が、全人類がやって来たんだ。人類の将来は、ぼくらが生きてる間にする仕事にかかっているのだ。責任重大で笑いが出そうだ。身がこわばりそうだ」

　彼は、息子たちが彼のあとにくっついて歩いているのや、妻が自分の傍を歩いているのを意識して、自分の話の反応を確かめるために妻の顔を見たかった。が、彼はかたくなに見ようとはしなかった。

「こんなことはみんな、子供の頃、種播機《たねまきき》がこわれ、それを修繕する金がなくって、親父といっしょに手で種を播きながら畑を歩きまわった時のことと変わりゃしないんだよ。誰かがそういうことをしなけりゃならなかったんだ——後々の人のために。そうだ、キャリイ、そうだ、お前、憶えているかい——『百万年後に地球は凍る』っていう日曜版の記事を。子供のとき、ぼくはそんな記事を見てわめいたもんだよ。どうしたんだ、とおふくろが言うから、百万年後の人が可哀そうだ、とわめき返してやった。おふくろは、そんなこと心配するなって言ったっけ。だが、キャリイ、実はそれが肝心なところなんだ。ぼくらはそれを心配しているんだ。でなかったら、こんなところに来ちゃいないさ。全人類の未来にかかわる問題なんだ。人類ほど、ぼくの身びいきするものはないさ。人類の一員だからな。人類遠来の夢、不死を手に入れる方法があるとすれば、そいつこそ——拡がれ、宇宙に種を播け——ってことだ。そうすりゃ、不作の時にもどこかで収穫ができる。地球がどんな飢饉に見舞われたって、どんなに疲弊したって平気だ。これからの千年のあいだに、人間は新しい麦を金星へでもどこへでも運ぶんだ。ぼくはそんな考えで夢中なんだ、キャリイ、ほんとに夢中なんだ。そんな考えが浮かぶと、ぼくはもう夢中になって、人をつかまえて、お前にも、息子たちにも、誰にでも、話さずにはおれなくなるんだ。だけど、ほんとうはそんなこと必要じゃないんだ。いつかは、誰でもあの脈搏《う》つ音を聞くのだから。そしたら、そんなことを誰も言ってもらう必要はない。まったく、これはどえらい話だ、キャリイ。五フィート五の男にしちゃ、どえらすぎる考えだ。それにしても、これは神かけて本当の話なんだ、まったく」

彼らは人気《ひとけ》のない町の通りを歩き、自分たちの足音の反響《こだま》に耳を傾けた。

「そして、今朝は?」と、キャリイが言った。

「やっと今朝の話になってきた」彼は言った。「もう一人のぼくは地球《ホーム》に帰りたがっている。だけど、別のぼくは、帰れば何もかも終わりだ、とつぶやく。そこでぼくは考えた――ぼくをもっとも悩ますものは何だ? 昔もっていて、今はないものだ。息子たちのもの、お前のもの、ぼくのもの。新しいことを始めるのに古いものも入用なら、古いものも使おう――ぼくはそう考えた。歴史の本で読んだのを憶えている――千年も昔には、人はくり抜いた牛の角《つの》に木炭を詰めて、日中はそれを吹きながら場所から場所へと移動して、夜になると、朝から保《も》っていた火種で火をおこしたんだ。いつも新しい火なのだが、古い火種もまざっている。そこでぼくは天秤にかけてみた。古いものはぼくらの全財産に値するだろうか? と自問した。いや、値しない! 価値のあるのは、ぼくらが古いものを利用してしたことだけなのだ。それでは、新しいものは、ぼくらの全財産に値するだろうか? 値する――と、ぼくは答える。地球に帰りたいという気持ちに打ち克つために、お金を石油にひたし、マッチを擦ろう!」

キャリイと二人の息子たちは身じろぎもしなかった。

彼らは通りに立ちつくしたまま、彼を見つめた——彼らを地面から吹き飛ばさんばかりに激しく荒れまわり、今やおだやかにおさまった嵐ででもあるかのように。

「貨物ロケットが今朝着いた」と、彼は静かに言った。「ぼくらの荷物が載っているんだ。さあ、受け取りに行こう」

彼らはゆっくりとロケットの発着場のステップを三段のぼり、反響《こだま》する床を荷物室に向かって歩いた。扉がちょうど吊り上げられているところだった。一日の仕事が始まるのだ。

「鮭の話、またしてね」と、息子の一人が言った。

暖かい朝の大気のなかを、彼らは、大きいのや、背の高いのや、低いのや、平べったいのや、さまざまな木枠や木箱や包みやボール箱を、借りたトラックに一杯に積んで出発し、町を出た。荷物の一つ一つには番号がついていて、『火星、ニュー・トレド、ロバート・プレンティス行』と小ぎれいに書かれていた。

車はカマボコ型の家の前にとまり、子供たちは跳び降り、母親が降りるのに手を貸した。しばらく、ボブはハンドルのうしろに座っていたが、やがて車を降りて後にまわり、荷物を眺めた。

昼までに梱包は一つを残して全部あけられ、品物は、家族がそれらに囲まれて立っている海底に置かれた。

「キャリイ……」

今、町はずれに置かれた、なつかしい玄関の木の上り段を、彼は妻の手をとって上った。

「そら、聞こえるだろう、キャリイ」

踏み段は足下にきしみ、ささやいた。

「なんて言っている？　なんて言っているのか聞かせておくれ」

彼女は古びた木の踏み台に立ちどまり、何も言えなかった。

彼は手招きした。「玄関はここ。居間はあそこ。食堂、台所、それに寝室が三つ。半分は新しく建て、半分は運んでくるよ。今ここにあるのは、玄関と応接間の家具と、古い寝台が一つだけど」

「あのお金を全部、ボブ！」

彼は振り向き、ほほえんだ。「お前、怒っていないね、そら、ぼくのほうを見て！　お前は怒ってなんかいない。来年、いや五年がかりで、みんな運んでくる！　カット・グラスの花瓶も、一九六一年にお前のおふくろがくれたアルメニアの絨緞も！　太陽なんか爆発しろ！」

彼らは、数字と表書きの書いてある梱包を眺めた――フロント・ポーチのブランコ。玄関の籐《とう》の揺り椅子。中国の水晶の垂れ飾り……

「わたし吹いて鳴らしてみるわ」

彼らは踏み段の上に、小さい色ガラスのはまった玄関の扉を据えつけ、キャリイはいちご色の窓から覗いた。

「何が見える？」

訊くまでもなかったのだ。彼も色ガラスを覗いていたのだから。冷たい空は温《ぬく》み、死んだ海は火のように色づき、いちご色の氷山のような山々に変貌した火星の景色だった。いちご色の窓！　砂は風にあふられて、燃える炭火のようだった。いちご色の窓は、地面を柔らかいバラ色に萌《も》え立たせ、心と目を永遠《とわ》の朝焼けの光で満たした。背をこごめて覗きながら、彼は自分がこう言っているのを聞いた――

「こんなふうにして、町は一年で出来上がる。ここは落ち着いた通りになるよ。お前のポーチもできるし、友だちもできる。そうなりゃ、お前もこんなもの、そんなに欲しがらないだろうよ。こんなことから始めて、馴染みの深い、ささいなことから始めて、町が拡がり、火星が変わるのを見まもっておれば、火星だって、今に、生まれたときから住んでいたような気になるさ」

彼は踏み段を駈け下り、まだ解いてなかった、最後の、シートで包んだ荷物に駈け寄った。ポケットナイフで、彼は包みに穴をあけた。「あててごらん！」と、彼は言った。

「台所のストーヴ？　それとも、かまど？」

「ぜんぜん違う」彼はとてもやさしくほほえんだ。

「歌を歌っておくれ」と、彼は言った。

「ボブ、気でもふれたの？」

「歌を歌っておくれ――銀行に預けてあった有り金全部に値するような歌を。地獄に涼しい風を送り込むような歌を」と、彼は言った。

「わたし、〈ジェネヴィエーヴ、優しいジェネヴィエーヴ〉しか知らないわ！」

「そいつを歌っておくれ」

　しかし、彼女は歌えなかった。彼女の口は動き、あがいたが、声にはならなかった。

　彼はシートを大きく引き裂き、手を押し込んで、しばらくのあいだ、まさぐり、歌詞を口ずさみはじめた。と、彼の手が動き、澄んだピアノの和音が、ひときわ高く朝の空気を震わせた。

「さあ、さあ、終わりまで歌おう。みんなで！　はい、弾くよ」と、彼は言った。

# 雨降りしきる日

The Day It Rained Forever

うつろな、乾いた骨のようなホテルが砂漠の空の真下に立ち、太陽は日がな一日その屋根を焼きつけていた。夜っぴて、昼の太陽の名残りが、山火事の幻《まぼろし》のように、ホテルの部屋ごとに揺れ動いていた。夜ふけてからも、光はつまるところ熱であるので、あかりを点けるのは手控えているのであった。ホテルの住人は、暗がりのなかを、ホールからホールへと、手探りで涼風を求めて歩きまわるほうがまだしもだと心得ているふうだった。

この特別な日の夕暮れ、宿の主人タール氏と、見てくれも、体臭も、古びて干からびたタバコの葉よろしくの、たった二人の下宿人、スミス氏とフレムリイ氏は、ベランダで夜ふけまで起きていた。鉄琴を張った揺り椅子に腰かけて、風を呼ばんものと、喘ぎ喘ぎギイギイと揺すっていた。

「タールさん……ほんとにすばらしいでしょうな……もし買えたら……冷房装置を……？」

タール氏は目をつぶったまま、しばし椅子の揺れに身をまかせていた。

「そんな金はありませんよ、スミスさん」

二人の長期逗留者は顔を赤らめた。二十一年もの間、二人はびた一文払ってはいないのだ。

よほどたってからだった、フレムリイ氏が重々しい溜め息をついたのは。「なんだって、ほんとに、なんだって、こんなとこに見切りをつけて、荷物をまとめて、ここをおん出て、まっとうな町に引っ越さねえんだ？　暑さにうだったり、茹《ゆ》でられたり、大汗かいたり——もうごめんだ」

「人の見捨てた幽霊都市《ゴースト・タウン》のさびれた宿《ホテル》を誰が買うかね

?」と、タール氏は物静かに言った。「だめ。だめだよ、わしたちゃ、ここに腰を落ち着けて待つんだ、あのすばらしい日、一月二十九日をね」

火の消えるように、三人の男たちは椅子を揺するのをやめた。

一月二十九日。

一年中でたった一日、雨が堰《せき》を切ったように降る日だ。

「もうすぐだ」スミス氏は掌のなかの、熱い真夏の月のような懐中時計をすかし見た。「あと三時間と九分で一月の二十九日だ。何百マイルの間に雲一つ見えんけど」

「生まれてこのかた、一月二十九日にゃ、毎年雨が降った！」タール氏はおのれの大声に驚いて、声を呑んだ。「それが今年は一日遅れるといっても、神様の袖を引くような真似はせんがね」

フレムリイ氏は息を詰めて、砂漠を東西に見渡し、山並みに目を止めた。「どうかな……またこの辺に金鉱ブームが起きることって、あるかな？」

「金《きん》なんか出るもんか」スミス氏が言った。「それに、賭けてもいいけど――雨も降らんよ。あしたも、あさっても、しあさっても、雨は降らん。今年いっぱい、雨なしだ」

三人の年配の男たちは、静かな高みに円い穴を焼き抜いた大きな黄色っぽい月を、座ったまま見上げていた。

かなりな時がたってからだった、喘ぎながら、彼らがまた椅子を揺さぶりはじめたのは。

朝のはじめの熱を含んだ微風が、カレンダーのページを乾いた蛇の脱皮《かわ》のように吹き上げ、カレンダーはホテルの受付《フロント》に衝突して四散した。

三人の男たちは、ガリガリにやせた肩にズボン吊りをずり上げながら、素足のまんま降りてきて、馬鹿みたいに晴れ上がった空に一瞥をくれた。

「一月二十九日……」

「一滴のお恵みもなし」

「日はまだ若い」

「わしは若くない」フレムリィ氏は踵を返して、行ってしまった。

寝ぼけ眼《まなこ》のフレムリィ氏が廊下から、熱い、ホカホカの自分の寝床に戻るのに、五分はかかった。

正午に、タール氏が覗きにきた。

「フレムリイさん……？」

「呪われた砂漠のサボテン――それがわしらだ！」と、フレムリィ氏は寝床にころがったまま、喘ぐように言った。彼の首は、今にも粗い床板にたまった、熱い埃のなかに転げ落ちなん有様《ありさま》だった。「なんぼ呪われたサボテンでも、焦熱地獄の一年を過ごすためには、一度ぐらいは水も啜《すす》らしてもらわにゃ、たまったもんじゃねえ。ほんとに、わしは梃《てこ》でも動かんぞ。屋根の上でパタパタやってる鳥の足音しかしねえくらいなら、ここに寝たまま死んでやる！」

「大口叩くのはいい加減にして、傘でも用意しときな」と、タール氏は言い、爪先でそこを立ち去った。

夕方、うつろな屋根にかすかにパタパタという音がした。

フレムリィ氏の声が寝床のほうから恨めしげに流れてきた。

「タールさん、そりゃ雨じゃねえ！　お前さんが、ホースで井戸水を屋根に撒いてるんじゃないか！　お心持ちは有難いけど、やめてくれ！　すぐやめてくれ！」

パタパタという音はやんだ。下の庭で、溜め息が一つ。

すぐそのあとで、タール氏が建物の横手に来てみると、カレンダーが砂埃のなかを、舞い上がり、舞い下りしていた。

「忌々《いまいま》しい一月二十九日だ！」という声がした。「十と二カ月！　また十二カ月もひたすら待たにゃならんのか！」

スミス氏が入口につっ立っていた。彼は中に入り、古ぼけた二つのスーツケースをさげて現われ、玄関《ポーチ》にどっかと置いた。

「スミスさん！」と、タール氏は呼びかけた。「三十年もいて、いまさら、出てくなんて手がありますかね！」

「アイルランドじゃ、月の二十日は雨だっていいますね」スミス氏が言った。「わたしゃ、そこで仕事《くち》を見つけて、帽子なしの、ロあんぐり——って恰好で歩きまわりたい」

「行っちゃいけませんよ！」タール氏は、必死で何かを思いつこうとしていたが、ふとパチンと指を鳴らした。「あんたはわしに九千ドルの借りがあるんだぞ！」

スミス氏はひるんだ。彼の目に、弱気と苦痛の色が浮かんだ。

「わたしが悪かった」タール氏は顔をそむけた。「本気じゃなかったんだよ。ところで——あんたはシアトルに行くつもりだった。あそこじゃ、週に二インチは降るからね。あるとき払いの催促なし、にするよ。だけど、お願いだから、真夜中まで待ってくれ。ともかく、その頃になれば涼しいし。都市《まち》に行くには涼しい夜道にかぎるよ」

「夜中まで待ったって、何も起こりゃしまい」

「信念を持たなきゃ。何もかも終わり——ってときには、何かが起きると信じなきゃ。わたしと一緒にここに立って、座らんでもいいから、ただじっとつっ立って、雨のことを考えるんだ。これがわたしの最後の願いだ」

砂漠では、突然、小さな旋風《つむじかぜ》が砂塵を巻き上げ、また鎮まった。スミス氏の視線は西の地平線に沿って走った。

「何を考えるんだって？　雨、おお、雨よ、来い。こうかい？」

「なんでも！　なんでもいい！」

スミス氏は古ぼけたスーツケースを両脇に置いて、長いあいだ、じっと立ちすくんでいた。二人の吐く息を除いては物音一つしなかった。

やっと決心したかのように、スミス氏は身をかがめて、鞄の取っ手に手をかけた。

すると突然、タール氏は目をしばたたいた。体を乗り出し、耳に手をかざした。

スミス氏は、身をこわばらせた――手は荷物に置いたまま。

遠くの山間《やまあい》から、ざわめきが、かすかな地鳴りが――。

「雨が来るぞ!」と、タール氏はうわずった声をあげた。

音はだんだん大きくなってきた。山間から白っぽい雲が立ちのぼった。

スミス氏は爪先立ち、背伸びしていた。

階上《うえ》のフレムリイ氏は、死から甦ったラザロのように、むっくりと身を起こした。

正体を見極めようと、タール氏の瞳孔はいっぱいに見開いた。漂流船の船長が、ライムの実と、歯にしみるほど冷たい、白い椰子の実の香りを含んだ南海の微風を最初に嗅ぎつけたときのように、彼は玄関《ポーチ》の柵に体を乗り出した。ほんのかすかな微風が、彼の痛いほど乾ききった鼻孔を、白熱した煙突の曲がり目をかすめる風のように撫でていった。

「来たぞ!」タール氏が叫んだ。「来たぞ!」

最後の山を越え、焦熱の砂塵を巻き上げ、雲が――雷鳴が――轟く嵐がやって来た。

その山を越えて、二十一日も通わなかった一台の自動車が、キイキイ、バタバタ、ヒュウヒュウとばかり、すさまじい勢いで平原に駈け下りてきた。

タール氏は、とてもスミス氏の顔を見る勇気が出なかった。

スミス氏は部屋に閉じこもったきりのフレムリイ氏のことを思い、上を見た。

フレムリイ氏は窓から見下ろしていた――自動車がホテルの車寄せで、息絶え、死ぬのを。

というのも、車が出す音は奇妙に臨終じみていたからだ。車は燃えるような硫黄の道を走り、一千万年前には海水に洗われていた、塩ふく平原をよぎってやって来たのだ。縫い目から人喰い人種の髪の毛のようなもつれ毛をはみ出し、大きなまぶたのように裂けたカンバス布が後ろにめくれてミントガムのようにぺちゃりと後部席にくっついた、一九二四年型のキッセル車は、天上に魂を送り出すかのように、末期の身震いをした。

前部席の老婦人は、三人の男とホテルを覗き込んで辛抱強く待った。その様子はまるで、こう言っているようだった——ごめんなさいな、わたしの友達は病気なんです。ずいぶん長い付き合いですもの、息を引き取るのを見とどけてやらねばなりませんの。そこで彼女は車に乗ったまま、かすかな痙攣が治まり、断末魔の終焉を告げる筋骨の弛緩が訪れるのを待っていたのだ。車の調子に耳を傾けながら、彼女は、更にまるまる三十秒はそのままの姿勢でいた。その様子には、どことはなしに大層心なごむところがあったので、タール氏とスミス氏はわれ知らず彼女のほうに体を傾けた。やっと彼女は男たちを見て、気品のこもった微笑を送り、手を振った。

フレムリイ氏は、いつしか自分の手が窓から出て、婦人の挨拶に応えているのを見てびっくりした。

玄関《ポーチ》では、スミス氏がつぶやいた。「変だ。雨嵐《ストーム》ではなかった。だのに、がっかりもしない。どうしたことだ？」

が、タール氏は小径を自動車のほうへ、歩いて行った。

「わたしどもは思い違いをしてたんですよ……つまり……」彼は口ごもった。「わたしはタールといいます、ジョー・タールです」

彼女は彼と握手をし、何千マイルもかなたの雪から解け、日と風に浄化されながら長旅をしてきた水のように、まったく澄みきった、濁りのない、明るい碧い目で彼を見つめた。

「ミス・ブランシュ・ヒルグッドです」と、彼女は静かに言った。「グリンネル大学卒の独身音楽教師。アイオワのグリーン市で三十年間、高校の合唱部《グリー・クラブ》と学生オーケストラの指揮者。二十年間、ピアノ、ハープ、声学の個人教師。一カ月まえ引退して恩給暮らし。そして今、新規まきなおしで、カリフォルニアに行くところです」

「ヒルグッドさん、ここからまたどこかへお行きになるおつもりじゃないでしょうね？」

「そんな予感もしましたわ」彼女は、二人の男が自動車を眺めまわしているのを見ていた。彼女はリウマチ病みのおじいさんの膝に抱かれた子供のように、そわそわしていた。「何をすればいいんでしょうね？」

「車輪は柵になる、ブレーキ・ドラムは食事を知らせる鐘《ゴング》になるし、残りは立派な石庭になる」

　フレムリイ氏が天上からどなった。「死んだのか？　車が死んだのか——って言うんだよ。ここからでも分かるさ！　ところでよ——食事《めし》の時間はだいぶ過ぎたぜ！」

　タール氏は手を差し出した。「ヒルグッドさん、あれがジョー・タールの砂漠ホテルでございます。日に二十六時間、営業。砂漠の毒トカゲもお客様も、どうぞお二階へ上がる前に、番台にお立ち寄りください。ぐっすりお休みください。お代はいただきません。朝になったら、手前どものフォードをぶっ飛ばして、町までお送りいたします」

　彼女はタール氏の手を借りて車から降りた。女主人が行ってしまうのに抗議するかのように、エンジンが唸った。軽いカチャリという音をたてて、彼女は車の扉を閉めた。

「友が一人逝《い》きました。でも、まだ一人おりますの。彼女を外から連れて来ていただけませんか、タールさん？」

「彼女ですって？」

「ごめんなさい、わたしは物を人みたいに考えてしまいますの。車は男性ですわね、だって、いろんなところへ連れて行ってくれますもの。でも、ハープは女性じゃございません？」

彼女は車の後部席を見やって頷いた。そこにはハープのケースが、風を切って進んだ古代の雲型の船のへさきのように、空を背景に立てかけられていた。それは、車の運転席に座って、砂漠の無人の境や都会の雑踏に車を走らせる、どんな運転者よりも高くそびえていた。

「スミスさん」タール氏は言った。「手を貸してくれ」

二人は大きなケースの紐を解いて、用心深く運び出した。

「中身はなんだ！」と、フレムリイ氏が階上《うえ》からどなった。

スミス氏がつまずいた。ミス・ヒルグッドは息を呑んだ。ケースは二人の男の腕のなかで傾《かし》いだ。

ケースのなかから、かすかに妙《たえ》なる楽曲が流れ出てきた。

階上のフレムリイ氏にも聞こえた——中身は言わずと知れた。あっけにとられて、彼は婦人をまじまじと見、二人の男と箱づめの友達がよたよたと穴蔵のような玄関《ポーチ》に消えて行くのを見送った。

「気をつけろ！」と、スミス氏が言った。「どっかの間抜けめが、荷物を置いて行きやがった——」彼は声を呑んだ。「間抜けめ？　わしのこった！」

二人は顔を見合せた。もう汗をかいてはいなかった。いずこからか、風が吹いてきていた。やさしく彼の襟もとを扇《あお》ぎ、砂上に撒かれたカレンダーをはためかせた風が——。

「わしの荷物……」と、スミス氏は言った。

それから、みんなで連れだって中に入った。

「ヒルグッドさん、ワインをもっとどうです？　ここんところ何年も、食卓にワインが出たためしはないんですから」

「じゃ、ほんの真似だけ」

たった一本のロウソクをかこんで、みんなは座った。その熱で部屋はまるでオーヴンのようだった。彼らはしゃべり、生温かいワインを啜り、食べた。上等の銀器や食器はキラキラと光った。

「ミス・ヒルグッド、あなたの身の上を話してください」

「生涯を」ヒルグッド嬢は言った。「ベートーヴェンからバッハ、ブラームスと遍歴していて、気がついたら二十九をとっくに過ぎていました。その次に気がついたときには四十でした。きのうで七十一になります。ええ、男はおりましたわ。でも、男って、十歳《とお》で歌うのをやめ、十二で天翔《あまか》けるのをやめるものです。わたしはいつも思うんです――人間はそれぞれの流儀で天翔けるように生まれついているものだ、と。ですから、この世の重い鉄の足かせを引きずって歩いている男には、わたしは我慢がなりませんの。九百ポンドより軽い男性にお目にかかったことはありませんでしたよ。黒い背広でおつに澄ましていても、葬式馬車のようにゴロゴロ足かせを引きずって歩いているのが聞こえるものです」

「それで、あなたは天空を翔けめぐったわけですか？」

「心のなかでのことですよ、タールさん。それを卒業するのに六十年かかったのです。そのあいだじゅう、わたしはピッコロやフルートやヴァイオリンと取り組んでました。音楽は、地上に小さな流れや大きな川があるように、空中に流れをつくるものですからね。わたしはどんな支流にも足を踏み入れ、ヘンデルからシュトラウスまでのささいな入江にまで分け入って、新鮮な空気を吸いこみました。廻り廻って、やっとここに辿りついたわけですよ」

「どうしてまた、それに見切りをつける決心をしたんです？」と、スミス氏が訊いた。

「先週のことでした、来《こ》し方を振り返って、こう自分に言ってみたんです――『ほんとに、お前は独りで飛んでいたのね！　お前が飛び立ったって、どんな高みに到達したって、グリーン市の誰も気にとめたりしないじゃないの？　いつも、『素敵だったわ、ブランシュ』とか、『PTAのお茶会でのリサイタル、有難うございました、H先生』で終わり。だけどほんとに聴いてくださる人は一人もいない。ずっと昔のことだけど、ニューヨークやシカゴのことを話すと、町の人はわたしのことをなじって、せせら笑ったものです。でも、〝田舎町の大蛙でおれるのに、大きな池の小蛙になることはないじゃないの〟——というわけで、わたしはねばっていました。一方、町の人は出て行くか、くたばってしまうか、それとも、出て行ってくたばってしまうがいい、と忠告してくれましたわ。他の人は相手にさえしてくれません。そこで先週、わたしは勇を鼓して言ってみました——『お待ち！　蛙が翼を持つようになったのはいつからの話？』と」

「そこで西へ向かって旅立ったというわけですか？」と、タール氏は言った。

「映画に出るか、星空の下で演奏しようと思って。でも、ほんとうに耳を傾けて聴いてくれる人のために演奏をしてみたい……」

彼らは暑苦しい暗がりに座っていた。彼女は話し終わった。みんなしゃべってしまった——馬鹿げていようといまいと。そして静かに自分の椅子に戻った。

二階で誰かが咳をした。

その音を小耳にはさむと、ミス・ヒルグッドは腰を上げた。

皺くちゃの寝床の横に、トレイを置こうとしてかがみこんでいる婦人の姿を、フレムリイ氏が膠着したまぶたを開いて確かめるには、少々時間を要した。

「今まで階下《した》で、何をしゃべっていたんですか？」

「あとでまた来て、一部始終、話してあげます」と、ミス・ヒルグッドは言った。「今はお食べなさい。ほら、おいしいサラダですよ」彼女は部屋を出て行きかけた。

彼はあわてて訊いた。「ご滞在のおつもりで……？」

彼女は戸口で立ちどまり、暗がりのなかの汗ばんだ彼の表情を探った。彼には、彼女の目鼻立ちさえ定かではなかった。彼女はしばらく無言で立っていたが、階段のほうへ歩きはじめた。

「聞こえなかったのかな」と、フレムリイ氏はつぶやいた。

が、彼は知っていた——彼女に聞こえたことを。

ミス・ヒルグッドは階下のロビイをまっすぐにケースに向かって進み、錠前をまさぐりはじめた。

「食事のお支払いをしなくちゃ」

「手前持ちです」と、タール氏が言った。

「お支払いします」と、彼女は言って、ハープのケースを開けた。

黄金燦然たるハープが現われた。

椅子の上で二人の男は胸をときめかした。

彼らは目を細めて、巨大なハート型の楽器のそばに立っている小柄な婦人を見つめた。それは彼女の頭上に高くそびえ、おだまき模様のある支柱の上には、羚羊《アンテロープ》の目をした静かなギリシャふうの顔がおだやかに彼らを見ていた。

二人の男はすばやい驚愕の目差しを交わしあった。お互いに何がはじまるかが分かったふうだった。彼らは息せき切ってロビイの向こう側に行って、ビロードの長椅子のはしに席を取り、湿ったハンカチで顔を拭った。

ミス・ヒルグッドは椅子を引き寄せ、金色《こんじき》のハープをゆったりと肩にもたせ掛け、弦に手を触れた。

タール氏は火のように熱い空気をひと息吸い、そして待った。

突然、一陣の砂漠の風が外玄関を渡って吹き込み、椅子にぶつかった。夜の池に浮かぶボートのように、椅子は前後に揺れた。

フレムリイ氏の不平がましい声が階上からした。

「何がおっぱじまるんだ！」

すると、ミス・ヒルグッドの手が動いた。

肩下の弓状のところから始めて、支柱の上のギリシャ女神の物見えぬ美しい視線に沿って、彼女の指はつづれ織りのような弦の上を、行き、かつ戻った。そして、しばし、彼女は弾く手を休めた。その音《ね》は焼けつくロビイの宙に漂い、人気《ひとけ》のない部屋の一つ一つにも忍び込んで行った。

たとえ階上でフレムリイ氏がわめいたところで、誰の耳にも入らなかったであろう。タール氏もスミス氏も、呆然自失の態で立ち上がっていたが、聞こえるものは、おのれの心臓の高鳴りと肺臓を駈けめぐる風の音ばかりであった。目を見開き、口をだらりとあけて、いわば完全な失神状態で、彼らは二人の女性――黄金の支柱の上の誇らしげなミューズと、優しい目を閉じ、小作りの手を前に差し出して座っている老婦人――をじっと見つめた。

小さな女の子みたいだ――と、二人はとりとめもなく思った――小さい女の子が窓から手を差し出している。なんのために。もちろん、もちろん！

雨を手に受けるためだ。

最初の驟雨《しゅうう》の反響《こだま》は遠くの堤道や屋根の樋に吸いこまれて消えた。

階上のフレムリイ氏は、誰かに耳を引っ張られたかのように、寝床から起き上がった。

ミス・ヒルグッドは弾いた。

彼女の奏でる曲は、男たちのまったく知らない曲ではなかった。いや、彼らの長い生涯に、歌詞でか、メロディーでか、何千回となく聴いた曲だった。弾くたびに、指が動くたびに、雨は暗いホテルの中にパタパタと降り込んだ。雨は涼しげに開いた窓から注ぎ込み、ポーチの火照った床板を洗った。雨は屋根に降り、焼けた砂に音を立てて降った。雨は錆びついた自動車にも、空っぽの馬小屋にも、庭の枯れたサボテンにも降りそそいだ。雨は窓を洗い、埃をしずめ、天水桶を満たし、戸口に水玉の簾《のれん》を張った――人が通れば両脇に分かれて、カラカラと鳴るだろう。が、何よりものことに、雨の軽やかな感触と涼しさが、タール氏とスミス氏の上にも降り注いだ。雨の優しい重みと圧力に押しつぶされるように、二人の男はだんだんと腰をかがめ、またもとのように椅子に座った。絶え間なく雨が彼らの顔を打つので、彼らは目を閉じ、口を閉じ、手で額《ひたい》にひさしを作った。座ったまま、彼らは静かに頭を後ろに傾け、雨が落ちるに任せた。

激しい雨はしばらくつづき、指が弦から離れるに従って静まり、また二、三回、たたきつけるように降ってやんだ。

何億という落下途上の雨滴を、稲妻が凍らせたときに撮った写真のように、最後の和音は宙にとどまった。すると稲妻が消えた。最後の雨滴が、暗闇のなかを音もなく落下した。

ミス・ヒルグッドは弦から手を離した。目は閉じられていた。

タール氏とスミス氏が目をあけると、ロビイの向こう側に、あの不思議な二人の女性は、雨に打たれた様子もなくそこにいた。

彼らは身震いした。彼らは何か話したげに身を乗り出した。が、どうしてよいのか、戸惑っているふうだった。

すると、二階の廊下の奥まったところで物音がし、それが彼らにどうすればよいかを教えた。

力尽きた鳥が弱った翼をばたつかせているような物音が、かすかに階上から伝わってきたのだ。

二人の男は上を見上げた。

それはフレムリイ氏の立てた物音だった。

フレムリイ氏が、自分の部屋から、拍手を送っていたのだ。

それが何の物音かを聞き分けるのに、タール氏は数秒かかった。すると、タール氏はスミス氏をこづき、自分から手を打ちはじめた。二人は割れるような拍手を送った。木霊《こだま》はホテルの空洞のあちこちに反響し、壁に当たり、鏡を打ち、窓にはね返り、部屋部屋から逃れ出ようとした。

この予期しなかった、新たな嵐の襲来に面喰らったかのように、ミス・ヒルグッドは目を開いた。

今度は男たちがリサイタルをする番だった。彼らは熱狂的に手を打った。手一ぱいの爆竹を次々と打ち鳴らしているかのようだった。フレムリイ氏がわめいた。誰も聞こえなかった。指が腫れ上がり、息が切れるまで、大きな拍手をくり返した。やっと彼らは手を膝に置いた。心臓は張り裂けそうだった。

それから、スミス氏はゆっくりと立ち上がり、ハープをじっと見つめ、外へ出て行き、スーツケースを運び込んできた。彼はロビイの階段のたもとで立ちどまり、長いあいだ、ミス・ヒルグッドをまじまじと見ていた。彼は階段の一段目の隅に置いてある彼女の荷物にちらりと目を落とした。彼は、彼女のスーツケースと彼女とを交互に見やって、尋ねるふうに眉を上げた。

ミス・ヒルグッドはまずハープを見、自分のスーツケースを見、タール氏を見、最後にスミス氏を見やった。

彼女は一つ頷いた。

スミス氏はかがみこみ、自分の鞄を一方の脇に、彼女のをもう一方の脇にかかえると、暗がりの長い階段をゆっくりと上りはじめた。ミス・ヒルグッドはまたハープを肩に当てて、弾きはじめた――彼女が彼の動きに合わせて弾いたのか、彼女の弾奏に合わせて彼が動いたのかは、知る由もなかったけれども。

階段の中ほどで、スミス氏は色あせた寝間着《ローブ》をひっかけて、ゆっくりと降りてくるフレムリイ氏に出会った。

二人はそこに立ち止まって、ロビイの底の一方の端の男と、もう一方の端の二人の女性を見下ろした。微光と動きのほかは何もなかった。二人は同じ想いを思った。

これからは毎晩――一生涯、毎晩、ハープを奏でる音が流れ、涼しい雨の音が流れる。庭のホースで屋根に水を撒くことも、もういらぬ。ポーチに座ったまま、寝床に横たわったまま、聴けばいいのだ……降る音を……降る音を……降る音を……

スミス氏は階段を上った。フレムリイ氏は降りて行った。

竪琴《ハープ》よ、竪琴《ハープ》よ。耳を澄まして聴け！
五十年来の旱魃《かんばつ》は終わりを告げ、
永遠の雨期来たりぬ。

# ブラッドベリの妙薬

作家
菊地秀行

レイ・ブラッドベリ――SFの叙情詩人――を語る上で、これは決して忘れてはならない一冊である。

『火星年代記』『刺青の男』『華氏451度』と言ったSF作品群と――

『十月はたそがれの国』『何かが道をやってくる』『黒いカーニバル』をはじめとする怪奇小説《ホラー》団。

これら絢爛たる名作の狭間で、本書は文庫化もされず、ひっそりと忘却の海を漂っているに違いない。

だが、私は忘れなかった。ひとときたりと忘れたことなどない。

いま、旧「異色作家短篇集」版の解説――「ブラッドベリについてのノート」を読むと、うちに感慨の深いものがある。

発行は「昭和三十六年五月三十一日」――十二歳の私は、故郷の今も昔も干びた印象の書店で、本書を手にしたことになる。ただし、これは幾ら何でも早過ぎで、昭和三十六年といえば一九六一年――《SFマガジン》創刊二年後である。小学六年生の私は、SFのえの字も知らなかった（SFがサイエンス・フィクションの略だと知ったのは、手塚治虫著『宇宙空港』の単行本による）し、こんな本を手に取る程の文学少年でもなかった。

これとコリアの『炎のなかの絵』を持って、高校の修学旅行へ出掛け、当時の友人に「気障だ」と言われた記憶がある。買ったばかりの本という印象があるから、高校時代に再発売されたものだろう。「～ノート」の著作紹介にもペンで書き込みがあるから、既にブラッドベリの作品を読んでいたに違いない。でなければ、手に取ったかどうかも疑わしい。

しかし、十七歳のとき購入したとして、すでに四十年も昔である。ブラッドベリは今年八十六歳になる白髪の老人だし、「～ノート」の都筑道夫さんも故人になられた。――とここまで書いて念のため調べてみると、『火星年代記』も『刺青の男』も『人間以上』も『宇宙の妖怪たち』（!?）も、全て昭和四十年に再版印刷となっている。この年、早川書房は銀背の一大キャンペーンを敢行したのではないか。どうやら、私がSFに取り憑かれたのは、昭和四十年――十六歳の時らしい。

それにしても、私の手元にある昭和版『メランコリイの妙薬』の著作リストをご覧あれ。

わずか九冊。『ウは宇宙船のウ』も『よろこびの機械』も『十月の旅人』も『とうに夜半を過ぎて』も『塵よりよみがえり』も入っていない。

最新刊は『何かが道をやってくる』であり、何と「怪しげなものがこっちへやってくる」と、原題ずばりの紹介をされている。『たんぽぽのお酒』は『たんぽぽの酒』、『十月はたそがれの国』は『十月の国』。これだけでも、タイムマシンなのに、奥付には検印紙が貼ってあるという徹底ぶり（――って、当時は当り前のことなのだが）。これ一冊を手にした途端、「サルサの匂い」を嗅いでもおかしくないのであった。

だが、四十年の時を越えて再刊される『メランコリィの妙薬』の、何と新らしいことか。或いは瑞々しいことか。

ブラッドベリ四十歳の作品集だが、収録作の殆どは、それより若い油の乗り切った時代の作品だけに、文章にも構成にも、青春のような覇気が満ちている。

たとえば、熟年夫婦の、本人たちもそれと気づかぬ倦怠を、ピカソの奔放な油絵を使って見事に描き出した「穏やかな一日」さえ、この瑞々しさは何事か。

そもそもブラッドベリの作品集は、SFならSF、ホラーならホラーと同一傾向の作品で統一されている場合が多く、たまさか、何篇かが入り混っていても、そのどちらかに限定されるのが常であった。

本書は、SF、ホラーを中心にしながらも、あまり読者の眼に止まらないブラッドベリのミステリや普通小説も収録して、他と一線を画す鮮烈なかがやきを放っている。

TV化されたブラッドベリ作品の中でも、とりわけ無気味な秀作「誰も降りなかった町」の原作は、交換殺人の変奏を奏でながら、登場人物の人生まで感じさせるし、薄闇の静寂をひっそりと愛する「小ねずみ夫婦」は、彼らとその故郷に仮託した、緑多きイリノイ州の田舎町で育まれたブラッドベリの感性の物語とも取れる。篇中唯一のユーモア小説「四旬節の最初の夜」と「月曜日の大椿事」となると、どちらも車のトラブルに巻きこまれたアメリカ人を通して、アイルランド人気質を浮き彫りにしたものだが、不思議なほどの静謐に満ちている。

恐らく、数多くの指摘がなされて来たように、レイ・ブラッドベリは喧騒を嫌う作家なのだ。それが強いては、科学文明への嫌悪を抱いているとエスカレートするのだが、正直、私には作家のポーズと見えないこともない。ブラッドベリに、ちょっぴりひねった綽名を贈れば、

嫌騒小父さん

——が相応しい気がする。

喧騒に対置されるのは、言うまでもなく静謐だが、これを基調にした場合、作品が暗く沈む怖れがある。それを補うのが、ブラッドベリの独特の文体——ではなく、それが送り出すノスタルジア——でもなく、鮮やかなイメージだと私は考えている。

『火星年代記』の価値を決定づけたと言ってもいい巻頭の一篇「ロケットの夏」をお読みになればいい。

宇宙ロケットの発する噴射熱で冬の町がひとときの夏に変わるイメージの素晴らしさこそ、ブラッ

ドベリの真骨頂だろう。

夏に変わる冬。宇宙を飛翔すべきロケットが季節を変える道具になる——価値の変換を余儀なくされる読者は、静謐の中のきらめきに圧倒されてしまうのだ。

本作ならその代表は「イカロス・モンゴルフィエ・ライト」よりも「贈りもの」と「たそがれの浜辺」に求められるだろう。

はっきり申し上げると、ブラッドベリの〝物語〟自体は、むしろ淡々とした変化に乏しいものが多い。退屈と言ってもいい。だが、暗黒の大宇宙を行く宇宙船の中で、誕生日を祝われる少年は、両親からの「贈りもの」を死ぬまで忘れないだろうし、「たそがれの浜辺」で、二人の若者が目撃した、月光と水のきらめきを身にまとって横たわるものは、彼らばかりか、読み手たる私たちをも、深い霧の晩に誰かに電話して、その正体を語り合いたいという想いに狩り立てる。

かくしてブラッドベリは、自らの本質たる「嫌騒」のもたらすマイナス効果を、これも本質的に持つ絢爛たる「イメージ」で中和するという難事を成し遂げてしまう。独特の文体がそれを支えているのは言うまでもあるまい。

四十年前、『メランコリイの妙薬』は、『火星年代記』と並んで私の宝であった。

だからこそ、私はこの新刊化には反対する。『メランコリイの妙薬』は私だけのものだ。

だが、願いも空しく本書は刊行され、やがて、巷に私と同じ考えを持つ読み手たちが集い、夜の町を仕立て下ろしのクリーム・スーツを着て、ハナハン埠頭へ、ハマグリ入りスープを食べに、車を走らせることになるだろう。

二〇〇六年九月十三日
「誰も降りなかった町」を観ながら

本書は、一九六一年五月に〈異色作家短篇集〉として、一九七四年九月に同・改訂新版として刊行された。

メランコリイの妙薬《みようやく》
異色作家短篇集 15

2006 年 10 月 10 日　　初版印刷
2006 年 10 月 15 日　　初版発行

著　者　レイ・ブラッドベリ
訳　者　吉《よし》　田《だ》　誠《せい》　一《いち》
発行者　早　川　　浩

発行所　株式会社　早川書房
東京都千代田区神田多町 2 - 2
電話　03 - 3252 - 3111（大代表）
振替　00160-3-47799
http://www.hayakawa-online.co.jp

印刷所　三松堂印刷株式会社
製本所　大口製本印刷株式会社

定価はカバーに表示してあります
ISBN 4-15-208765-X C0097
Printed and bound in Japan
乱丁・落丁本は小社制作部宛お送り下さい。
送料小社負担にてお取りかえいたします。